거기, 나그네 방황 끝나는 곳

거기, 나그네 방황 끝나는 곳

이원우 소설집

차 례

작가의 말

거기, 나그네 방황 끝나는 곳

20년 전에도 그 도시는 거기 있었다. 강산이 두 번이나 변할 세월이 흐른 지금도, 그 도시는 거기 그대로 있다. 변모가 없는 도시, 적어도 외관상으로⋯. 여든 살 퇴직 초등학교장 겸 노인학교장 제갈종천은 나그네가 됐고. 늙을대로 늙었다.

그런데 그 도시가 늙은 나그네를 품에 안아 준 것이다. 나그네는 태어나서 이 땅에서 비로소 따뜻함이 뭔지 깨닫고 있는 중이다. 여생? 노루 꼬리만 하다, 하지만 그게 뭐 대수이랴!

이쯤에서 그 도시의 이모저모를 설명해 보자. 그게 순서일 것 같다. 한마디로 압축해서 표현하라면, 그 도시는 수도 서울의 이른바 위성도시다.

서쪽으로 어느 광역시와 접촉되어 있고, 남쪽엔 시흥시와 맞닿아 있다. 오른쪽은 광명시다. 중심가에서 11시 방향에 김포 국제공항이 자리 잡았다. 에서 그 도시가 어떻다느니 하며 외관이나 피상을 서둘러 덧붙인다는 게 무의미하다. 어차피 촌보寸步를 조금씩 떼면 뗄수록, 그 정체성이 드러나게 마련이니. 마지막 글자로 끝을 내어도 그 도시의 이름은 안 밝혀졌으면 좋으련만!

다만 이 몇 가지는 열거해 두고 싶다. 어차피 순서 따위는 뒤죽박죽일지 모른다는 전제를 깔았으니…. 행정 구역 29개 동, 3개 지역구, 총인구 약 83만 3,200명. 명승지를 열 개만 꼽아보라 한다 치자. 상동호수공원, 도당공원, 진달래동산, 옹기박물관, 무릉도원수목원, 석왕사, 솔안공원, 공강선사유적공원, 유럽자기박물관, 하이주 등등이 되리라. 자, 이제 2002년으로 거슬러 올라가 보자.

11월 중순을 갓 넘기고 있을 무렵이었다. 무대는 우리나라 최남단의 부산광역시, 아 참 더 상세히 말하면 북구 화명동 어느 초등학교 교장실.

마치 강시僵屍처럼 차려 입은 이 방의 주인인 제갈종천諸葛鍾天이 문을 열고 들어섰다. 그는 후들거리는 걸음으로 자리에 앉으려 했는데, 다리가 말을 잘 듣지 않는다. 아니 그보다 먼저 잠시 선 채로 거울을 들여다보았음을 밝히자. 제갈종천은 놀랐다. 그는 혼자 중얼거렸다.

"오늘 따라 얼굴이 더 백짓장 같군. 이러다가 죽는 거나 아닐까?"

'강시'란 말할 것도 없이, 죽었으면서도 마치 살아있는 것처럼 움직이는 시체를 말한다. 예서 설명을 곁들이자. 교내 사고로 한 어린이가 생명을 잃은 뒤, 그 일로 말미암아 제갈종천의 건강이 말이 아니게 나빠졌다. 그런데 하필이면 아내가, 새로 생긴 한복 집에서 간이 두루마기를 한 번 맞춰 주었던 것이다.

그게 그를 '강시'로 둔갑(?)시킨 것! 말을 억지 춘향 식으로 꿰 다 보니, 그는 버릇처럼 남들에게 두루 허풍(?)을 떨었다. 약간 여유가 있을 때엔.

"이게 보기보다 따뜻하단 말이야! 강시는 추위를 많이 타거 든?"

말은 그래도 가끔 제갈종천은 섬뜩한 느낌에 빠져 허우적대 기도 했다. 보온保溫은 단순한 체감을 덧씌울 뿐이지만, 어쩌면 '강시'란 실존을 의미하는 것인지 모른다? 뭐 그 정도로 해 두자. 아내의 정성이 고맙긴 해도, 그는 그렇게 갈팡질팡했다는 뜻이 다.

아닌 게 아니라 제갈종천은 심각한 사건에 휘말려 있었다. 그 무렵 한 어린이가 교내에서 실신했다가, 병원에 실려 가서 끝내 유명을 달리한 것이다. 그 충격으로 제갈종천 자신이 두 번이나 거리에서 쓰러졌으니 더 강조해 무엇하랴.

이 이야기의 시발도 그것과 얽혀 있었는지 모른다. 오후 네 시, 제갈종천이 'OO 수련원'에 다녀오는 길이었으니…. 아무리 난치병이라도 치유가 가능하다는 꾐에 빠져 한 달째 거기 드나 들었던 거다. 그날도 그는 오후 한 시부터, 반은 앉고 반은 누운 엉거주춤한 자세로, 그곳에서의 화두話頭 '죽음 연습'에 몰입했다 오는 길이었다. 산 사람으로서는 참으로 참혹한 짓이었다. 몹쓸 고문도 '죽음 연습'의 고통보다는 덜하리라.

식은땀을 흘리고 앉아서 종회에 참석할까 말까 고민하고 있는데 교감 둘이서 노크를 하고 들어왔다.

"교장 선생님, 종회 시간에 특별히 하실 말씀이 있으십니까?"

"학교 폭력 예방을 위한 훈화를 누가 하든지 말입니다. 그것만은 특별히 학교일지에 기록하고, 적색 볼펜으로 흔적을 남기도록 직원들에게 전해주세요. 지난번 판사判事도 그 얘길 했어요."

"알겠습니다, 교장 선생님. 사모님이 오늘도 모시러 오시지요?"

"예, 이래저래 걱정 끼치는군요. 미안합니다."

"별 말씀을 다하십니다. 그럼 저희는 실례하겠습니다."

제갈종천은 조금 어지러뜨려 있던 다기茶器들을 대충 정리하고 나서, 간이 병풍 뒤의 침대(라꾸라꾸)에 몸을 뉘었다. 벌써 몇 달째 그는 그 침대 신세를 지고 있었다. 그 어린이 사망 사건 뒤로 도무지 앉아서 집무할 수가 없어, 수시로 그 위에 몸을 던지곤 하던 참이었던 것이다.

외부 손님은 반드시 행정실을 거치도록 해두었으니, 그야말로 궁여지책으로 연명해 나갔다고 하자. 허태열 국회의원도 그런 제갈종천의 모습 아니 몰골을 두 번이나 목격하고 돌아갔다.

정형근 의원이나 권익 청장도 마찬가지. 그들은 제갈종천이 운영하는 무료 노인대학에 음으로 양으로 관계하던 인사였다. 바로 그 전날에는 신라대학교 법산法山 김용태 총장도 들렀다가 그 참상 앞에서 거의 넋을 잃었다.

그렇게 침대에서 한숨만 쉬고 누운 지 10분쯤 지났을까? 따르릉 따르릉 전화벨이 울린 것이다. 제갈종천은 겨우 몸을 추슬러 일어나서 수화기를 집어 들었다. 제갈종천의 목소리엔 신음이 묻어났다. 기어들어가는 목소리로,

"예, 감사합니다. 명실초등학교장 제갈종천입니다."

그런데 상대방은 위압이 섞인 질문을 던지는 게 아닌가?

"여보세요. 제갈종천 교장 선생님 맞습니까?"

"예, 그렇습니다만, 어디십니까?"

"여긴 부* 검찰지청입니다. 나흘 뒤 11일 오후 두 시까지 우리 청廳에 좀 오셔야겠습니다."

"아니 난 부*이 어딘지도 모르는 사람이오. 왜 저를 거기서 부릅니까?"

"이것 봐요, 제갈 교장님(*어느새 '교장 선생님'에서 '선생'은 빠져 있었다.) 제갈 교장님은 업자로부터 20만 원 짜리 상품권을 지난해 추석에 받은 혐의가 있어요."

"아닌 밤중에 홍두깨라더니, 저는 상품권의 '상' 자도 모릅니다."

"뭐라구요? 우리가 아무런 근거 없이 출석 요구를 하겠습니

까? 14호 검사실로 오세요. 혼자가 아닙니다. 전임 박순자 여자 교장은 현찰 30만 원을 받았다니, 그 교장실이 뇌물 수수의 온상이라도 된 듯한 느낌입니다."

그 순간 제갈종천은 수화기를 떨어뜨리고 말았다. 그리고 모로 쓰러졌다. 이윽고 심상치 않은 낌새를 채리고 달려온, 행정실장과 검찰청 수사관이 나머지 통화를 한 모양이다.

제갈종천은 구급약으로 준비해뒀던 우황청심환 두 환丸을 끄집어내어 씹어서 먹었다. 다시 20분 가량 지나자, 어느 정도 안정이 되고 맥박도 정상 가까이 돌아오는 것이었다.

행정실장이 귀띔을 했다. 약속을 지켜야지, 이유 없이 출석을 늦춘다면 당연히 불이익이 돌아간다고 엄포를 놓더란다. 그러면서 하나 우스꽝스러운(?) 정보를 알려 준다. 현직에 있는 제갈종천은 왕복 비행기 삯과 기타 교통비, 식대 등을 공금으로 처리 가능하다는 게 아닌가? '무죄추정의 원칙'이란 말을 익혀 들었던 터라 그나마 위로가 되었다. 전임 박순자(세 회 선배)교장은 민간인 신분이니, 해당되지 않는다며 행정실장이 마치 자기가 생색을 내는 듯한 미소를 보였다.

여기서 여담 하나 안 끼울 수 없다. 들먹여보자.

박 교장을 보고 재갈종천은 평소 선배라기보다 누님이라 불렀다. 그게 훨씬 더 정감이 있어서였다. 업무 처리도 공정하게 하고 특히 금전 즉, 학교 경리 문제가 깨끗하다는 소문이 자자했다. 말하자면 그 덕분에 주위로부터 칭찬을 받는 터였다. 박 교장이 그런 사건에 연루됐다는 자체에, 제갈종천은 고개를 갸웃거렸고말고.

하여튼 제갈종천은 급하게 집에다 전화를 내었다. 아내한테였다. 좀 일찍 왔으면 좋겠다고. 그는 예순이 넘을 때까지 자동차 면허증도 없어서 '천연기념물'이라는 별칭을 얻은 터라, 때 아닌 쓴웃음이 입가에 흘렀다. 그 옛날 부산일보 칼럼을 쓸 때 '무차회無車會 회장의 변'이란 제목으로도 한 꼭지 채웠던 기억이 왜 되살아났는지 모른다. 갑자기 제정신이 아닌 듯 파안대소가 터져 나오려 했다. 혼미의 나락으로 급전직하하고 있는 중, 자기에게 쏟는 소리인지도 모르게 그의 입에서 튀어 나온 말이 이랬으니, 병신 새끼!

다섯 시를 20분 남겨 두고 그는 교장실 문을 잠갔다. 근무상황기록부에 '조퇴'라고 기록하고 자신이 결재했다. 순간에 지나지 않는 동안에, 무슨 일이 발생할지 모르는 일! 어린이 사망 사고 때부터 생긴 습관이었다.

교문을 나서는데, 저만치 채월단 노인학생(85세)이 바구니를 들고 서 있다. 아니 부지런히 움직이고 있었다. 그런데 무심히 지나칠 수가 없다. 하지만 말은 걸지 못했다.

채월단 학생은 쓰레기통을 뒤지고 있었다. 차창 너머로, 실루엣으로 잘못 비쳐졌다는 표현이 차라리 맞을 정도? 한데 채월단 학생은 쓰레기통의 빈병을 주워 담고 있었던 것이다.

제갈종천은 충격에 빠졌다. 혼자 중얼거렸다.

"아, 나는 죄인이다. 며칠 전이었지. 아내가 다른 볼 일로 말미암아 나를 데리러 못 왔을 때, 저 학생이 나를 불러 세웠지. 방과 후 교육활동을 마치고 귀가하는 어린이들 수두룩한데, 치마를 걷고 속곳 주머니에서 만 원 짜리 한 장을 꺼내서 하던 말, '선상님요, 몸도 안 좋은데 버스 타지 마이소. 택시로 가이소. 알았지예?'"

매주 토요일 오후 3시간씩 무료 노인학교를 운영해 온 지 18년, 많은 눈물겨운 이야기 속에서 살아왔다. 빈병 주워 선생에게 촌지(?) 바치는 학생! 그야말로 유일무이한 사건이다. 눈물범벅된 제강종천을 백미러로 아내가 봤다.

"여보, 오늘 무슨 나쁜 일이 또 있었어요? 그 학부모와의 합의에 진척이 없는 모양이지요? 너무 걱정 말아요. 하늘이 무너져도 솟아날 구멍이 있다는데…. 제가 2천만 원 더 마련할 테니, 모금한 1천만 원에 보태서 위자료로 내세요. 판사의 강제 조정인가 뭔가 하는 수준에 가까운 금액 아니에요?"

"여보, 나쁜 소식이 또 덮쳤어. 내가 작년 추석 때, 컴퓨터 교실 업자로부터 10만원 상품권 두 장을 받았다는 거야."

"아니 그게 무슨 아닌 밤중에 홍두깨 같은 소립니까?"

"글쎄. 며칠 뒤에 부* 검찰 지청에 출석하라는 요구가 왔지 뭐야."

"당신이 받긴 했어요?"

"천만에, 다른 부정이 있었을지는 모르지만, 이번 일은 정말 얼토당토않는 가짜야. 뭔가 흑막 아니면 오해가 있어. 하늘이 두 쪽 나도 그런 일이 있을 수 없는 이유가 있어."

"한데 여보, 종일 컨디션이 안 좋았다는데, 어쨌든 우황청심원에 너무 기대지 마세요."

"안 그러면 못 사는데 어쩌겠어? 남순자 학생(95세) 있잖아? 그 학생의 발가벗은 몸을 자기는 안 보고 내게 보여준 아들 김 약사藥師가, '주사朱砂'가 안 들어가서 요즘 우황청심원은 하루 서너 개까지는 허용된다던데…."

그랬었다. 남순자 학생은 김 약사와 겸상을 차리고 밥을 먹는다. 상 밑에서 아들과 다리가 맞닿을까 봐 엄청 조심스러운데-겁이 난다?-제갈종천과는 야유회 때 일부러 '발바닥 박치기'를 시키는 그런 사이였다.

그렇게 울면서 둘은 집으로 돌아왔다. 딸처럼 키우는 요크셔테리어 후로다가 한 치도 될까 말까 한 꼬리를 흔들며 반겼다. 하나 제갈종천의 입에서는 아무 말도 나오지 않았다. 그의 얼굴은 파킨슨병 환자의 얼굴 특징 데쓰마스크(Death Mask) '죽은이'의 얼굴 표정, 바로 그 자체였으니….

제갈종천은 며칠간 끙끙 앓았다. 수면제를 두서너 알 삼켜도, 잠은 근처에조차 오지 않았다. 애꿎은 우황청심환만 밤낮으로 목구멍으로 우겨 넣었다. 중학교 후배인 정홍태가 이사장인 부민병원에 걸핏하면 실려 갔다.

제갈종천이란 한 인간이 왜 그렇게 어리석은지, 아무것도 아니랄 수 있는 그 일에 대처할 방법을 몰랐다. 하기야 예순 살을 넘기기까지 그는 이 사회 생활에서 너무나 뒤처져 있었다. 에라 모르겠다. 그 '개가 들어 웃을 일'들을 적어 본다.

그는 술을 마시지 않았다. 눈곱만한 까닭 하나. 소주 한 잔만 들어가도 얼굴이 홍당무가 되고 숨을 헐떡거리는 것이다. 1년에 소주 한 병도 그에게는 과량過量이다. 담배도 피우지 않았다. 어쩐지 겁이 난다? 그게 무슨 명분(?)이 되는가 말이다. 중학교 때 한 개비 담배를 피우곤 쓰러졌다 깨어난 이후, 그는 한 번도 그 담배를 입에 물지 않았던 것. 그 흔해 빠진 사교춤도 못 춘다. 모름지기 지도자란, 위 서너 가지는 통달해야 인기를 얻을 수 있다. 한데 그는 어쩌다가 노래방에 가서 여자 교감이 장난삼아 블루스를 추자며 가까이 다가오면 기겁을 한다. 고스톱은 계산이 안 된다. 바둑의 '바' 자도 모른다. 당구의 큐? 그거 잡아 보지 못했다. 장기는 맥脈만 아는 주제다. 골프? 아서라, 그는 되레 거기 혐오감을 갖고 있었다. 그러니 교장으로서는 0점이었다.

그 중 백미(?)는 60명 직원(식당에서 일하는 일용직 포함) 중에서 유일하게 자동차 면허가 없다는 사실. 해서 중언부언하지만, 제갈종천은 언필칭 '천연기념물'로 교직 사회에 회자되었고 말고. 앞서 거론한 '무차회장'은 30년 이상 유효했던 것. 1천 명 가까운 시내 교장 중에서 유일한 자동차 운전 못 하는 자. 희소가치로 따졌을 땐, 기념비(?) 같은 존재 바로 그거였다.

대신 노래 하나는 기가 막히게 불렀고, 노래 많이 오래 하기

대회(비공식)에서 내로라하는 상대를 모조리 거꾸러뜨렸다. 왜 김지하 시인과 이동순 시인(교수)의 '노래 맞장뜨기'에서, 이 교수가 이기지 않았다던가? 단지 유명 인사가 아니라서 거기 못 끼었지만, 만약 삼자 대결이었다면 우승은 제갈종천이었다! 이건 자타가 공인하는 하나의 명제다. 내친김에 그 얘기.

김지하와 이동순이 의기투합했더란다. 둘이서 노래 시합을 하는데, 대중가요 뭐든지를 목에 실을 수 있다는 첫째 조건. 상대 김지하가 끝내면 1분 내에 이동순이 무엇이든지 불러야 한다. 아니면 감점! 계속 이렇게 진행되는데, 3절까지 계속하면 일정 점수를 플러스. 제갈종천이 합류했더라면 그야말로 듣도 보도 못한 곡을 선보였으리라. 황금심의 낙화유정 따위를 누가 알 건가 말이다.

낙화유정 뒷골목에 누구를 찾아/ 정든 고향 다 버리고 흘러온 타향. 하룻밤 풋사랑에 잘난 돈과 못난 돈에/ 내도(來到) 날짜 기다리며 내도 날짜 기다리며/ 기다리는 여자라오…

하지만 생사의 갈림길 아니 명재경각의 시점에서 하찮은 가요 따위가 무슨 소용이랴. 이미 몇 주째 휠체어에 앉아 김영순 노인학생이 지휘하는 애국가와 '고향의 봄'을 부르다가, 정신 잃기 직전에 돌아 나오곤 했으니까. 노인학교에서 말이다. 공군5 전투비행단 양하윤 중사와 대한항공사우회 음악반장 김광종 색소포니스트, 색동어머니 부산지회 이숙례 회장, 북구문화원 백이성 원장, 황정혜 바이올리니스트 등이 없었다면, 그의 노인학교도 문을 닫을 뻔 했다.

그러는 중에서도, 어떻게 소문이 났는지 법산(스님) 김용태 총장이 제갈종천을 가끔 불렀다. 제갈종천의 집 바로 위에 그의 절 원효정사元曉精舍가 있었으니, 아내의 부축을 받으면 억지로 올라갈 수가 있었던 것이다. 참고로 말하면 교육감 선거에 나설 의향을 가진 그는, 초중등 학교의 세세한 정보를 죄다 꿰뚫고 있었다. 법산 스님은 절에 올라온 제갈종천을 보고 가부좌를 튼 채 이 노래를 가르쳐 주었다. 찬불가 '청산은 나를 보고'였다.

청산은 나를 보고 말없이 살라 하고/ 유수는 나를 보고 티 없이 살라 하네/사랑도 벗어 놓고 미움도 벗어놓고/ 물 같이 바람 같이 살다가 가라 하네…

법산 스님 앞에선 약간 안정이 되는 듯했으나 돌아서면 '도로 아미타불'이었다. 스님(총장)은 그런 제갈종천에게 또 다른 위로를 건네었다.

"제갈 학장, 선대부인께서 불자이셨다면서요? 지난번 북구문인협회 창립총회에서 제갈 학장이 말했어요. 저승의 엄마에게 '찬불가讚佛歌 한 곡을 가르쳐 드리고 싶다'고 말입니다. '청산은 나를 보고'는 백이성 문화원장이 워낙 노인학교에서 많이 들려

주었던 터라, 익히기가 쉬울 겁니다. 나는 적어도 제갈 학장이 그 상품권을 받을 사람이 아닌 걸 압니다. 사필귀정事必歸正은 단순한 사자성어가 아니라 진실입니다. 나무아미타불! 이 노래 부지런히 부르세요."

그렇게 며칠이 속절없이 흘렀다. 드디어 검찰청으로 떠날 날이 왔다. 아내가 동행하지 않으면 도무지 불가한 운신이었다. 하물며 출두였다 하랴. 그의 아내가, 명예 퇴임한 양호교사(현 보건교사)였기에 망정이지 그렇지 않다면, 무능력의 표본인 제갈종천은 그 도시를 밟기 전에 목숨이 다했을지 모르는 일이다.

세월이 제법 흐른 지금, 날짜를 기억할 수는 없다. 전날 종회 때 직원들이 하던 말이 떠올랐으니, 목요일 아니면 금요일에 그 도시에 끌려갔다(?)는 걸 추정할 수 있는 것이다.

아내가 운전하는 아반테 승용차를 타고 공항으로 나가는 길, 들판엔 가을걷이가 한창이었다. 한참 지나서 보니 저 멀리 오른쪽에, 맥도 부락이 어렴풋이 눈에 들어왔다. 아내가 입을 열었다.

"여보, 저기서 오는 학생이 열대여섯 분 되지요?"

"그럴 거야. 참 대단한 열정을 가진 분들이야. 토요일 오후엔 만사 제쳐 두고 노인학교로 우르르 몰려오니…. 김갑순 학생, 금요일 밤샘을 한다는 거 아냐? 비닐하우스 안에서 토요일 오후 노인학교에 나오려고 말이야. 그러니 강의나 노래 따위가 무슨 소용이 있겠어? 그대로 앉아 졸 수밖에."

"이 와중에 그런 얘기가 나오다니, 당신은 노인학교가 그렇게 좋아요?"

"그럼. 네 삶의 의미 자체요. 한데 오늘 무사히 돌아올 수는 있을까?"

"여보, 마음 편히 가져요. 그깟 상품권 받았다고 거짓 고백을 한다고 쳐도, 그걸로 처벌을 받겠어요? 40년 동안 당신은 한 번도 징계 위원회에 회부된 적도 없었고, 큰상은 수도 없이 받았으니, 20만 원으로 바가지를 쓴다 해도 구제될 거예요."

"징계 처분 받으면 퇴임 때 훈장 수훈 대상에서 제외된다는 게 걸려. 분명히 무슨 모함이나 악재가 사이에 끼어들었단 말이야. 난 수긍할 수 없어, 안 받은 게 확실해."

"믿어요, 당신을. 자, 용기를 내세요."

"여보, 우리 둘은 왜 이렇게 어리석을까? 바보에 가까워, 둘 다. 지난번 어린이 사망 사고 때, 변호사와 의논한 적이 있었잖아? 그런데 정작 나 자신이 직접 연루된 일인데도 변호사의 도움을 받을 생각 근처에도 못 가보고, 오늘 도살장에 끌려가는 소가 되다니 말이오."

"그러게 말이에요. 당신도 나도 눈앞의 창피에 쉬쉬하는 쫌생이밖에 안 되는 삶을 산 것 같아요."

"여보, 죽고 싶소."

"또 그 말씀을 하다니, 여보! 우리 딸들은 어쩌려고 그래요?"

그러고 나서 아내는 차를 갓길에 세우는가 싶더니, 핸들에 머리를 박고 울음을 터뜨렸다. 이윽고 좀 진정되는가 싶었지만 헛일이었다. 시간이 촉박해 있는데도 아내는 어깨만 들썩이지 않을 뿐, 그 자세였다. 20분쯤 지나 아내는 겨우 정신을 차리고 다시 시동을 걸었다. 둘은 간신히 비행기에 올랐다.

비행기가 이륙하고 나서 한참 지나 문득 그 도시가 알고 싶어 핸드폰을 열었다. 이리저리 두드리다 제갈종천은 한곳에 시선이 딱 멎었다.

그 도시 경찰관 문*동이 성고문 사건을 일으켰던 곳! 다른 데로 옮기려 했는데, 뜻대로 안 되는 게 아닌가? 마치 그 도시의 상징이라도 되는 듯한 착각이 제갈종천을 붙들고 있었다. 10여 년 전이다.

당시 대학에 재학 중이던 권*숙은 주민등록증을 위조하여, 노동 운동을 위해 위장 취업을 했다. 붙잡힌 권*숙은 소사 경찰서 문 아무개 경사에게 성추행을 당한다. 그자가 자기 성기性器를 권*숙에게 갖다 대기도 했다. 그 도시로 지금 자신이 피의자로 간다? 제갈종천은 실로 기가 막혔다.

그 도시의 아무것도 제갈종천은 알지 못했다. 다만 허태열 의원이 거기 시장으로 있었다는 건 어렴풋이 들었다. 그 밖에는 어느 한 귀퉁이도 꿈에서조차 본일이 없었다. 밀양군 단장면 태룡초등학교 26회 동기 강성룡 친구가 그곳 교회 장로라는 풍문? 접한 적이 있어도 그게 무슨 소용이랴! 아내가 옆에 있지만, 제갈종천 자신은 혈혈단신이란 생각에서 벗어날 수 없었다. 망망대

해의 난파선에서 튀겨져 나온 나뭇조각과 다름없는 신세였다.

공항에서 택시를 타고 그 도시로 향하였다. 한 시간이나 지났을까? 택시는 검찰지청 앞에다 둘을 내려놓고 횅하니 돌아갔다. 인도人道에선 미화원들이 끊임없이 빗자루로 청소를 했지만, 낙엽은 끊임없이 뒤섞여서 곤두박질을 했다. 낙하落下, 그 두 음절이 스산한 느낌으로 둘의 몸을 휘감았다.

그런 중에 도로 건너편에 옷을 귀부인처럼 차려 입은 중년 여인이, 자기보다 더 화려한 털을 바람에 나부끼는 아프간하운드 한 마리를 앞세우고 걷고 있었다. 제갈종천의 눈에는 그 모습이 꼭 딴 세상의 풍경 같이 보였다. 잠시 어지러움을 느끼면서 아내를 향해 입을 열었다.

"여보. 저게 사실이 아니고, 미지의 세계에서 한 폭의 그림으로 보는 것 같아."

"아니, 이참에 개 이야기가 나오다니…. 당신은 정말 애견가에요. 정신 좀 차려요. 그러나저러나 저 아프간하운드가 우아함은 세계에서 1등, 머리는 꼴찌래요."

둘이서 잠시 웃었다. 그리고 이내 청사 정문을 들어서서는 묻고 물어 해당 검사실을 찾았다. 입구엔 541실로 먼저 찾으라는 안내문이 붙어 있었다. 다시 가슴이 두근거리고 전신에서 맥이 빠져 움직이기조차 힘들었다.

541엔 아무도 없었다. 이윽고 어느 어직원이 들어오더니 약간은 불친절하게 물었다.

"부산에서 오셨습니까? 성함은요?"

"예, 제갈종천입니다."

"보호자는 1층으로 내려가서 기다리세요. 끝나면 바로 연락 드릴게요."

"제가 워낙 몸이 아픈데, 아내가 곁에 있도록 배려하실 수 없습니까?"

"불가할 겁니다. 변호사 외는 입회하지 못합니다. 그리고 오늘 부산과 몇몇 도시의 교육계 인사들이 대여섯 명 출석하기 때문에, 문답(제갈종천에게는 '취조'로 들렸는지 모른다)은 한 시간 안에 끝날 거예요."

아내가 나가고 보니 제갈종천의 몸은 사시나무가 되고 만다. 목은 마르고 했지만, 탁자 위에 놓인 물병에 손을 뻗칠 수가 없다. 잠시 여직원에게 양해를 얻고 소피가 마려워 화장실에 갔다. 한데 지퍼만 내렸을 뿐 다음 볼일을 볼 수 없다. 방광에 압통만 심해지고…. 신음 소리가 입술 사이로 새어져 나왔다. 아, 죽었구나!

제갈종천은 돌아서 나와 다시 541호실로 들어갔다. 눈물이 났다. 상품권이라니 그 근처에도 간 본 기억이 없는데, 천리타관 검찰청에서 그걸 수수했다는 혐의로 취조를 받게 되다니….

마침내 건장하게 생긴 30대 후반의 수사관(?)이 들어섰다. 둘은 책상 하나를 사이에 두고 앉았다. 수사관은 컴퓨터 모니터를 보며 말문을 열었다.

24

"멀리서 오시느라 수고 많이 했습니다."

"…."

"저희들로서는 확증을 갖고 출석을 요구했습니다."

"확증이라니 무슨 뜻입니까?"

"상품권을 전달한 사람의 증언입니다. 작년 9월 중순, 추석을 일주일 앞둔 토요일 오전, 회사 직원이 교장실로 찾았다고 합니다."

"그럴 리가 없습니다. 나는 작년 9월 1일자로 금의환향錦衣還鄉하는 기분으로 그 학교에 부임했습니다. 교장으로서 대미大尾를 장식하겠다는 각오도 대단했었구요. 마침 저는 20년째 매주 토요일 오후 노인학교를 운영해 오던 참이었습니다."

"그런데, 그것과 상품권이 무슨 상관이 있습니까?"

"있지요. 그날은 노인학교 수업을 하는 대신 교장실에 모두 모여 민요 연습을 하고 있었습니다. 북구 문화원에서 주최하는 민요 경창대회가 열리게 되어 있었거든요. 연례 행사였습니다. 당일 지역문화원장과 구의회 부의장도 제 방에 있었습니다. 노인학생이 자그마치 1백 명이 넘었습니다. 학생회장과 총무 등 간부들을 비롯한, 그 1백여 명의 학생들이 교장실과 그 바로 앞 연혁실을 꽉 채우고 있었구요. 다른 날이라면 혹시 모르지만,"

"제갈 교장님, 말씀 그럴듯하게 하는군요. 하지만 이거 한 번 생각해 보세요. 40년 이상 교직 생활을 한 사람에게 20만 원 상품권이 건네졌다 칩시다. 형사처벌? 안 받습니다."

"그래도 명예지요. 양심을 걸고 맹세합니다. 그런 일 결코 없었습니다."

갑자기 다시 가슴이 두근거리기 시작한다. 그 정도라면 제갈종천 자신도 안다. 빈맥頻脈이 온 것을. 가만히 오른손 엄지와 검지로 맥박을 재어 봤더니 120회가 넘는다. 제갈종천은 바지 오른쪽 주머니에서 액상 우황청심원을 내어 뚜껑을 열고 내용물을 단번에 마셨다.

"교내에서 어린이 사망사고가 난 충격으로 공황장애가 왔습니다."

매정하고 버르장머리 없어 보이는 수사관은 무덤덤하게 말을 이었다. 별다른 반응도 없이.

"제갈 교장님, 그러니까 자백을 하세요. 교장의 자존심도 없습니까?"

제갈종천은 화가 머리끝까지 올라왔으나 그걸 표출하기에는 전신이 무력하기만 했다. 이런 걸 두고 설상가상이라 하는지 모르겠다. 끝없이 옥신각신 실랑이를 이어나갔다. 제갈종천은 내내 생각했다. 이 친구 내 딸 나이를 겨우 넘겼을 것 같은데, 자기는 아비도 없는가? '교장의 자존심도 없다'라니. 이가 갈린다. '교장 선생님의 자존심을 살리셔야지요.' 정도는 했어야지.

수사관이 이어 점점 막다른 골목으로 제갈종천을 몰아넣는 것이다.

"설사 징계위원회에 회부되어도 신분에 영향을 안 줍니다. 내일 모레가 정년퇴임인데, 시 교육청에서 그런 사람에게 처분을 내리겠습니까?"

"나는 안 받았습니다."

"정 그러신다면 뇌물 공여자供與者와 대질신문을 하시겠습니까?"

"…"

더 이상의 말은 필요 없게 되었다. 거기서 그는 또 한풀 꺾이고 만 거다. 윤은희라는 이름을 가진 그 맑고 깨끗한 얼굴을 한 여사장이, 그날 분명히 상품권을 주었다고 우기면? 교내 시설이며 공간 등을 훤히 알고 있는 윤은희다.

거짓으로 말이다. 화장실에 가는 내 뒤를 밟아서 호주머니에 찔러 넣어 주었다고…. 그 새롭고 낯선 상황에 대처할 능력이 제갈종천에게 남아 있을 턱이 없다.

거기서 심문은 끝이었다. 둘의 발언이 평행선을 달리는데, 결론이 날 수가 없었던 것이다. 그래도 수사관은 직접 맥심 커피 한 잔을 대접하려 했다. 하지만 제갈종천에게는 카페인이 한 모금이라도 목구멍을 타고 넘어가면 발작(?)하기 명약관화하다. 해서 끝내 입에 대지 않았다.

대신 이 한마디는 잊지 않았다. 혼신의 힘을 담아서 수모를 준 그에게 맞받아친 것이다. 마지막 발악을 속사포에 장전하고 방아쇠를 당긴 것!

"내일 모레면, 내가 무료 노인학교 운영을 한 지 20년이 되는 날입니다. 매주 토요일 오후 그래 왔습니다. 해서 말인데, 나는 나이 많은 사람에게 일단 공손한 말을 쓰는 게 버릇입니다. 체질화되었어요. 그런데 오늘 당신은 나를 너무 고압적으로 대했습니다. 나, 다시는 이 도시를 향해서 오줌도 안 누겠습니다. 잘 먹고 잘사시오, 에끼 이 버르장머리 없는 사람 같으니라구."

제갈종천이 그렇게 나오자 수사관도 적이 당황할 수밖에. 이번엔 수사관의 표정이 꺾였다. 그 퍼런 서슬은 순식간에 사라졌다. '부*을 향해서 오줌 운운'을 한 번 더 그의 얼굴에 퍼부었을 때 왜 그렇게 통쾌한지…. 지렁이도 밟히면 꿈틀거린다고 했으렷다!

마지막으로 검사실로 들어갔다. 인상이 좋은 검사는 최대한으로 자신을 낮추고, 일어서서 제갈종천을 맞았다. 누구 배려인지 모르지만, 아니면 보호자가 도와줘도 괜찮다는 얘기가 오갔는지 휴게실에서 오래 기다렸던 아내도 검사실로 들어오는 게 아닌가? 커피를 못 마실 정도의 건강 상태라는 이야기를 건넨 모양이었다. 검사가 여직원에게 인삼차를 내오라고 시킨 걸로 봐서. 물론 두 잔이다. 검사가 이야기했다.

"수고하셨습니다. 제 선고先考께서도 교장 선생님으로 계셨습니다. 걱정하지 말고 귀임하시지요. 경험에 의해 예단하자면, 형사처벌? 안 받으십니다. 시교육청에서 징계위원회에 회부하겠지요. 그래도 제일 낮은 '견책'까지도 안 나올 겁니다. 차라리 '상품권을 받았다'고 말씀하셨으면, 가벼운 처분이 내릴 텐데.

교장 선생님, 건강이 매우 안 좋으신 것 같은데 귀가하셔서 몸조리 잘 하시지요. 교장 선생님의 자존심, 기억하겠습니다."

다시 자기 주장을 내세우려다 제갈종천은 입을 닫았다. 처음으로 검사에게서 위안을 받았다는 자체가 가치로웠다고 하자.

하지만 초주검이 되어 다시 택시를 타고 비행기로 환승하여, 집에 돌아오는 도중 도무지 견딜 재간이 없다. 부민 병원 응급실로 직행할 수밖에. 그리고 다시 일주일 병가를 내고 입원을 했지만 모두가 헛일이었다.

제갈종천은 이후 끝없이 나락으로 떨어지고, 사신死臣과의 싸움을 계속해야만 했다. 메리놀 병원으로 옮기기까지 하고, 정신과 치료를 집중 받았어도 차도가 없었다. 몰래 부른 제자 동의대 한의학과 김종환 교수가 진맥을 하더니, 정신분열증 염려 어쩌고저쩌고 했다. 그때 김 교수가 얼마나 괘씸했으면 제갈종천이 버럭 화를 냈을까? 이 고이한 놈!

이렇듯 그는 세상에 존재하는 병이란 병은 다 앓았으니, 거짓말 보태어 한국 기네스북에 오를 정도였으리라. 좀 과장되긴 했지만….

보름 이상 그렇게 시달렸다. 그 사이에 한 번 병원의 허락을 받고 외출을 하여 태종대로 나갔는데, 아내가 복국 한 그릇 먹자고 했다. 하지만 숟가락으로 국물을 병아리 눈물만큼 떠놓고는, 그걸 식힌 뒤 입에 넣으려 했으나 숟가락을 든 손이 몇 치도 움직이지 않았다. 얼마나 제갈종천이 아팠는지. 더 이상 필설을 동원한다? 아서라, 그럴 필요 없었으리라.

그렇게 20분 동안 울면서 앉아 있으려니, 학교 동기이자 교장 강습 동기인 조명래 친구가 생각났다. 워낙 제갈종천이 마구 먹어대니까-'폭풍 흡입'이란 말이 맞으리라- 그가 하던 말이 이거였다. 제갈 교장 여럿 있을 때 음식 욕심 내지 말게나, 밉보이네!

그런 제갈종천, 복국 한 모금이 버거우니 어쩐단 말인가? 결국 둘은 음식을 고스란히 남겨 두고 일어섰다.

무심하게도 시 교육청에서 징계위원회를 준비하는 모양이었다. 몇 날 며칠까지 청내廳內 어느 공간에 나와야 한다는 전화도 걸려왔다. 그동안에 집중 치료를 받은 덕분인지, 조금 차도가 있어 제갈종천은 겨우 출근했다. 외출을 끊어 놓고, 그 '죽음 연습' 연수원에서 두 시간 버티고 와서, 오랜만에 녹차를 달여 입에 머금고 누워 있었다.

그런데 시교육청 백차흠 장학관이 불쑥 교장실로 찾아온 게 아닌가! 그 역시 교장 강습 동기. 그가 입을 뗐다. 제갈종천은 사범학교, 백 장학관은 교대 출신이라 나이 차이는 다섯 살이다. 그의 말.

"정년퇴임 직전에 두 가지 일로 괴로움을 당하시다니⋯. 위로드립니다."

"고맙네. 가장 불행한 교육자로 기록될 거요, 내가. 애가 내 방에서 죽질 않나. 20만 원 상품권이 '불명예제대'로 나를 몰아가지 않나."

"형님, 까짓 상품권 인정하시지요. 그러면 징계까지 가지 않습니다. 박 교장님에겐 아무 조치가 없었습니다."

거기서 제갈종천은 붉으락푸르락 얼굴색이 변하더니 오히려 벽력같은 고함을 지르고 말았다. 와병 후 두 번째 불같은 항거다.

"또 그 소리. 그게 되레 사실을 왜곡하는 거라면, 당신 책임질 거야?"

겸연쩍은 표정을 하고 백 장학관은 자리를 떠날 수밖에. 제갈종천은 허탈한 표정으로 우황청심원을 한 병 들이키고 다시 병풍 뒤 침대에 누웠다. 시체나 다름없는 그의 입에서 터져 나오느니 한숨이요, 신음소리였다.

드디어 징계위원회 출석 통지가 왔다. 제갈종천은 죽기를 각오하고 그 자리에 가서 진술하기로 작정하였다. 머릿속에 정리한 요지를 말하면 이랬다.

"업자가 상품권 두 장을 전했다는 그날, 저는 교장실을 비워본 적이 없었습니다. 허태열 의원 외 다른 사람을 만나지도 않았구요. 제가 설사 그걸 받겠다는 의지가 있었다손 치더라도, 100여 명의 노인학생이 교장실과 연혁실을 차지하고 있었으니 수수授受 자체가 불가했습니다."

그런데 끝내 제갈종천은 징계위원회가 열리는 공간에 들어가지 못했다. 서거나 앉아 있기조차 힘들었기 때문이다. 잠깐 이야기가 옆길로 샌다.

며칠 전 일이다. 얼마나 아팠으면 퇴임 6개월을 앞둔 며칠 전 사표를 들고 지역 교육청에 갔을까? 한사코 초등과장이 만류하는 바람에 그냥 돌아오긴 했지 않았던가!

어쨌든 시 교육청 주차장 구석에 아내가 몰고 온 승용차를 세워 놓고 둘이서 붙잡고 울고 있었다. 하는 수 없이 휴대 전화로 담당관에게 호소를 했더니 사정이 그렇다면 귀가해서 기다리는 방향으로 해 보겠단다. 조금 있으려니 걱정이 되는지 두 명의 관계자가 나와서 둘의 모습을 확인했다. 그러곤 몇 번 냈었던 진술서를 참고로 하겠단다.

다시 입원을 해야만 했다. 이미 지역사회에서는 소문이 났던 참인 모양, 평소에 친하게 지내던 인사들도 저 멀리서부터 애써 고개를 돌렸다. 그럴 땐, 너무나 괴로워 죽어야겠다는 생각을 버릇처럼 수도 없이 해 봤다. 어느 날 권익 북구청장이 교장실에 들렀다. 중학교 두 해 선배다. 참 허태열은 네 해 후배고. 권익 청장이 하던 말

"제갈 교장, 왜 그렇게 어리석소? 변호사와 만나 의논했어야지…."

꿀 먹은 벙어리마냥 할 말이 없었다. 그만큼 그가 세상을 어리석게 살았던 증좌라고나 하자. 해서 말이다. 두렵긴 한이 없어도 차라리 곱다랗게 숨이 넘어갔으면 하는, 은근한 바람을 가질 밖에.

세월 아니 날짜는 무심히 잘도 흘렀다. 며칠 뒤에 앞서의 백

장학관이 교장실로 서류 봉투를 하나 들고 왔다. 지난번 호통(?)을 당한 적이 있는지라 백 장학관은 공손하기 그지없었다.

"'주의 촉구' 처분이 내렸습니다. 이건 형님 신분에 아무 영향도 없습니다. 따라서 정년퇴임 때 황조근정훈장 수훈하시는 데 장애가 안 됩니다."

"…."

"노여움 거두십시오. 저도 형님이 연루되지 않으셨다는 걸 확신합니다. 교육감님도 형님의 말씀을 진실로 받아들이십니다. 해서 지난번 어린이 사고도 말입니다. 1천1백만 원 조의금 모아주신 것에다가, 1천9백만 원을 보태어 3천만 원으로 사건 매듭을 지으시기로 했다더군요. 담임선생님을 위로하라는 말씀도 하셨어요. 물론 구상권求償權 청구 안 하신답니다."

"여보, 내가 몇 마디만 하겠소. 교육감님께 감사하다는 내 뜻을 전해 주오. 안 그래도 담임교사가 출장 전에 특별히 친구들에게 주의를 주고 조치를 취했는데, 불가항력으로 일어난 일이라 지금 심한 위염을 앓고 있소. 담임도 매우 억울해 하고 있어."

"그랬었군요."

"또 하나. 그 사건 발생 때 제일 기분 나빴던 일이 있소. 세상에 일개 경사警査가, 저들의 직급이 7급일 텐데 말이오. 내 방에 와서 뭘 알아본답시고 조서 비슷한 것을 꾸미더라오. 세상에 그 자가 내 앞에서 담배를 꼬나물지 뭐요? 검찰이니 경찰! 정말 돼 먹지 않았어."

"쯧쯧, 교장은 4급 예우인데…."

"누가 아니래? 경찰서장과 교장의 직급은 같아요."

근데 정작 진짜 사건은 며칠 뒤에 일어났으니 소름이 끼친다. 아니 눈물은 지금도 난다. 강서구 어느 마을 김 아무개 여학생 (78)한테서 등기 편지가 온 것이다. 뜯기 전부터 섬뜩한 느낌이 드는 게 이상해서 그런지 제갈종천의 손이 부르르 떨렸다.

지금도 가슴이 쿵쾅거리고 마음이 진정되지 않는 내용을 아래에 요약한다. 워낙 글씨가 엉망이고 두서도 없는데도 그 길이가 만만찮았다. '존경하는 학장님 전 상서'라 서두를 떼고서 쓴 편지…. 그걸 정리해서 아래에 적는다. 원본은 물론 제갈종천이 지금도 갖고 있다.

학장님 돌아가시게 되었다는 소식을 듣고 제 정신이 아니었습니다. 그 상품권을 제가 도둑질했습니다. 사건이 있었던 그날, 노인학생들이 전부 교장실로 모인다는 소식을 듣고 저도 달려갔습니다. 좀 늦었지요.

버릇없는 학생들은 학장님 앞에서 치마저고리를 벗고 깔깔대며 좋아라 날뛰었습니다. 한복 교복이 참 아름답습디다. 저는 돈이 없어 교복을 못 사입었습니다. 얼마나 부러웠는지 모릅니다. 제 사정을 학장님이 아시면 한 벌 사 주셨겠지만, 전 그럴 체면이 아니었지요. 다른 노인학교와는 달리 교복을 안 입어도 학장님은 모든 학생을 다 무대에 올려 세워 주셨지요. 그게 눈물 겹

습니다.

한 아저씨가 박카스 한 상자를 학장님께 드리라고 제게 건네주더군요. 그걸 받아든 학장님은 말씀하셨습니다.

"자 먼저 본 사람이 임자지요. 한 병씩 마시고 '양산도(陽山道)' 연습합시다."

제게도 박카스가 돌아왔습니다. 단번에 동이 나고 빈 상자를 제가 치우게 되었지요. 그걸 구겨서 들고 화장실 쓰레기통에 넣으려 가는데 밑바닥에 봉투가 하나 들어 있었습니다. 펼쳐 보니 상품권 10만 원짜리 두 개였습니다. 누가 볼세라 얼른 전 그걸 속곳 호주머니에 쑤셔 넣었습니다. (중략)

저는 죄 많은 사람입니다. 일곱 남매를 낳아서 다 저승에 먼저 보냈습니다. 남편도 여의었구요. 강서(江西) 너른 들판 비닐하우스 여기저기가 제 숙소입니다. 기쁨이라곤 오직 노인학교 출석입니다. 학장님은 이 못난 저를 89년도 타이베이 여행 때 데리고 가셨습니다. 열다섯 중 한 명은 무료라고 하면서…. 87명이 갔는데, 무료 여섯 명에 저를 끼워 주셨지요. (중략)

저는 지금 곧 바로 낙동강 샛강으로 나갑니다. 이 세상에서 마지막 쓰는 편지를 학장님께 드리다니 눈물이 앞을 가립니다. 저승에 가서도 다른 노인학생들이 입버릇처럼 말했듯이 학장님을 기다리겠습니다. 안녕히 계십시오.

추신/ 저의 기도입니다. 하느님, 제가 떠나 주님의 품에 안기지 못하더라도, 저희 신생님 가정에 행복이 충만하시도록 은총을 주시옵소서, 성부와 성자와 성부의 이름으로, 아멘! '방황하는 나그네'를 부르고 떠납니다.

김OO 올림(*노인학생들은 꼭 자기를 학생이라 불러 주기를 원했다.)

그 사연들이 제갈종천을 또 천길만길 낭떠러지로 밀어 넣었다. '성부와 성자와 성령의 이름으로 아멘'이라는 기도가 그로 하여금 온 몸을 부르르 떨게 하고도 남았다.

아닌 게 아니라 이런 추억 아닌 추억도 있었다. 어느 학생이나 가족이 이 세상을 떠났을 때 제갈종천이 명복을 빌자고 하면, 김 아무개 학생은 언제나 십자성호를 그었었지. 각기 종교가 다른 학생들은 자기들만의 방식으로 떠나보냈고. 실눈을 뜨고 보면 요지경이었다. 자기들의 종교 의식(?)대로 뭐러뭐라 지껄이는 것이다. 무당巫堂 제자 넷은 손을 빌었다.

과연 이튿날 급하게 강서 분회장 학생으로부터 전화가 왔다. 김 아무개 학생이 샛강에 투신하여 숨을 거두었다는 것. 제갈종천은 입을 닫았다.

강서 분회 학생들조차 김 아무개 학생이 생활고 혹은 외로움을 못 이겨 그 길을 택하였다고 생각했으리라. 죽은 이와의 약속을 지키기 위하여 제갈종천은 여태껏 함구하여 왔다. 참, 지금은 학생들이 다 입적, 소천, 아니면 선종해서 이승에 없다. 밝혀도 괜찮으리라. 더구나 이 글의 압권은 '그 도시' 부*을 다시 찾는 연유에 있으니, 가슴 펴고 또 하나의 기록을 써 나간다.

제갈종천은 2004년 8월 31일, 43년간 정들었었던 교문을 뒤로하고 집으로 돌아왔다. 비가 오나 눈이 오나 바람이 부나, 강산이 두 번이나 변할 세월 동안, 토요일 오후면 출근해 왔었던 노인학교도 관두었다.

하지만 중병은 그 마수魔手를 거두어들이지 않았다. 거기로부터 벗어날 방법은 없었다. 그런 중 시쳇말로 백수가 된 그에게 기쁜 소식이 날아들었다. 누가 큰딸 중매를 했는데 당사자끼리 몇 번 만난 모양이었다. 상대는 삼성에버랜드에 근무한다고 했다. 딸이 조심스럽게 운을 떼었다.

"엄마 아버지, 미국에서 유학을 했습니다. 공부도 할 대로 했고, 몇 번 만나는 동안에 사람 됨됨이가 좋아 보였어요. 무엇보다 키가 183센티미터예요. 우리 집에도 장신長身 식구가 있으면 좋겠어요."

녀석은 소리 내지 않았지만 웃었다. 어리둥절해 있는데 녀석이 덧붙인다.

"아버지, 그 수련원에 다니지 마세요. 사이비 종교 집단이라 소문이 났습니다. 차동엽 신부님이 신랄하게 비판하시더군요. 내친김에 말씀드리는데, 미스터 박은 5대째 가톨릭을 믿는 집안이래요. 저더러 개종改宗을 권했습니다."

"너만 개종이냐? 아니면 우리 식구 모두 다 그래야 하니?"

"엄마 아버지만 괜찮으시다면, 이참에 가톨릭 가정이 됐으면

합니다."

다섯 가족이 의논하는 데는 그리 긴 시간이 걸리지 않았다. 작은딸도 쉬 동의를 한 것이다. 두 종교가 닮은 점이 많아서 그런지 가톨릭에 친근감이 갔다. 큰딸은 성당에서 교리교육과 세례를 이내 받았다. 제갈종천 내외와 작은딸도 마찬가지.

결혼 후 큰딸은 몇 년 동안 근무했던 사립 고등학교에 사표를 내고, 제 짝 박朴 돈보스코의 직장을 따라 용인으로 올라갔다. 이어서 아들을 낳는 바람에 제갈종천 내외는 딸 집에 올라갈 수밖에. 덕분에 2년 남짓 공부하여 공립학교 교사 채용 시험에 합격, 시내 생물 교사로 있다. 그리고 둘째 출산, 내년이면 초등학생이 된다.

돌이켜보면 아찔하기만 하다. 낯선 땅에서 적응을 하지 못해 고생깨나 했다. 청승맞게 '나그네설움'은 왜 그렇게 시도 때도 없이 튀어나오는지….

그렇게 2년이 지났을 때 경기문학인협회 사무국장한테서 전화가 왔다.

"저, 제갈종천 교장 선생님. 부탁 하나 드려도 되겠습니까?"

"무슨 부탁입니까? 초야에 묻힌 촌로에게…."

"그곳 성당에서 들었습니다. 교장 선생님 복음성가를 잘 부르신다구요."

"시원찮은데… 과찬을 전했군요. 그런데 왜 그러십니까?"

"'경찰 방송'이라고 기독교 방송이 있는데, 매주 목요일 오후

목사님과 전도사님, CCM 가수들이 와서 찬양을 합니다.”

제갈종천은 움찔했다. 하필이면 '경찰'이라니. 해서 물을밖에.

“경찰警察과 무슨 관계가 있습니까?”

사무국장은 아무 걱정하지 말란다. 순수한 기독교 찬양 방송! 그 이상도 이하도 아니라는 것

“찬양이라면?”

“'복음성가' 부른다는 뜻입니다. '방황하는 나그네' 아십니까?”

“흉내를 낼 정도지요. 둘째 소절부터는 주님께 가까이 가서 고통도 슬픔도 없이 지낸다는 흑인 영가지요. 그건 그렇고. 어디 있습니까?”

어디 있느냐는 질문에 사무국장은 너무나 뜻밖에도 부*이란다. 제갈종천은 소스라치게 놀랐다. 아니 까무러칠 뻔했다는 게 옳으리라. 세상에, 이날 이때까지 그쪽을 보고 오줌도 누지 않겠다는 각오로 살아오지 않았던가?

단박 거절할 생각으로 수화기를 놓으려는데, 천하의 소리꾼으로 자타가 공인하는 그의 머리를 섬광처럼 스쳐 지나가는 게 있었다. 원수를 사랑하라! 그 도시일수록 네가 찾아가야 할 게 아니냐? 그건 하느님의 말씀인지 자신의 생각인지 구분이 안 되었다. 마침내 그는 오케이 사인을 보내고 말았다.

지하철을 이용한다 치자. 동백역을 거쳐 기흥역에서 1호선으로 환승, 구로역에서 하차한다. 그리고 인천행 열차를 타고 중동역에 내리면 15분 거리에 방송국이 있다 했다. 제갈종천의 가슴

을 쓸어내리게 한 것은 부*역을 스쳐지나간다는 점. 그만큼 그
도시 이름 자체가 그에게 치욕과 공포의 대상이었다. 이름만 들
어도 그랬다. 약속대로 그는 목요일 경찰방송 스튜디오에 모습
을 드러냈다.

예상보다 편안한 분위기를 그 공간이 주었다. 여남은 분이 출
연하는데, 이런! 목사님이 다섯 분이나 되지 않는가? 게다가 남
녀 비율이 1:4! 경기문학인협회 사무국장이 사회를 하는데 어찌
나 매끄러운지 탄성을 질렀다. 차례가 되어서 제갈종천은 무대
에 올라서서 '방황하는 나그네'를 봉헌했다.

*오 나는 약한 나그네요/ 이세상 슬픈 나그네/ 수고도 병도 위
험도 없는 내가 가는 그 밝은 곳/ 나는 가네 내 아버지께 더 이상
방황 없는 곳/나는 가네 십자가 앞에 주님 품에 돌아가네…⌒*

약간 색깔이 든 안경을 썼기에 망정이지 아니었으면 제갈종
천이 흘리는 눈물을 보고, 스튜디오 안의 모두가 이상하게 생각
했으리라. 그들이 팔순의 노인에게 열거하지 못할 기나긴 사연
이 있는 줄 몰랐음에야.
그로부터 월 1회 그는 부*을, 아니 방송국을 찾았다. 중동역이
부* 시내인 사실도 알았다. 시간이 흐를수록 민감했던 정서도 누
그러뜨려지고, 되레 정이 들어가는 것 같아 흠칫 놀라기도 하였

다. 그게 간사함에서 비롯되었는지 모른다. 그 도시 쪽을 보고 오줌도 누지 않겠다는 결심은 어디 가고, 그 도시 한가운데 기독교 방송국에서 바지춤을 내리다니….

3년 동안 정말 부지런히 다녔다. 가슴에 맺힌 한을 푸는 걸 하느님이 도와 주신다는 느낌에 빠졌다. 가톨릭과 개신교의 소위 복음성가, 그 곡은 같아도 가사는 다른 데가 더러 있다. 하나님: 하느님/ 독생자: 외아들/ 복락: 행복 등등.

제갈종천은 로마에 가면 로마법을 따르라는 명제대로 경찰방송에선 개신교 가사를 그대로 부른다. 3년 남짓 동안 특히 혼신의 힘을 쏟은 곡이, '살아 계신 주', '바람 속의 주', '저 높은 곳을 향하여', '오늘 집을 나서기 전(가톨릭 제목 '기도'), /'방황하는 나그네', '사랑의 종소리' 등등 스무남은 곡이다.

몇 달 전 제갈종천은 큰맘 먹고, 지척에 있는 검찰 지청 정문을 통과하여 들어갔다 나왔다. 실로 켜켜이 쌓이고, 얽혔다가 또 설킨 만감이 소용돌이를 쳤다. 오히려 몸서리 쳤다고 하자. 하지만 이윽고 한없는 평온이 전심을 감싸는 게 아닌가!

그런데 이제 다시 부산으로 갈 일이 생겼으니, 경위 계급장을 단 둘째딸이 곧 첫애를 낳을 예정인 것이다. 둘째 딸 간호를 하는 동안에는 부산 사돈(내외)이 여기 와 당신 자식 식구들을 돌보아 주겠단다.

그 도시를 떠나기 이제 오히려 섭섭하지만 제갈종천은 말한다. 어디에든 그분 하느님이 계신다. 주교좌 성당 남천성당과 중앙성당(부산은 주교좌 성당이 둘) 노인학교에 가서 '방황하는 나그네' 등을 쏟아내자.

하지만 목요일이면 그 도시가 생각나리라. 부산에 머물러도 제갈종천은 용인을 거쳐, 가끔 그 도시로 가려는 당위성 아니 숙명이다.

하나 덧붙이자. 제갈종천은 퇴임 후 몇 년 지나 '부산교육상'을 받았다. 교육자에게 최고 영광이요, 가문의 영광! 그가 상품권 10만 원짜리 두 장과 관계가 없다는 걸 모두가 은연중 합의한 결과 아니고 뭘까. 참고다. 부산교육상, 까짓 황조근정훈장은 근처에도 못 올 정도로 비중이 큰 상이다.

사족 더하기 하나. 그 도시의 작가들을 몇몇 안다. 그들과 헤어지는 것이 못내 아쉽고말고. 최희영 작가는 스튜디오에까지 왔었음에야!

떠나기 전에 이룬 소원. 재작년 캄보디아 행 비행기 안에서 집 가까운 비구니 도량道場 주지 스님께 썼었던 편지를 일주일 전에 보냈었다. 날짜를 잡아 줄 터인즉 가까운 시일 내에 와서 불자들 앞에서 찬불가 한 곡 부르란다. '청산은 나를 보고'다. 짐을 쌀 준비를 한다.

김○○ 학생의 자살을 막지 못한 회환이 오늘 따라 제갈종천을 휘감는다. 겨를이 없었다고 하자.

Oh Danny Boy와 클레멘타인

어지간히 알려진 게 아일랜드 민요 Oh Danny Boy다. 중학교나 고등학교만 나와도 이 노래는 안다. 아니 초등학교 졸업이 학력 전부인들 왜 이걸 모를까? 참, 빠뜨렸다. 우선 원어原語가 아니고 우리말로 한 번 불러보자. '아 목동아'

아 목동들의 피리 소리들은 산골짝마다 울려나오고/ 여름은 가고 꽃은 떨어지니 너도 가고 또 나도 가야지/ 저 목장에는 여름철이 가고 산골짝마다 눈이 덮여도/ 나 항상 오래 여기 살리라/ 아 목동 아아 목동 아 내 사랑아

아니 골치 아프게 어렵게 생각할 것 없다. 아무 노인학교에서나 '아 목동아'를 흥얼거린다 치자. 학생들 반은 흉내 낼 수 있으리라. 대중화되어 있다는 뜻이다. '아리랑'과 '아 목동아'가 어금 버금하다고 해도 거의 틀리지 않으리라.

노인학생의 '현주소'는 오래 노인학교에 몸담았었던 허허실許虛實 교수가 정확하게 파악하고 있다. 그의 이 한마디에 귀를 기울여 보자.

"노인학생들이 '아리랑'보다 '클레멘타인'을 더 정확하게 부른다는 사실 앞에 놀라지 않을 수 없을 겁니다. 박자며 음정이 어찌나 그렇게 정확한지…. 묘한 함수 관계를 풀어 보겠습니다. 우선 '클레멘타인',

넓고 넓은 바닷가에 오막살이 집 한 채/ 고기 잡는 아버지와 철모르는 딸 있네/ 내 사람아 내 사람아 나의 사랑 클레멘타인/ 늙은 아비 어디 두고 영영 어디 갔느냐…"

한숨 돌린 허허실 교수가 다시 말을 잇는다.

"1910년대 초반에 그 노래가 우리나라에 상륙한 걸로 알려져 있습니다. 지금 노인 학생들이 소녀 시절쯤이라는 계산이 나옵니다. 물론 클레멘타인의 무대는 미국입니다. 개척시대 열악한 광부들의 생활상을 반영하고 있어요. 가사가 왜 바닷가로 둔갑(?)했는가에 대해서는 여러 설이 있습니다만."

하여튼 매체도 없었던 한일합방 앞뒤 시절이었다. 이 클레멘타인은 선풍旋風에 휩쓸려 많은 우리나라 부녀자들의 입과 귀를 통하여 전해진다. 그야말로 국민 모두가 애창하는 노래가 될밖에.

그에 비해 '아 목동아'는 학생들이 교실에서 직접 악보를 통해 배움으로써 널리 퍼지게 되었다는 게 허허실 교수의 주장이다. 이게 '아일랜드 민요'라는 사실을 알고 모르는 게 문제가 아니었다. 엄청난 반향反響은 계속되어 오늘에까지 이르게 된 거다. 마침내 원어로 어지간한 고등학교 음악교과서에 실린 지 오래다.

이 이야기를 전하는 기자記者는 그가 펼쳐든 아주 오래되어 낡을 대로 낡은 김해여고 음악 교과서 129쪽을 들여다보며, 그와 함께 실창實唱해 본 적 있다. 그 가사다.

Oh Danny boy the pipes are calling/ From glen to glen and down the mountain side/ The summer's gone and all the roses falling/ It's it's you must go and I must bide/ But come ye back when the summer's in the meadow/ Or when the valley's hushed and white with snow/ It's I'll be there in sunshine or in sheadow/ Oh Danny boy oh Danny boy I love you so…(교과서 해설:전장에 나가는 아들의 무운장구를 비는 노래임/ Danny는 소년 이름?)

허허실 교수는 이 My darling Clementine과 Oh Danny Boy 를 들고 마치 주유천하周游天下를 하듯, 먼 곳 가까운 곳 가리지 않고 여기저기를 훑고 다녔다는 것이다. 그는 말한다.

"교과서에 실린 이후 '아 목동아'에 우리나라 국민은 자기도 모르게 빠져들어 왔던 겁니다. 다중多衆이라면 지나친 표현일지 모르지만, 상당수가 자신도 모르게 이미 멜로디를 익히게 되었다고나 할까요? 해서 말인데, 우리말 가사를 원어로 바꿔 부르는 게 힘들이지 않아도 됩니다. 단어도 어려운 게 없어요. 다만 'ye'는 고어古語라는 것만 기억하면 되겠지요. '아 목동아'를 알면 'Oh Danny Boy'를 익히는 건 누워서 떡 먹기나 다름없다고 생각합니다."

자, 여기에서 허허실 교수가 어떤 사람이라는 것, 다시 말해 정체(그에게는 실례지만)를 밝히지 않을 도리가 없다. 그러지 않고선 그 다음 이야기를 이해할 수 없기 때문이다.

허허실 교수의 본래 이름은 허삼천許三千이다. 삼천이 어릴 때, 삼천포三千浦시의 주민 대부분이 어업에 종사하였다. 그의 집은 워낙 가난하여 뱃일에 종사할 여건이 안 되었다나? 아버지는 모두가 꺼리는 폐결핵을 앓았다.

그래도 어머니가 워낙 억척스러웠다. 초가삼간 뒤의 땅을 마련하여 손바닥 크기의 땅을 개간해 가며 겨우 입에 풀칠을 한 것이다. 참, 오죽 답답했으면 아버지가 삼천을 낳았을 때 아내에게 이런 이야기를 했을까.

"아이고, 고마바라. 마누라가 이번엔 고추 하나 뽑아냈네. 하지만 켱구眷口 하나 늘었지만 우째 되겠지. 이름을 '삼천리'에서

'리' 자는 빼버리고 삼천으로 하는 기라. 자갈밭이라도 좋으니 삼천 평, 아니 그 반의반 땅이나 마련해 보라는 아비 소원이다."

그래도 뼈빠지게 일한 보람이 있었다. 개간한 땅에서의 소출을 아끼고 아낀 덕분에, 소형 발동선을 하나 사서 바다에 일터를 얻게 되었다.

아버지도 병세도 조금은 차도가 있었다. 하지만 그해 전국을 강습한 태풍으로 인해 산기슭 오두막집도 송두리째 날아가고, 배조차 흔적 없이 사라져 버린 것이다. 그때 유행하던 속담 같은 말을 돌이켜 생각하면 쓴웃음이 나온단다.

"잘나가다가 삼천포로 빠진다…."

어쨌거나 삼천네가 삼천포에서는 더 살 수가 없었다. 야반도주 하듯, 어느 날 네 식구는 괴나리봇짐 달랑 하나씩 짊어지고 뱃길로 부산으로 떠나게 된다. 삼천의 나이 열두 살, 초등학교를 졸업한 그때였다.

배 위에서 계속해 멀미를 하면서도 어머니는 청승맞게 노래를 불렀다. '클레멘타인' 말이다. **넓고 넓은 바닷가에 오막살이 집 한 채/ 고기 잡는 아버지와 철모르는 딸 있네/ 내 사랑아 내 사랑아 나의 사랑 클레멘틴**(클레멘타인이라 정확하게 부르지 못했다).

초량 산꼭대기에 있는 다 허물어져가는 무허가 판자촌을 찾아가 단칸방을 천신만고 끝에 얻었다. 물론 사글세로. 당장 입에 풀칠하기가 문제였다. 아버지의 병이 설상가상 심해졌다. 초등학교만 나온 누나는 키만 멀쑥하니 클 뿐 아는 것도 배운 기술도 없었다. 그렇다고 해서 무위도식할 수 없는 노릇, 우선 자갈치 어촌계장 집 가정부로 들어가게 되었다. 누나의 월급으로 식구들의 끼니와 약간의 잡비는 해결되었다.

요컨대 삼천이 문제였다. 삼천은 머리가 썩 좋아서, 중학교를 거쳐 상고나 공고에 진학하면 훌륭한 직장 하나 얻을 수 있었으리라. 한데, 여건이 허락하지 않았던 것이다. 선택의 여지가 없었다. 초량역 앞에서 삼천은 구두 통을 멜 밖에. 조무래기 깡패들한테 수입을 빼앗기면서도 삼천은 굴하지 않았다.

한여름이 되었다. 아이스케이크 장사가 수입이 쏠쏠하다 해서 귀가 솔깃해져 그길로 나서기도 했다. 고생이 막심했다. 이런 수모를 당하기도 예사였으니까.

"아이스케키 사이소오. 달콤하고 시원한 아이스케키 왔습니더."

때맞추어 덩치 큰 학생, 아니 교복입은 깡패가 한마디 한다.

"야, 아이스케키!"

삼천이 부리나케 달려간다.

"예, 얼만치 드릴까예?"

"시끄럽다 인마. 조용히 좀 살자. 꺼져."

그 장본인이 문제가 아니었다. 둘러서서 그걸 바라보며 박장대소하는 일부 또래가 삼천으로 하여금 치를 떨게 했던 것이다.

물론 이를 악물고 돌아서야만 했고말고. 그러는 중 삼천을 눈치껏 붙잡고 구석으로 데려가선, 통째 아이스케이크를 사 주는 착한 학생도 있었다.

그러던 삼천이 자기 운명을 바꾸게 하는 계기를 맞은 것이다. 항상 『영한사전』을 들고 걸으면서도 외우는 고등학생이 신기했다. 물론 그 당시엔 그런 광경이야 흔했다. 특히 이순달이란 이름표를 단 학생은 옷도 단정하게 입고 행동거지부터 남과는 달랐다. 최고의 명문 부산고등학교 3학년이었다. 부산고등학교 전체에서 공부며 주먹이 단연 1위라는 소문이 파다했다. 이순달을 만났을 때를 재현해 보자.

그 당시의 초량역 앞은 난장판이었다 해도 과언이 아니었다. 일대일로 치고받기, 통학생 상호간 패싸움, 선량한 학생들에 대한 폭력배들의 주먹질, 여학생 성추행, 소매치기 소란 등이 비일비재했던 것이다. 그런 데서 구두 통이나 아니스케이크 통에, 삼천을 비롯한 몇몇 소년들은 생존을 걸고 있었다.

그때도 노동조합 같은 게 있었던 듯 초량역 뒷문 입구 위로 아치를 하나 만들어 거기 적어 놓은 글자 중 '韓國勞働組合'은 아직도 기억에 남아 있다. 어느 날 삼천이 그걸 바라보고 고개를 바라보며 혼잣말로 중얼거렸다.

"노동勞働인데, 왜 움직일 동 자를 '働'으로 썼노?"

삼천은 아버지한테서 천자문을 배워 움직일 動 자 정도는 안다. 어쨌든 그게 운명이었다. 이순달(이름표를 달고 있었다)의 시선에 삼천이 꽂힌 것이다. 이순달이 말했다.

"아하 요 녀석 바라. 야, 니가 이걸 읽을 줄 알아?"

"아니 뭐, 조금은 한자를 알긴 하는데 '노동勞動' 아닝가예? 본래는 '人' 변이 없는데….'"

"글쎄다, 나도 잘 모르겠다만 같이 쓰는 모양이더래이. 하여튼 똑똑한 녀석을 알게 돼 좋다. 가자, 내 찐빵 사 주꾸마. 가만 있자, 오늘 나도 시간이 좀 있다 아니가? 따라 온나. 오늘 구두 고만 닦아라. 내가 다 물어 주께."

마다하던 삼천은 이순달의 권유를 끝내 들을 수밖에. 5분만 걸으면 중앙극장이 나온다. 이순달이 걸음을 떼어 놓는 대로, 중고등학생들이며 양아치로 보이는 꾀죄죄한 차림의 소년들이 허리를 굽혔다. 고등학교 학생들이 경례를 올려붙이기도 했고.

정말 찐빵을 잔뜩 얻어먹었다. 돌아 나오려는데 이순달이 말하는 것이었다. 밀가루 음식 뒤엔 오뎅(어묵)으로 입가심을 해야 한다고. 오뎅까지 쑤셔 넣고 보니 정말 배가 터질 것 같다. 역까지 따라가면서 들은 이순달의 얘기다.

"난 운동, 특히 태권도를 좋아해. 아버지가 태권도장을 하시거든. 그렇다고 해서 공부를 게을리 할 수는 없잖아? 그리고 엄마는 재래시장에서 포목 장사를 하신다. 묵고 사는 데에는 지장이 없어."

"그래예? 어디 사시는데예?"

"음 여기서 세 정거장, 구포 알아?"

"얘기는 들었어예. 구포, 삼랑진, 진영 이 세 군데 역에 '가다'(일본말/ 주먹이 센 사람) 많다면서예?"

"예끼 녀석, 모르는 게 없구마. 난 '가다'가 아니라 스포츠맨이야. 그건 그렇고…. 내가 싸움하는 거 보기가 염소 물똥 사는 거 보기보다 힘들걸? 너 검정고시 공부해 볼 생각 없어? 중학교나 고등학교에 안 가도 졸업 자격을 얻는 제도야. 그렇게 성공한 사람 많데이."

"정말입니꺼? 방법만 갈쳐 주면 해 볼까라예."

"우리 고등학교 내 친구 얘기 하나 해 주께. 걔는 집이 가난해서 학비 감당이 힘들었던 모양이야. 2학년 초에 학교를 그만두고 검정고시 공부를 해 가주고 바로 서울대학교로 진학한 기라. 넌 무슨 뜻인지 잘 모르겠지만 독어독문학과로 갔어."

그 소릴 들으니 삼천의 가슴이 두근거렸다. 그게 삼천의 운명을 갈라놓은 것이다. 하나뿐인 아들 녀석이 여느 날처럼 파김치가 되어 돌아오더니 뜬금없이 검정고시 공부를 하겠다는 말을 하자 부모는 처음엔 당황했다.

그러나 이윽고 녀석이 기특해서 아버지는 등을 도닥거렸다. 그리고 아버지는 그게 가능하며 공부할 자신과 각오가 있느냐고 삼천에게 반문했다. 삼천은 눈물을 글썽이며 고개를 끄덕였고말고. 엄마는 박수로써 응원했고.

삼천의 피나는 노력은 그렇게 시작되었다. 강의록을 가지고 공부를 하는 게 유일한 방법이었다. 모르는 것이 있으면 이순달을 기다렸다가 물어서 해결했다. 천하의 명문 부산중학교 마지막 입시(이듬해부터 입시가 없어졌다)를 거쳐, 부산 고등학교에 다니는 이순달은 모르는 게 없었다. 실력이 있으면서도 자기를 낮추는 겸손을 그에게서 느꼈다. 이순달은 으스대지 않았다.

그런 노력이 보람이 있어 첫 도전에서 삼천은 몇 과목 합격을 했다. 나머지도 1-2년 안에 정복하는 것쯤 문제가 없다고 자신감을 가졌다. 과연 그랬다. 통영의 국민학교 동기생들이 졸업장을 받는 해, 삼천은 고등학교 입학 자격 검정고시 전 과목을 통과한 것이다.

삼천포를 떠나기 전 일이 주마등처럼 스쳐 지나갔다. 교복을 입고 교모를 쓴 채 와자지껄 떠들며 저 멀리 논두렁길을 걸어가며 희희낙락하던 친구들 생각이 났다. 그들은 삼천의 집 울타리 곁을 지날 때는 그래도 조심스러워한다는 눈치였었지. 삼천은 등하교 시간엔 문 밖으로 잘 나오지도 않았다. 중학교 가을 운동회 때 확성기를 통해 들려오는 와자지껄하는 응원 소리는 얼마나 컸던가.

그 희소식이 있고 나서 두 달 만에 아버지가 그만 저승으로 떠나고 말았다. 폐결핵이 아닌 희한한 사고로. 무시무시하고 몸서리쳐지는 그 일을 말하지 않을 도리도 없다.

그것도 집이라고 화단이 있었다. 몸이 아픈 아버지는 봉숭아며 맨드라미 등을 심어 가꾸어 보려고 삽과 괭이, 호미로 화단 바닥을 파헤치는 중이었다. 한데 커다란 뱀 한 마리가 발견된 것

이다. 기겁을 한 아버지는 갑자기 혼이 나간 사람처럼 무언가를
중얼거리며 그 자리에 주저앉더니 까무러치고 말았다. 아버지는
한참 만에 겨우 깨어났다.

그것까지는 그래도 있을 수 있는 일이라 하자. 그날 밤에 아
버지가 흔적 없이 사라져버린 것이다. 식구들은 발을 동동 굴렀
다. 밤을 새워 그러다가 마침내 날이 밝았는데, 건강한 젊은이도
20분이 걸리는 산山 칠부 능선 밭뙈기(물론 개간한 데다) 한복
판에서 주검으로 발견된 것이다. 자초지종이나 원인 등을 짐작
조차 할 수 없는 일이 일어났으니 그 충격을 어떻게 감당할 것인
가? 경찰서에서도 단순한 변사로 처리했다. 화장하여 유해를 삼
천포 옛집 근처까지 가서 몰래 뿌리며 엄마가 말했다.

"아이고 문딩이 같은 영감, 평생 폐병을 앓아 내 속을 썩이더
니…. 타관 객지에서 와 그래 저승 걸음은 빠르노? 이기 무슨 꼴
이고? 하기사 삼천포 여기 옛날 우리 밭에도 뱀이 많긴 했다 아
니가. 뱀 귀신에 홀낀 기다. 영감 고향 오고 싶덩교? 그래도 입
하나 덜은 셈 아니가. 우리 똘똘 뭉쳐서 살자. 그라고 너거 이 일
은 절대 입 밖에 내지 마래이."

아버지 장례를 치르고 나자 엄마는 넋 나간 사람이 되어 있었
다. 정말 모든 가족이 아버지의 죽음에 대해 함구했다. 그러다
두어 달이 지나자, 엄마는 바로 20분쯤 거리의 식당에 주방 일을
하러 나갔다. 삼천의 일터(?) 초량역 바로 맞은편이다. 어느 날
엄마는 이러는 거였다.

54

"사거리 있재 그자? 거기서 부산중학교 학생들이 교통정리를 하더래이. 교복 입고 멋지게 손으로 신호를 하는 거, 정말 보기 좋더라. 내 새끼는 인자 그 시기를 놓쳐 뿌렸으니 쯧쯧."

"엄마 염려 마이소. 나는 순달이 형님 말 듣고 대학교 입학 자격 검정고시 볼라 카는 기라예. 나중에 선생님이 될랍니더."

"니 무슨 소리 하노? 선생님이 아 장난인 줄 아나? 얼마 전까지만 해도 사범학교라고 있었는데, 인자 모집도 안 한다 카더라. 교대教大에 간다 말이가?"

더 이상 설명을 해도 엄마가 못 알아들을 것 같아 삼천은 입을 다물었다. 대신 엄마 팔다리를 실컷 주물러 드렸다. 엄마는 워낙 피곤한지 어느새 깊은 잠에 빠지는 것이었다.

1967년 어느 날이었다. 그날도 삼천은 열심히 구두 통을 메고 초량역 앞에서 손님을 맞고 있었다. 다섯 시쯤 되었을까? 이순달이 만면에 웃음을 띠고 가까이 다가오더니 말했다.

"삼천아, 내 구두 좀 닦아라이. 공짜 아니데이? 난 그런 사람 아닌 거 니 알재?"

삼천은 웃으면서 고개를 끄덕였다. 순달은 워커를 구두 통 위에 얹었다. 삼천은 퉤퉤 침을 뱉어가며 워커의 광을 내었다. 순달이가 요즘도 똘마니들이 자릿값을 뜯어 가느냐고 묻는다. 그런 일 없다고 대답했다. 이순달은 아주 기분 좋은 표정을 지어 보였다. 자신이 윽박 시르기 않아도 똘마니들이 알아서 한다고 해석했기 때문이리라. 이순달은 삼천더러 자기를 형님이라 부르라고 제안했다.

"니 터불이란 말 아나? 터울이 표준말인데, 앞서 낳은 자식과 뒤의 자식 사이의 햇수를 말하는 기라. 니하고 내하고 터불이 길다고 생각하고 내가 니 형님 하꾸마. 참 여동생이 하나 있긴 하다."

"지 같은 넘 입에서 우째 형님이란 말 나오겠습니꺼?"

"됐다마, 너무 빼지 마라. 오늘부터 형님 동생이다 알겠제?"

"알겠십니더. 형님이라 부르도록 노력해 볼게에."

해가 바뀌었다. 이순달은 부산대학교 인문대학에 수석으로 합격을 했다. 학생복 아니 신사복으로 말쑥하게 차려 입은 이순달이 어느 날 저녁 무렵, 역 앞으로 삼천을 찾아왔다. 그리고 기쁜 소식을 삼천에게 전해 주었다.

집 가까운 덕만2동에 재건再建중학교가 생겼다는 것이다. 물론 고등학교 입학 자격 검정고시를 목표로 공부시킨다. 그러곤 졸업생 중 누가 상급학교 그러니까 고등학교 진학을 원하면 여러 가지로 뒷바라지를 해 준다는 것. 실력 있는 대학생이며 현직 중고등학교 교사가 선생님들이라고도 덧붙였다. 자기도 대학생이니 거기서 학생들을 가르치기로 했단다.

"내가 교무부장을 맡았다 아니가. 그런데 내 이야기 들어바라. 근처 역이 엄청나게 커졌거든? 거기서 니가 애들 몇몇 데리고 구두닦이 해. 수입도 훨씬 나을 낑이께. 역 직원들에게도 말해 놨어. 니가 어렵게 자라 검정고시 합격한 걸 얘기했어."

"왔다 갔다 해야 합니꺼? 형님."

"아니야, 묵고 자고 할 데가 있다. 아직 우리 집에 대해 상세하게 말 안 했다 아니가. 재래시장에 점포 네 개나 돼. 포목점이랑 떡집, 장국밥집, 인삼 가게 등이야. 떡집이 가게 문을 일찍 닫는데 거기 방 하나가 있어. 거기서 자라. 가끔 나하고도 밤을 새우며 '이바고때바구'도 하고. 이바구때바구 아나?"

"정말 오랜만에 듣습니더…."

"망설이지 마래이지 마래이. 니 손해 볼 일 내가 안 시키꾸마. 아침저녁은 가끔 내캉 같이 묵자. 점심은 짜장면 사묵으래이. 당분간은 쉬는 시간 재건중학교에 와서 여러 가지 일도 좀 도와 도고. 등사판으로 신문도 만드는데, 니는 맞춤법 잘 맞재? 원고 받아 오고. 줄판에다 등사원지 놓고 긁고 해 바래이. 교정 보고… 등사도 하고 말이야. 시험지 등사도 마찬가지다. 수고비는 쥐꼬리만 하지만 월급 식으로 줄께. 선생님들한테 연락하는 거 뭐, 이런 기다."

자신이 없다고 했더니 형님은 삼천이더러 적임자라며 용기를 북돋아 주었다. 그리고 대학입학자격 검정고시에 합격하라는 거다. 그럼 여러 가지로 뒷바라지를 해 주겠다는 말을 잊지 않았다. 집에 와서 엄마한테 얘기해 봤더니, 엄마는 미심쩍어 하면서도 허락해 주었다.

그로부터 삼천은 또 다른 객지 생활이 시작된다. 틈만 나면 구두 통 없이 여기저기 구경을 다녔다. 특히 재래시장엔 없는 게 없었다. 신바람이 났다. 한마디로 말해, 삼천에게 호기심을 충족시켜주는 새로운 세계가 펼쳐진 것이다.

역에는 아침저녁 직장인들의 출퇴근 시간에 맞춰 잠시 나가면 되었다. 자투리 시간이 날 땐 대합실 안팎을 쓸고 닦고 했다. 덕분에 역무원들로부터 신임을 얻고 칭찬을 받았다. 틈나는 대로 학교로 가서 청소며 정리 정돈, 선생님들의 수업 준비, 학습 자료, 교과서 챙기기 등을 도맡아 했다. 열악하기 그지없는 비품이며 시설에 못질하는 일도 잊지 않았다.

어린 나이에 고등학교입학자격 검정고시에 합격한 삼천은 학생들에게 우상이었다.

그들은 삼천의 '인간승리' 이야기를 듣고 싶어 했고말고. 삼천 특유의 성실성도 학생들의 마음을 사로잡았다고나 할까? 학생들은 부산 시내 제일 먼 곳에서부터, 인근 여러 시읍면 등지에서까지 왔다. 물금 원동 삼랑진 등…. 대개가 20세 안팎이었고, 초등학교를 마치고 진학 못한 한을 품고 있어서 모두들 열심이었다. 40대 후반의 주부도 흔했고말고.

공부가 그렇게 신나는 것인 줄 몰랐다. 처음 검정고시를 시작할 때는 자신이 없었다. 한데 합격하고 보니 훨씬 나이 든 학생들보다 학교 급級이 다른(대학입학 자격)데 도전한다는 성취감에 사로잡혔다. 엄마와 누나 나이의 학생들은 기특하다며 남몰래 용돈을 쥐어 주기도 했다. 무엇보다 좋은 건, 모르면 뭐든지

물을 수 있는 선생님(대학생, 학교 교사)들이 20명이나 된다는 사실이었다.

그렇게 2년을 보내고 나서 삼천은 드디어 목표 달성에 성공한다. 나이 만 16세 때였다. 우수한 성적이었음은 물어보나마나. 일간 신문에서 그를 인터뷰하는 등 야단이었다.

참, 합격증을 받아들기 무섭게 삼천은 삼천포로 달려갔다. 동기생 57명의 소식을 알아보았다. 친구들 중 더러는 타처他處로 나가 공장에 다니곤 했다. 아버지와 함께 고깃배를 타거나 그 옛날 삼천처럼, 좁은 논밭에서 농사에 매달려 있는 죽마고우竹馬故友도 있었다. 동기생 상당수가 고등학교 2학년 재학 중이었다. 그들은 입을 모았다.

"니 그라문 고등학교 졸업한 것과 같다는 말이가? 니가 제일 출세했다. 앞으로 우짤끼고?"

"재건중학교에 훌륭한 스승이 많다 아니가. 초등학교 교사 검정고시를 볼란다. 나이가 어려 응시 자체가 힘들다 카던데…. 일단 거기 합격하여 기다렸다가 선생님이 댈라 칸다."

"교육대학이 생겼다 카던데. 거기 진학하면 어떻노?"

"거긴 솔직히 자신 없다. 우수한 인재들이 많이 온다 카더라. 2년을 우째 더 고생하겠노?"

"우쨌든 니가 최고다이. 니가 떠날 때, 우리 서로 인사도 못했다 아니가. 미안하데이."

삼천은 그렇게 또 2년을 알차게 보내면서 때를 기다렸다. 그러다가 마침내 초등학교 교사 자격 검정고시에 합격하고 만다. 만 18세 때였다. 초등학교 교사가 부족할 때라 서류만 제출하니 진작 발령을 내 주는 게 아닌가? 1970년도 9월 1일자, 김해시 한림서翰林西국민학교….

사택에서 자취를 했다. 전기도 잘 안 들어오는 음악 교실에 가서 시간을 보냈다. 피아노(육성회장이 기증했다)가 거기 있었기 때문이다. 피아노는 면내에 두서너 대 될까말까 할 때라, 한 여고생이 가끔 피아노에 앉아 보고 싶어 했다. 어느 날 밤, 촛불을 켜 놓은 채 '도레미파솔파미레도' 부터 열심히 두드리는 여고생과 둘이서 시간을 보냈다. 촛불 하나만 꺼질 듯 탈 듯 하며 어둠을 밝혀 주고 있었다. 캄캄한 밤에 그러노라니 참 야릇하면서 황홀한 느낌이 들기도 했다.

그 장면을 그만 교장 선생님한테 들키지 않았더라면 이상한 사건이 벌어졌을지 모르는 순간순간이었다. 그런데 발각이 된 것이다. 둘 다 된통 혼이 났음은 물론이고말고. 비참할 정도였다. 창피 정도가 아니라 모욕을 섞어 교장 선생님은 여학생을 나무랐다. 여학생은 눈물을 쏟고 갔다. 사건(?)은 그걸로 수습되지 않았으니, 다음날 조회 시간에 교장 선생님의 일장 훈시가 터져 나온 것!

"자나 깨나 불조심/ 꺼진 불도 다시 보자… 같은 구호가 붙어 있는 20평 공간이다. 한데 '한밤중 촛불 하나에 둘이 한 몸이 되어 있다니(교장 선생님 얘기)' 말이 되느냐?"

참, 삼천은 바로 쫓아가 악몽의 흔적을 칼로 깎아 지웠다. 피아노 뚜껑이며 다리, 건반 근처에 흘러내리다 덕지덕지 굳은 촛농이 흉물처럼 남아 있었다.

한데 여학생이 황망 중에 놓고 간 고등학교 〈음악 교과서〉가 그대로 얹혀 있는 게 아닌가? 정규 교육을 받지 못한 삼천으로서는 참 신기한 보물처럼 여겨졌다. 거기에 원어와 우리말 가사로 된 두 곡이 있었으니, '아 목동아'(OH Danny Boy/ 그 책에는 London Derry Boy로 되어 있었다)와 '클레멘타인(My Darling Clementine)'이었다. 그로부터 삼천은 혼자 있을 때면 이 두 곡을 우리말로 혹은 원어로 부르는 게 습관이었다. 그걸 계기로 해서 삼천은 이 둘을 애창곡으로 삼는다. 여학생은 다시는 학교를 찾지 않았다.

그러던 어느 날 불쑥 그는 이런 생각을 머리에 떠올린다. 그리고 푸념으로 남에게 들릴락 말락 내뱉는 말. 난 다른 과목은 다 가르치겠는데 미술에 자신과 안목이 없어. 타고났나 봐. 초등학교 교사는 전 과목에 다 능통해야 한다. 하지만, 난 그게 아니잖아. 그래, 중등학교로 진출하자. 방법은 오직 하나. 국어과 검정고시 전장戰場으로 뛰쳐나가는 거다!

그때부터 삼천은 다시 머리를 싸맨다. 가르치는 데에 최선을 다하고 난 뒤, 그는 밤낮으로 공부에 매달렸다. 초등학교 교사 자격증 소지자는 교육 과목이 면제니까 전공과목 서적과의 씨름에 혼신이 힘을 쏟았다. 첫해는 실패했다. 다시 허리띠를 졸라매고 불철주야 노력한 결과, 두 번째 부산진여중에서 치른 시험에 합격했다. 21세 때였다.

초등학교 동기생들 중 두서넛이, 초급이라도 대大 자가 들어가는 학교에 다닐 무렵 삼천은 중학교 선생님이 될 자격을 얻은 것이다. 그래도 군에 가기 전에는 그대로 초등학교에서 근무하기로 내심 작정할 수밖에.

이순달 형님과는 여전히 연락이 오갔다. 그동안에 형님의 집에 변화가 있었다. 형님의 아버지가 돌아가신 거다. 한데 구포역 근처에 사놓았던 땅 값이 천정부지로 올라 거부가 되었다는 소식이었다. 네 개의 가게도 엄청난 수입원이었다. 운선사 주지스님과 합의, 투자하면 사립학교 하나쯤 설립할 수 있을지 모르겠다는 것도 형님이 귀띔해 주었다.

그런데 이순달의 건강이 안 좋다는 청천벽력 같은 소문이 삼천의 귀에 들려왔다. 이소룡처럼 너무 운동을 심하게 해서 팔다리 근육에 이상이 왔다는 게 아닌가? 부산대학교 인문대 수석 입학한 형님이었다. 태권도가 워낙 좋아 그걸 가업으로 이어 받을 결심까지도 한, 강골 형님이 아니던가? 그래도 형님은 굴하지 않았다. 76년도에 『현대 문학』인가 어디에서 천료를 함으로써 시인이 된 것이다. 그야말로 문무를 겸하게 된 셈이다.

어쨌든 연기하고 있었던 군 입대가 삼천의 코앞으로 다가왔다. 창원 훈련소에서 기본 훈련을 받으러 떠나는 날, 이순달 형님에게 인사를 하러 갔더니 형님이 그러는 것이었다.

"잘 다녀 오거래이. 중학교는 세워질 거다. 니가 제대하면 나이도 20대 중반에 가까우니 그 학교로 온나. 새 학교엔 젊은 일꾼이 필요한 기라. 그때 일 열심히 해라."

어리둥절해 있으려니 형님의 말씀은 계속되었다. 동생 혜련이가 삼천한테 관심이 많다는 것이다. 착한 애라 부연하면서. 삼천이 제대 후 둘이 결혼하면 어떻겠느냐는 거다. 너무나 분에 넘치는 제안이라 아무 말도 하지 못하고 삼천은 돌아 나왔다. 혜련이는 그때 대학 1학년생이었다. 아닌 게 아니라 혜련은 인물은 썩 좋지 않아도 심성 하나가 고왔다. 하기야 둘이서 영화까지 같이 본 적이 있으니, 서로 호감을 안 가졌다고도 할 수 없었고.

하여튼 삼천은 6주간의 기초 훈련을 마치고 영천 부관학교를 거쳐 자대 배치를 받고 당분간 보충중대 소속으로 있었다. 당시만 해도 문자 미해독 병사가 있어 그들에게 한글을 가르치는 일을 했다. 희한한 가르침, 우여곡절을 또 하나 삼천이 겪은 것이다.

32개월 만에 드디어 군복을 벗었다. 일주일이 안 되어 복직이 되었다. 바로 가을 운동회가 열렸는데, 손님 찾기 경기에서 세 번이나 불리어 나갔다가 갑자기 어지러워 큰 대 자로 쓰러졌다, 누구보다 먼저 혜련이가 뛰어 들어 근심스럽게 내려다보고 본부석까지 부축해 가는 게 아닌가! 삼천은 몽롱한 중에서도 혜련의 존재를 다시 한 번 느끼지 않을 도리가 없었다.

그렇게 2학기가 정신없이 흘러갔다. 다음해 2월에 이순달 형님한테서 전화가 온 것이다.

"새학기에 중학교 개교한다. 거기 부임하거래이. 내가 일꾼이 필요하다 안 카더나? 교감 자리를 맡아 도고."

"형님, 그게 될 법한 말씀입니꺼? 스물여섯에 중학교 교감이라니요?"

"괜찮다. 니 같은 불굴의 의지가 있는 사람은 그 자체로써 애들한테 귀감이 되는 기라."

솔직히 말해 삼천은 제 정신이 아니었다. 엄마도 은근히 걱정하셨다. 그동안에 결혼한 누나인들 어찌 마음을 놓았으랴. 온 집안이 오히려 뒤숭숭했다는 게 솔직한 표현이었다 하자. 그래도 재건중학교 선생님들이며 학생들이 김해까지 몰려와 용기를 북돋아 주었다.

새 학기에 삼천은 운천리雲川里중학교에 교감 직무대리로 부임하게 되었다. 운천리라니, 세 음절인 이름이 촌스럽다고 사방에서 야단이었다. 하지만 노인들이며 대대로 뿌리를 내리고 사는, 말하자면 터줏대감들의 고집도 어지간했다. 운천리 중학교는 그렇게 개교했다. 교사 자격을 가진 형님이 이사장.

아무리 사립학교라지만 젊디젊은 교감이라니 권위가 아니 설 것 같았다. 삼천은 일부러 두루마기까지 걸친 한복 차림으로 출퇴근했다. 학교장을 깍듯이 모셨다. 대부분의 교사가 자기보다 젊은 나이지만, 그들의 애로 사항을 듣고 관리에 반영했고말고.

연수를 받으면서 근무했기 때문에 곧 자격증을 취득했다. 가을엔 결혼식을 올렸다. 신부는 물론 혜련. 지방의 유지 중 유지인 신부 측 혼주 때문에 예식장이 미어터질 정도였다. 아파트를 하나 구해 엄마를 모신 건 물론이다. 학교에서 교감은 관리직이지만 어느 정도 수업을 맡는다. 당연히 국어를 가르쳤다. 가끔 음악 교사가 유고 시에 자청하여 수업에 들어가기도 했다. Oh Danny Boy와 My Darling Clementine을 원어로 가르치고, 그 노래가 탄생한 역사적 배경 등을 해설하기도 했다.

허삼천처럼 파란만장한 삶을 산 사람도 드물다는 건, 여기까지의 내용만으로도 누구나가 알아차릴 수 있으리라. 한데 또 하나의 변곡점이 그를 기다리고 있었으니, 주지스님이 부설 노인학교를 하나 만들고 운영책임자로 삼천을 지명한 것이다.

당시의 풍속도. 사이비 노인학교가 부지기수였다. 스무남은 평 되는 공간 하나를 갖고 구청에 신고만 하면, 그 대표는 노인대학장이 되는 것이었다. 실로 어처구니가 없었다.

그런데 어찌된 셈인지, 그들 중 몇몇은 시의원이 되기도 하였다. 아무 자격증도 없는 무명인사, 심지어는 졸부라 손가락질 받는 축도 노인대학장이라는 직함을 그렇게 얻더라. 술과 안주를 팔고 사교춤을 추게 하는 그런 공간 앞에, '노인대학생들'이라며 줄을 서서 입장을 기다리고. '니나노 노인학교'…. 알 만한 사람은 안다. 세상은 요지경이라는 말이 딱 들어맞았다고 할 수밖에.

허삼천은 노인 교육을 철저하게 연구했다. 교육과정을 민요며 동요, 가곡 등 노래와 우리 고전 무용, 동화 구연 등 건전한 것으로 골라 편성했다. 중학교와 재건학교 선생님들을 강사로 위촉하였으니, 내실 있는 노인학교로 이름을 날리게 되었음은 물론이고말고.

어느새 허삼천도 시내에서는 유명 인사가 되어 있어서 자신도 적이 놀랐다. 명함에도 직업 두 개를 나란히 박아 다녔다. 중학교 교감과 노인대학장…. 명함에는 허삼천이란 이름 뒤에 허실虛實이란 별명을 하나 적었더니 받는 사람이 많은 관심을 보이는 게 아닌가? 이게 '허허실 교수'의 탄생 비밀이다.

이런 우스운 이야기는 빠뜨릴 수 없지. 지역사회 인사들이 참가하는 야유회가 있었다. 사회자는 저 유명한 MBC 라디오의 한 병장 아나운서. 장기 자랑 순서인데, 커다란 키에 야윈 몸매를 한 젊은 삼천 아니 허삼천 교감을 한 병장 아나운서가 좀 얕잡아 보는 눈치다. 한 병장이 물었다.

"실례지만 무슨 일을 하시는 분입니까?"

"나, 대학 학장이오."

"와, 몰라 뵈었습니다. 어느 대학이신가요?"

"노인대학입니다."

좌중에 폭소가 터졌다. 그 덕분인지 그날 야유회는 정말 신나고 기뻤을 수밖에. 그로부터 한 병장과 허삼천은 정말 가까운 인간관계를 유지했다. 허삼천의 직함은 어느새 '교수敎授'가 되어 있었다.

몇 년 뒤에 허삼천은 교장의 자리에 오른다. 서른을 갓 넘겨 서였다.

그 무렵 삼천의 고향 삼천포의 행정 구역 변화가 있었다. 1995년 삼천포와 사천군이 통합되어 사천시가 된 것. 인구 10만 약간 웃도는 도시다. 때맞추어 삼천은 사천시에 아버지의 소원 대로 제법 넓은 땅도 샀다. 구태여 평수를 얘기할 필요가 없다. 중심가에서 그리 멀리 떨어져 있지 않은 야트막한 산이다. 말이 산이지 나무는 별로 없는 자갈밭? 잡종지雜種地, 그쯤하자. 어쨌 든 시민들이 출향 인사 중에서 삼천의 이름을 열 손가락 안에 꼽 는 건 당연지사.

그러나 공군에 입대하여 사천 비행장 관제탑에서 복무하고 제대한 아들이 불의의 사고로 유명을 달리한다. 이른바 승용차 추돌을 당한 것이다. '참척.' 말 자체가 세상에서 아무리 조심스 럽고 진심에서 우러난 위로를 건넬지라도 부모에게는 모질기 그 지없는 고문이다. 오죽하면 삼천 자신이 그 두 음절로 된 말 '참 척慘慽'를 사전에서 아예 없애 버리자며 통탄했을까? 하나 따지 고 보면 삼천의 끝없는 과욕이나 지나친 성취감이 그 원인인지 모른다. 뼈저린 반성을 한들 이제 와서 무슨 소용이랴!

다시 세월이 흘러 어느덧 삼천의 나이 57세가 되었다. 갑자기 고향이 그리워졌다. 수구초심首丘初心! 여우도 죽을 땐 구릉을 향해 머리를 든다고 했지 않은가?

해서 삼천은 부산에서의 모든 걸 처분하고 귀향을 결심 하는 것이다. 삼천포에서 떠나 부산으로 갔다가 다시 사천泗川으로…. 교장으로 승진한 뒤 오래되었지만 4년 남은 정년을 기다릴 필요조차 없었다. 넓은 땅이 있으니 거기에 모든 걸 묻으려 한다. 엄마와 삼천 내외, 중학교 교사로 있는 딸과 사위 그 사이에 난 2남 1녀의 외손자 등이다. 딸 내외의 장래? 교육 가족은 어디서든 환영받는다는 게 삼천의 생각이니 뭐 어찌되겠지.

복지 회관을 크게 짓고, 노인학교나 하나 부설하여 기부 체납했으면 한다. 5층쯤이면 될 게다. 물론 살림집도 넣는다. 삼천에게는 눈감을 때까지 은인인 이순달(몸이 정말 아픈데) 형님(처남)이 따라오는 게 은혜라 여겨진다. 삼천의 장인과 장모는 여든이 넘었지만 정정하니 하던 일을 계속할 것이다. 어촌 계장의 부인이 죽자 그에게 후처로 들어간 누나는 나이 차이가 나는 부부지만, 잘산다. 걱정 없다.

아버지가 생각나면 엄마와 '클레멘타인'을 부른다. 자다가도 일어나 Oh Danny Boy를 입에 올릴 것이다. 가끔은 그 틈바구니에 '아리랑'을 섞는다. 어떤가?

끝내 정지용의 '향수'

오늘은 6월 20일이다. 바로 '향수'로 대변代辯되는 정지용 선생의 탄생 117주년 되는 날이다. 대전 변두리에 사는 권태무 전前 지방地方신문 문화부 기자는 아침부터 바쁘다. 부산에서 친구들이 네 명 KTX 열차 편으로 오면, 그들을 자신의 승용차에 싣고 옥천 정지용 생가로 가야 한다.

그리고 기상천외의 독창 겸 색소폰 독주를 해야 하는 것. 곡목은 역시 '향수'! 청중들과의 인터뷰도 계획되어 있다. 보도는 〈실버넷뉴스〉 편집국장 몫이다. 아래에 오늘이 있기까지의 약사略史를 적는다.

태무는 오랜 기간 B 일보사에서 근무했고, 정년퇴임한 이후에는 아르바이트 수준의 교열부 기자로 있었다. 그는 시쳇말로 가방끈이 짧았다. 부산중학교 졸업을 끝으로 회사(신문사)에 사환으로 들어가서 궂은일부터 배우기 시작했다. 그러나 그는 2년 만에 대학입학자격 검정고시에 합격하고 수습기자가 되었다. 문화부였다. 그런 뒤 다시 어깨 너머 배운 이런저런 지략을 동원하고 피나는 노력을 경주하여 문단(소설)에 데뷔한다.

초등학교 기능직으로 있는 아내의 봉급으론 살림이 빠듯할 수밖에 없었다. 문화부에서 물러나 교열부 말석에 앉아 있으려니 쑥스럽기 그지없었다. 어느 날, 야간 업소에서 색소폰을 연주하는 후배 치현이 찾아왔다.

"형님, 기운이 없어 보입니다. 지난 세월 잊어버리세요. 제가 쓰던 색소폰을 하나 드릴 테니 연습 한 번 해 보시지요."

태무는 물을 커피포트에 올려 끓였다. 이윽고 2인용 다기茶器를 내서 매만지고, 녹차를 넣어 우러날 때까지 기다렸다. 치현이 말을 이었다.

"약간 무겁긴 한데 형님의 체격이나 덩치로 봐서, 오히려 제 격일 겁니다. 형님은 풀피리 연주 대가잖아요? 노래와 풀피리! 문인협회 야유회 때, 그 두 가지 재주를 맘껏 뽐내고 있다는 소문도 들었습니다. 아 참, 향우회鄕友會 때 저도 형님의 모습을 먼 발치서 보았습니다."

"원, 이 사람이 이것저것 미주알고주알 다 밝히네그려. 자네 말대로 해 볼까? 하지만 풀피리 부는 게 색소폰 연주에 도움이 된다니 미심쩍기도 하고. 하여튼 귀가 번쩍 뜨이긴 하네. 고마우이."

　"아이고 형님, 오히려 제가 고맙지요. 앞으로 색소폰을 십 년
은 더 불 수 있습니다. 생각건대 형님은 이 색소폰 하나로 빛나
는 일이나 큰 흔적을 남길 수 있을지도 모르지요. 형님, 파이팅!"

　"아닌 게 아니라 요즘 무기력하이. 정신과에 갔더니 우울증
초기라나?"

　"그럴수록 힘내세요. 몇 달만 제가 일러 드리는 대로 따라하
시면 오케이! 교습료는 안 받습니다. 하하."

　"아, 치현이 아우. 아니 스승님 감사합니다."

　태무와 색소폰의 인연은 그렇게 시작되었다. 그러고 나서 며
칠이 지나갔다. 그날 오후에도 태무는 먹물이나 먹었다는 젊은
기자들의 맞춤법 실력을 보고 혼자서 투덜거리고 있었다.

　"도대체 학교에서는 뭘 가르치나? '오랫만에'를 그냥 넘겼네.
이러고서도 기자 노릇을 하다니. '오랜만에'라고 하면 잡아먹히
기라도 한다는 말인가. 쯧쯧! 이건 또 뭐야? 대통령이 북한군의
사열을 받는다면 주객이 전도된 건데. 완전 개판이고말고. '대통
령이 북한군의장대를 사열했다'고 쓰지 못하다면 기자 자격이
없는 거지."

　그럴 때 치현이 들어선 것이다. 어깨에 짊어진 게 있다. 색소
폰임은 두말할 나위가 없다. 태무는 그를 반겨 맞으며, 다시 녹
차 달여 내놓았다.

　치현이 조금 있다 케이스를 열었다. 그에게 10여 년간 밥벌이

를 시켜 준 상징이 고스란히 모습을 드러내고 있었다. 마침 마감 시간이 끝나 사무실 안은 여기저기 듬성듬성 비어 있었다. 치현이 입을 떼었다.

"말씀드렸다시피 색소폰은 네 가지가 있습니다. 알토, 바리톤, 테너, 그리고 소프라노. 브랜드로 일제 야마하, 프랑스의 셀마 등을 손꼽구요."

"다시 한번 말하네. 나 같은 갑남을녀가 색소폰이라 개발에 편자는 아닐까?"

"아니 형님. 어지간한 성악가 수준의 가곡 실력을 가지신 분이 형님입니다. 북구 문화제 때 경찰악대 반주에 맞춰 '떠나가는 배'와 '도라지'를 불렀고, 고신대학교 오충근 교수가 지휘하는 '부산어머니오케스트라'와 협연을 하셨지요. 삼랑진 '오순절 평화의 마을'에서…. '10월의 어느 멋진 날에'와 '사랑으로'였지요. 그날 눈물겨운 이야기 하나. 무척 미인이긴 하지만, 정신분열증(조현병)을 앓는 전직 음악 교사라는 자매가 눈물을 흘리던데요. 형님, 아자!"

"과찬은 말게나. 어쨌든 소리 내는 법부터 가르쳐 주지 그래."

레슨은 이렇게 그날부터 실시되었다. 악기를 조립해서 메고, 치현이 일러 주는 대로 소리를 내어 봤다. 오른손 네 손가락과 왼손 세 손가락을 주로 쓰는데, 과연 태무는 음악에 특별한 재능이 있는지 '도레미파솔라시도'를 무리 없이 만들어 낼 수 있었다. 아니 무엇보다 풀피리 연주 기능이 전이된 듯한 느낌을 가졌다는 게 정확한 표현이라 하자.

여기까지 이야기를 주고받고 나서 둘은 자리를 옮겼다. 10분 가량이면 닿을 수 있는 부산진 시장으로. 주인主人인 태무의 처제 옥천댁은 둘을 반겨 맞았다. 소주 한 병과 돼지 수육 한 접시, 국밥 두 그릇을 시키고 둘은 마주앉았다. 너무 이른 저녁 시간이라 시장은 한산하였다.

여섯 시가 좀 넘어 둘은 일어났다. 한데 치현이 태무 소매를 잡고 끄는 게 아닌가? 자기를 따라 오라는 거다. 색소폰은 치현이 짊어졌고.

신문사 맞은편에 부산진역 광장이 있다. 둘은 마치 약속이나 한 듯이 그리로 발길을 옮겼다. 옛날에는 구포나 물금 혹은 삼랑진 등지에서 통학(통근)하는 학생과 회사원이 많아 무척이나 붐비던 기차역이었다. 태무의 말.

"자네 생각나는가? 지금은 과거와는 달리 한산해서, 매주 토요일 오후 천주교에서 운영하는 봉사단에서 저녁밥을 대접하는 장소로 이름이 났다네."

"부산 교구 선교 사목국장의 권유에 따라 형님이 가끔 여기서 노래 부르신다는 말씀도 들었습니다. 참 저도 목격했구요."

태무는 그건 반은 맞고, 반은 틀리다고 말했다. 가톨릭 신자인 그가 어느 날 부산교구 사목국장 전동기 신부를 만났다는 것이다. 전 신부가 부산진역 광장의 무료 급식 운영을 들먹이더니,

거기 잠깐 노래를 불러 줄 수 있겠느냐는 것. 태무는 바로 동의했다. 아무래도 토요일은 좀 일찍 일과가 끝나기도 하기 때문이었다.

대상자? 거의 노인이나 노숙자들이 대부분이었다. 몇 번 거기 나가서 배식판을 들고 그들 앞으로 가서 전해 주는 일을 했다. 그러다 이상한 사실을 하나 발견했다. 토요일 아침에 지하철을 타고 구포까지 가는 등산객들이 많다. 그들은 무궁화호를 이용, 원동에 내려 산에 잠시 오른 다음 귀가하는 길. 부산진역에서 다시 하차하는 것이다. 마침 저녁 시간이라 그들은 삼삼오로 무리지어 공짜로 저녁을 얻어먹는 사실!

태무는 아연 실색하고 말았다. 그런 사람들을 위하여 배식판을 드는 것까지는 좋은데, 앰프도 없는 그 너른 광장에서 트로트까지 부른다? 그래 한 달이 지난 뒤 포기하고 급식소 책임자에게 그만두겠다고 말했다.

하지만 다른 임무가 그를 기다리고 있었다. 그날 몇몇 봉사자들과 수녀들을 따라 사무실까지 가서 설거지까지 거들었는데, 누가 이렇게 말하는 거였다.

"권 기자님, 말씀의 취지를 잘 알겠습니다. 대신 이러면 어떨까요? 시각 장애 복지관이 여기서 가까운 데 있어요. 거기 한 달에 한 번 가서 노래를 불러 주셨으면 합니다. 풀피리 연주 솜씨도 보여 주시고요."

그 말에 그만 귀가 솔깃해진 태무는 망설임 없이 그러겠다고 대답했다. 하지만 설명을 듣고 태무는 소스라치게 놀라고 말았다. 그 옛날 가라는 학교는 안 가고 가방을 옆구리에 낀 채, 2본 동시 상영 영화를 보던 '철도문화관'이 생각이 나서였다. '부일 시네마'라는 영화관도 거기 가까이 있었다.

태무는 회억했다. 그 철없던 시절, 'OK 목장의 결투', '공중트라피즈' 등에 출연 하는 버트 랭카스터와 커크 더글라스의 팬이었었지….

까까머리를 하고 방황했던 텍사스 거리를 거쳐야 올라갈 수 있다는 판단을 하니 섬뜩한 느낌조차 들었다. 이런저런 생각을 하다가 못된 짓을 골라 했던 그 시절에 속절없이 빠져드는 게 두렵기도 했다.

하지만 이미 약속을 한 터였다. 이튿날 일요일 당장에 시각 장애복지관에 발걸음 했다. 조건은 이랬다. 매월 마지막 일요일 열 시 미사에 참예參詣하고 난 뒤, 한 시간 정도 그러니까 열두 시까지 4층 별실에서 노래를 지도한다. 풀피리를 부는 것은 물론이다. 그리고 그들을 대상으로 웃음 치료를 돕는다. 모든 건 무료다.

태무는 좋다고 흔쾌히 동의했다. 미사가 끝나고 자리를 4층으로 옮겼다. 모인 장애인들은 스무 명이 조금 넘었다. 그러나 당장 장애물이 그를 기다리고 있었다. 그가 지닌 재주인 특유의 막춤 따위는 아무 소용도 없었다. 한번도 파안대소를 이끌어 내지 못해 진땀만 흘렸다. 그들이 앞을 못 본다는 사실 앞에 절망감에 빠질 수밖에.

이번엔 노래 차례. 태무는 애창곡인 '고향의 그림자'를 혼신의 힘으로 불렀겠다?

찾아갈 곳은 못 되더라 내 고향/ 버리고 떠난 고향이길래/ 수박등 흐려진 선창가 전봇대에 기대서서 울 적에/ 똑딱선 프로펠러 소리가 이 밤도 처량하게 들리네/ 물 위에 복사꽃 그림자 같이/ 내 고향 꿈이 어린다

노래가 끝나기 무섭게 얼른 보아 마마 자국이 심한 자매가 입을 열었다.

"선상님요, 지도 한 번 불러 보면 안 되겠십니꺼?"

자매의 말대로 '고향의 그림자' 번호를 반주기에서 찾아 눌렀다. 그러곤 이내 태무는 뒤로 나자빠질 만큼 놀라고 말았다. 여태껏 '고향의 그림자'를 그처럼 잘 소화시키는 사람을 보지 못해서였다. 태무는 자기도 모르게 탄성을 질렀다. 그러자 맨 앞자리에 앉은 어느 자매의 귓속말.

"놀랐지예? 저 자매는 본래 부산에서 자랐는데, 광주로 시집을 갔다 캅디더. 물론 남편도 시작장애인이었고. 사별한 뒤 돌아왔어예. 저 자매는 광주 육교 위에서 앰프 시설하고 노래 불렀다 카데예."

첫날 태무는 그렇게 일정을 마감하고 씁쓰레한 기분으로 귀

가하는 수밖에 없었다. 아니 기가 죽었다 하자. 다만 풀피리로써는 거기 가족들을 조금은 들뜨게 할 수 있었다.

그렇다고 해서 좌절해서는 안 되는 노릇, 그는 어금니를 깨물었다. 월요일 오후 보수동 헌책방에 들러 샅샅이 뒤져 노래책을 여러 권 샀다. 덕분에 70년대 후반에 출판한 1300페이지나 되는 희귀본도 구할 수 있었다. 정말 거기엔 빠져서는 안 될 각종 노래가 들어 있었다. 물론 조잡하기 하지만…. 그날부터 그는 풀피리와 노래로 그것들을 익혀 나갔다.

그로부터 3년 동안 그는 거의 한 번도 거르지 않고 복지관엘 다녔다. 거기서의 일화 혹은 잊을 수 없는 얘기 몇 개.

그 형제자매들 중에는 뒷날 비례대표 시의원이 된 자매도 있다. 이정예. 이화여대 사범대학 불어교육과를 졸업하고 프랑스 유학까지 다녀와 잠시 강단에 섰으나, 포도막염이라는 병에 걸려 실명을 한 미인美人이다. 참으로 아까운 재원이다. 당시만 해도 그 자매는 부산시 시각 장애 복지관장과 점자 도서관장을 맡고 있었다. 옷의 색깔이며, 디자인이 일반인들이 엄두도 못 낼 정도로 빼어나서, 그 곁에 가면 표현할 수 없을 정도의 향기를 느껴야만 했다. 그는 그런 어떤 꼬집을 수 없는 기속력覊束力을 지녔다고 하자.

서라벌 예대(초급)를 졸업했다는 박도석 형제도 빠뜨릴 수 없다. 색소폰 연주를 잘한다는 얘기는 들었는데, 그걸 들고 올 수 없어서 사람들 앞에서 폼만 잡는다고 했다. 두 눈동자가 다 없는 걸로 보아 크게 다친 모양이었다. 그는 탱고를 정말 멋지게 불러서 인기를 독차지했다.

내친김에 한마디 더 말하자. 거기 가족들 중에서 노래를 잘 못 부르는 사람은 거의 없었다. 그들의 지론이다.

"앞을 못 보니까 라디오를 곁에 두고 항상 노래를 듣는다. 그리고 따라 한다. 해서 우리는 전부 가수다, 아니 가수보다 노래를 잘 부른다!"

뉘가 있어 그 명제에 이의를 달 것인가? 정말 그들 모두의 노래 솜씨는 빼어났더라. 모르는 노래도 없었다. 나아가 이렇게 개사開詞해서도 부르고. 하필이면 박정희라는 이름이라 쓴웃음을 자아내게 했다.

눈보라가 휘날리는 밤 내무반 이불 밑에서/ 빤쭈 벗고 이를 잡는 육군 일등병/ 큰 이는 어디로 가고 쌔가리만 살살 기느냐/ 넓적다리 싹싹 긁으며 이를 잡는 홀아비 신세…?

그러면 다른 가족들은 박장대소拍掌大笑로 화답(?)했다. 그 시간만은 거기 가족들이 모든 근심 걱정을 잊는 것 같았다.

때맞추어 기적 소리가 들린다. 창가로 다가가 내려다보니 저만치 자리 잡은 부산역에서 기차가 들어오고 출발한다. 권태무는 반세기 전의 악동 시절이 주마등처럼 스쳐 지나감을 느꼈다.

그의 입에서 '이별의 부산정거장'이 쏟아져 나왔다. 역시 개사한 건데, 거기 가족들에게서 반은 배웠던 것. '짠짜라짠짠짠 짠짜라 짠짠 짠짜라짠짠짠짜라라라'의 전주前奏로 분위기를 띄우고 나서 다.

서울 가는 새(혀) 빠질 넘아/ 외상값이나 갚고 가거라/ 밑천 없는 장사에다 식구가 일곱 명이다/ 외상을 먹는 것도 한두 번 이지/ 어느 때 영자 씨와 마주 앉아서/ 술 한 되 까자 한 근을/ 웃어가면서 먹지 않았나/ 외상값이나 갚고 가거라 ♪

그 정도에 이르면 난장판(?) 수준이다. 자기 모습을 못 보니 스스로의 실력도 가늠할 수 없는 그들 특유의 '자연 춤'을 그대로 선보이는 것이다.

그러나 무엇보다 태무가 큰 충격을 받은 것은 '점자點字'로부터였다. 거기 가족 중 1/5쯤은 점자 〈성경〉이나 주보를 무릎 위에 얹어 놓고 손가락 끝으로 짚어 나가며, 진지한 표정으로 읽어나가는 거다.

이런 일도 있으니 더 강조해 무엇하랴! 소피아라는 세례명을 가진 자매가 넷이었는데, 그 중 어느 누구가 전례부장이었다. 해서 그는 항상 해설자 자리에서 서서 미사 중의 주의 사항 등을 일러 주곤 했다. 어느 날, 빛조차 분간할 수 없는 소피아가 폭탄 선언(?)을 하는 게 아닌가?

"오늘 영성체할 때 부를 노래는 성체 성가 496번 '주님은 우리 사랑하셨네'입니다. 흑인 영가. 미국의 흑인 노예들이 혹독한 노동에 시달리는 중 고향 아프리카를 그리면서 부른 노래지요. 도중에 메조피아노, 포르테, 리타르단도 등이 나옵니다. 유의해서 부르세요. 다시 말해 메조피아노는 '조금 세게', 포르테는 '세게', '리타르단도'는 '점점 느리게'로 부릅니다. 자, 연습!"

소피아 부장은 가차없이 틀린 곳을 지적했다. 몇 번이나 그걸 반복 연습했다. 태무는 귀신이 곡이라도 할, 소피아 전례 부장의 그 음악 실력은 어디에서 나온 걸까 싶어 고개를 갸웃거렸다. 그를 보고 주임신부가 말을 건넸다. 점자 악보가 있는데 소피아는 그걸 익혔다는 것.

그 사건은 태무로 하여금 악보를 소중하게 여기는 계기를 만들어 주었다. 그로부터 코르위붕겐 책을 사서 기초부터 열심히 연습하고, 노래 책을 보면서 가락과 박자를 풀피리에 싣기 시작했으니까. 참 열성을 쏟았다.

그러다가 태무는 거기에서 쫓겨나고 말았으니 그 까닭은 이랬다. 복지관에서는 가끔 야유회를 가곤 했다. 물론 앞을 못 보는 사람들이라 참가하는 가족들은 반드시 성한 사람의 도움을 받아야만 했다. 지원자들과 일대일로 짝을 이룬다. 하루 종일 둘은 서로 떨어질 수 없는 한몸이 되어야 함은 중언부언할 필요가 없다.

그날도 그랬다. 그들은 화장실에 가는 게 제일 문제였다. 문을 열고 바지를 내려 고*를 내서 소변기를 향해 조준(?)하는 걸 도와야 하는데, 그게 예사롭지 않았다. 봉사도 프로라야 하는지 싶었다.

아무튼 한바탕 오락부터 시작했는데, 노래자랑을 겸한 거였다. 사회를 태무가 맡았다. 그런데 도중에 어느 형제가 엄청난 항의를 했다. 자기만 따돌려서 1절로 끝내게 했다는 것이다. 그의 항변을 다시 들어 보자.

"저 양반은 항상 차별 대우야. 내가 2절까지 다 부르면 어디 덧나나?"

태무가 손이 발이 되도록 빌었으나 허사였다. 다른 가족들이 제지해도 그의, 아니 그 내외의 화는 끝내 풀어지지 않았다. 그 때문에 그날 야유회는 망치고 말았다. 더욱 충격을 주는 얘기들이 어수선하게 쏟아졌으니, 그 형제의 말이 맞다는 거다.

태무는 더 이상 버틸 재간도 없었다. 쓸쓸하게 돌아서 나오는 날, 텍사스 골목을 걸어내려 오면서 서영춘의 '서울 구경'을 역시 가사를 고쳐서 불렀다. 복지관에서의 레퍼토리 중 하나였다.

시골 할마시 서울 가는 기차를 타는데/ 차표 파는 총각하고 실랑이 벌이네/ 아 이 세상에 에누리 없는 장사가 어딨어?/ 깎아 달라 졸래대니 우짜면 좋겠노?/ 우하하 우하하하 우하하하 하하 우하하 우하하하 우하하하하// 기차가 뿌하며 떠날라 카이니까/ 할마시가 깜짝 놀라 돈을 다 내며/ 깎지 않고 돈 다 낼

텡이께 저 기차 잡아 주이소/ 돈 안 깎는다 하지 않능교/ 저 기
차 잡아 주이소/우하하 우하하하…

한데 쫓겨난다고 생각하니 약간 부아가 치밀어 올랐다. 하지
만 눈물도 났다. 그리고 짐 하나를 벗었다는 안도감에도 젖어드
는 게 아닌가?

"어때 내 얘기 소설 같지 않아? 자넨 어떻게 받아들이는지 궁
금하네."

여기까지 들은 치현도 태무의 가슴 아픈 사연에 웃을 수만은
없었다. 아니 위로의 말이 쏟아져 나왔다.

"하 많은 장애인들 중에서, 가장 자존심이 강한 쪽이 '시각視
覺'이랍니다. 그 형제에게 마음속으로 사랑을 보내십시오. 색소
폰에다 심혈을 기울이면, '들을 수도 볼 수도 없는 이'를 상대할
날이 옵니다."

들을 수도 볼 수도 없는 이? 태무는 도무지 말귀를 알아들을
수 없었다. 하지만 무슨 뜻인지 물어 보려다가 그만두었다. 경황
이 없어서….

둘은 벤치에 앉았다. 치현은 재빨리 색소폰을 조립하여 피스
를 입에 물었다. 그리고 초저녁에서 머뭇거리는 시침을 향해 재
촉하듯, '해운대 엘레지'부터 뿜어내었다.

일찌감치 호객을 하러 나온 유곽遊廓의 아가씨들 몇이 취한

사람마냥 그걸 따라 부르고 있었다. 치현은 끊임없이 숨을 들이쉬고 내뱉으며 손가락을 움직였다. 행인들이 몰려와 구경 아니 감상을 하는 진풍경은 그렇게 연출되었다. 한 시간쯤 지났을까? 치현은 바로 이웃한 업소로 출근하였다.

집으로 돌아온 태무를 아내가 환한 웃음으로 반겨 맞았다. 서로 약속이나 한 듯이, 검지를 입술에 대고 쉿 소리를 자그맣게 내었다. 아내는 딸애가 방금 잠들었다는 신호를 보내는 거였다. 태무는 알았다는 화답이었고.

태무는 색소폰을 조립하고 짐짓 만족스럽다는 표정을 지어 보였다. 왠지 우울증이 약간은 사라지는 것 같았다. 치현이 건네준 〈색소폰 교본〉을 펼쳐들었다. 호기심이 온 몸을 휘감았다.

거기 마우스피스와 리드의 각부 명칭이 적혀 있었다. 마우스피스 그림을 위에서 내려다보니 기다란 엄지손가락 같다는 느낌이 들었다. 각 부분의 명칭과 운지법을 샅샅이 훑었다. 그리고 내친김에 그걸 죄다 외어 버렸다. '선 연주 자세'와 '의자에 앉을 때(색소폰을 안 쥐고)', '앉은 연주 자세 사진'이 있어 그걸 흉내내어 봤다.

거기까지 새 친구를 부둥켜안고 있는데 웬걸 졸음이 쏟아지지 않는가? 태무는 옳다구나 싶어 5년째 신세를 지고 있던 수면제 할시온(0,250mg)을 거들떠보지 않고 잠자리에 들었다. 그리고 숙면에 빠져들었다.

그로부터 태무에게는 색소폰이 친구를 넘어 반려자 수준으로

까지 격상되었다. 자나 깨나 앉으나 서나, 태무는 색소폰을 몸에서 떼지 않았다. 출근까지 한가로운 시간이 있을 때면 태무는 마우스피스를 입에 물고 손가락을 움직였다. 아래 위층에 사는 사람들이 직장인이고, 그 자녀들 또한 학생이라는 걸 아내가 일러 주었다. 어느 시간대에 연습을 하면 항의가 안 들어온다는 사실쯤은 태무도 꿰뚫을 수밖에. 태무의 말대로 이것도 혜안 아닐까?

색소폰은 그렇듯 태무의 삶에 날개를 달아 준 셈이 되었다. 앙부쉬르(악기를 불 때 입이나 턱 근육 등의 상태를 가리키는 말) 방법도 점점 바르게 익혀 나갔음은 물론이다. 점점 까다로워지는 운지 방법도 독습으로 익혀 나갔다. 치현이 가끔 들러 태무에게 칭찬을 쏟아놓고 돌아가곤 했다.

정말 그랬다. 장족의 발전을 거듭하는 태무를 보는 아내도 까무러치게 놀랄 일이라며 감탄했다. 까짓 설거지쯤 안 거들어 주는 게 무슨 대수냐며 짐짓 미소 띤 얼굴로 태무를 포옹해 주기도 했다. 하기야 태무가 정신의학과 약까지 끊었으니 그들 부부에게 더 이상의 은혜가 어디 있으랴.

그러던 5월 초순이었다. 태무를 치현이가 찾아왔다. 그가 하는 말이다.

"형님, 대단하십니다. 몇 달인데, 벌써 대중가요 어지간한 것은 다 소화 시키시다니…. 형님, Oh Danny Boy 아시지 않아요?

오는 6·25 한국 전쟁 기념일에 둘이서 유엔공원묘지에 같이 가서 그걸 연주하는 겁니다."

"대강 자네 뜻은 알겠다만…. 그 아일랜드 민요, 전장에 나가는 아들의 무운장구를 비는 노래 아닌가? 내가 그걸 원어로 부를 수도 있으이."

"바로 그겁니다. 1절은 형님이 노래로 부르시고, 2절은 색소폰으로 저와 형님이 같이 연주하고. 그런 뒤 모인 사람들이 우리말로 '아 목동아'를 제창하는 겁니다. 물론 우리 둘의 연주는 계속되는 겁니다. 아 참, 언젠가 죽은 이들과 색소폰 연주 운운한 적이 있지요?"

태무가 고개를 끄덕이고 만면에 웃음을 띠었다. 그 제안이야말로 세상에 둘도 없는 파격이었고말고. 태무는 정신을 차릴 수 없을 정도의 기쁨에 젖어, 오히려 안절부절못할 정도의 두 시간을 그렇게 보냈다.

대신 치현이 나간 뒤에 태무는 길길이 뛰었다. 야호 야호 소리를 드높게 지르면서. 잠자리에 들 무렵 치현이 자신에게 하던 말을 새삼 기억해 냈다. 뒤에 죽은 이들을 위해 형님이 연주할 기회가 있으리라는 그 언질 말이다.

태무는 혼자서 그렇게 쾌재를 부르짖었다. Oh Danny Boy는 그렇게 어려운 곡이 아니어서 며칠 새에 완전히 마스터할 수 있었다. 둘이 만나 몇 번이나 리허설을 한 것은 두말할 나위가 없다.

당일 오후 세 시쯤, 둘이서 색소폰을 들고 공원묘지에 들렀을 땐 날씨가 흐렸다. 조영조 기자가 소문을 듣고 미리 와 있었다. 장비도 없이 조그마한 앰프 하나만 놓고 기상천외의 Oh Danny Boy 연주회(?)가 시작되었다. 물론 초라했다. 그러나 The pipes the pipes are calling이 터져 나오기 직전, 모여 든 사람들이 말을 주고받는 게 아닌가?

"야, 정말 기가 막힌다. 나라 밖 참전 용사 영혼들이 일어나 울겠다."

"그러게 말일세. 조국의 부모들에게도 큰 메시지가 되겠는 걸!"

몇몇 외국인들이 가까이 다가왔다. 그러곤 둘의 손을 잡고 고마워했다.

그러나 호사다마는 예외를 좀체 허락하지 않았다. 아래는 그 얘기다.

다시 몇 달이 지난 10월 중순 경까지는 태무의 색소폰 실력은 일취월장이었다. 그 무렵 문인협회의 야유회에 가서는 폭스트로트며 폴카 등 빠른 곡으로 회원들을 즐겁게 하기까지 했으니까. '바다의 교향시', '청춘의 꿈', '빈대떡 신사' 등등. 물론 너무 힘들면 몇 소절쯤 노래로 대신!

그러다 사고를 당한 것이다. 11월 초순 어느 날이었다.

치현이 찾아왔다. 그러더니 오늘 저녁 자기 업소에서 노래 한

곡 부르지 않겠느냐는 게 아닌가? 태무가 마다할 리 없었다. 더구나 그날 밤엔 고향 선배 남백송이 출연한다는 소식임에랴. 이른 저녁을 둘이서 먹었다.

부산진 역 광장에서 둘은 이런저런 이야기를 나누었다. 여덟 시가 조금 넘었을 무렵 둘은 자리를 떴다. 나이트클럽이라는 곳이 이름만 그럴듯할 뿐 초라했다. 태무는 치현을 따라 대기소에 들어갔다.

아홉 시 조금 넘어 손님들이 본격 입장하기 시작했다. 태무는 처음엔 홀(Hall)로 나가지 않고 대기소에 죽치고 앉아 있었다. 사실 태무는 나이트클럽 같은 데에 자주 가 보지 않아서 오히려 서먹서먹하기도 했던 거다. 하나 마냥 그럴 수만은 없는 노릇. 이윽고 태무는 손님들 속에 섞였다.

가수들의 노래는 시원찮았다. 하지만 드디어 남백송이 등장하자 완전히 분위기가 바뀌는 게 아닌가? 그래도 그럴 것이 그는 KBS '가요무대'에 가장 많이 출연했다는 기록이 있었으니까. 남백송은 '전화통신'을 불렀다.

우레와 같은 박수가 터져 나왔다. 앙코르가 터지기도 전에. 남백송의 입에서 튀어나온 말이었다. 삼랑진 출신 후배가 여기 와 있습니다. 손님들이 거절하지 않는다면 함께 제 대표곡 '방앗간 처녀'를 부르고 싶습니다!

그건 정말 뜻밖의 제안이었다. 꿈에서조차 생각 못 했던…. 맨 정신이 아닌 태무는 벌떡 일어나 무대로 올라갔다. 태무는 심호흡을 하고 전주가 끝나기를 기다렸다가 남백송의 사인에 맞춰 목청에 노래를 실었다. 거울 같은 시냇물 송아지 음매 우는/방앗간 내 고향 수수밭 내 고향…

그 순간이었다. 어느 중년 남자가 흔들리는 걸음으로 무대에 올라오더니 치현에게 다가간 것은! 남자는 천 원짜리 한 장을 손에 들고 그걸 치현에게 전하려 했다. 팁이라며…. 그걸 받을 밴드 마스터가 어디 있겠는가?

그런데 남자가 품에서 잭나이프를 끄집어내는가 싶더니 곧바로 치현을 향해 내민 것이다. 그 끝이 치현에게 닿기 전에 몸으로 막아선 것은 태무였다. 잭나이프를 맨 손으로 움켜쥔 건 거의 본능이었다. 왼손에서 피가 뚝뚝 떨어지는 것과 동시에 의식이 몽롱해졌다.

그러는 가운데서도 첫 번째 탁자에 둘러앉은 일행이 시야에 희미하게 들어왔다. 선글라스를 낀 남자와 여자! 바로 태무에게 퇴짜를 놓았었던 시각 장애 복지원 그 부부였다.

태무는 중상重傷을 입었다. 급히 침례 병원으로 옮겨져서 응급 수술을 받았는데 의사들도 고개를 절레절레 흔들었다. 손바닥이 쩍 갈라졌고, 특히 검지 끝마디 살점이 상당 부분 떨어져 나갔으며 뼈가 드러났다. 상처야 아물겠지만 미세한 신경의 봉합이 문제라는 이야기를 의사들이 했고.

이튿날 오후였다. 태무를 찾아 온 사람이 있었다. 시각 장애 복지관의 그 부부였다. 태무는 눈물이 나도록 고마운 데다, 어찌

하여 지난 밤 그 자리에 앉아 있었는지가 궁금했다. 부부가 입을 열었다.

"기자님께 매정한 소릴 해서 미안합니다. 양산에서 저희가 생떼를 부린 거⋯. 저희도 사과드리려 했지만 여의치 않았지예. 어젯밤 그 소란 가운데 사태를 수습한 청년들이 제 손자와 친구들 아닙니꺼? 그넘들이 군수기지사령부 군악대원들이거든예. 외출 중이었어예. 사복 차림으로 저희 따라 술 한 잔 하러 왔다가 그 광경을 본 겁니다."

혹시 현역이라 처벌받는 건 아닌가 걱정했더니 웬걸 부대에서 용감한 용사 표창장을 준다고 했다는 대답이다.

그렇게 그 부부와의 극적인 화해도 이루어졌다. 난동을 부린 청년은 물론 구속되었다. 치료비와 약간의 위자료는 업소에서 부담하기로 합의했다.

한데 예후가 좋지 않았다. 보름 넘어 퇴원했지만 왼팔을 움직이기 힘들었다. 특히 검지가 잘 구부려지지 않았고 손끝 마디가 형편없이 일그러져 있었다. 그러다가 그 부위가 썩어 들어가는 것 같고 무엇보다 통증이 가시지 않았다. 당뇨 때문인 걸 알고 따로 치료를 받았지만 호전되지 않았다. 마침내 내린 주치의의 선고가 절망 그 자체였다. 절단切斷!

눈앞이 캄캄했지만 어쩔 수 없었다. 눈물을 머금고 이를 악문 채 받아들이는 수밖에. 태무는 가끔 절망하였다. 그리고 장탄식⋯. 이제 색소폰 연주를 어떻게 한다는 말인가? 이 손가락을 못 쓰면 '시' 음音을 못 내는데…. 치명致命이 따로 없군.

누구보다 치현이 미안하게 생각했다. 따지고 보면 제 때문이 었으니까. 그러나 태무는 그러지 말라고 했다. 적잖은 돈을 치현 이 태무에게 건네기도 했다.

신문사 교열부 기자도 그만두고 집에 죽치고 앉아 있으려니 솔직히 죽을 맛이었다. 물론 색소폰은 들여다보기조차 무서웠 다. 다시 우울증에 빠지는가 싶었는데 치현이와 그 장애인 부부 의 손자 김병첨이 가끔 찾아와 위로를 건넸다. 그러던 어느 날 귀가 번쩍 뜨이는 말을 김병첨 병장兵長이 했다.

"노무현 대통령의 애창곡 중 하나가 '허공'이잖아요? 그걸 한 번 연주해 보세요. 이 악보를 보세요. 묘하게도 '(si)시' 음을 죄 다 피해 갔습니다. 높은 덴 악기로 연주, 낮은 덴 노래를 부르시 면 멋질 겁니다."

그건 아주 평범한 진실이었다. 다시 기운을 차리는데 몇 달이 걸렸지만, 적어도 정신신경과에는 다시 가지 않아도 됐다. 혼자 서 노무현의 생가가 내려다보이는 부엉이 바위에도 몇 번 다녀 왔다. 그럴 때마다 처연한 느낌이 들었다. 그러다가 딸애가 학교 를 대전으로 옮기는 바람에 손자도 돌봐 줄 겸, 낯선 고장에 와 정을 붙이고 살게 된 것.

타관에서 부산 친구가 그리워 자주 전화를 했다. 정지용 선생 연구를 하여 박사 1호 학위를 받은 부산대학교 교수 양왕용 시인, 교열을 볼 때나 작품을 쓸 때 귀찮게 여기지 않고 일일이 대답을 주던 류영남 한글학회 지회장 등이 대상이다. 물론 치현도 빠질 수 없고. 우연의 일치라고 변명해야 될까? 넷의 화두가 자연스럽게 '향수'로 이어졌으니 말이다.

그러다가 몇 달 전 태무는 참으로 대가인, 다른 한 명의 색소포니스트를 만난다. 용인 동백동에 서일범 '조이 실용음악학원 원장'이었다. 정지용 생가 근처에서 해질녘에 색소폰 연주를 하고 있는 그 가까이로 태무가 다가간 것이 계기였다. 공교롭게도 곡목은 '향수'!

"정말 대단하십니다. 제가 만난 색소포니스트 중 세 분을 꼽으라고 누가 주문한다 치십시다. 부산덕성토요노인대학 김광종 과장, 야간업소에 나가지만 아직도 현역인 김치현 밴드마스터, 그리고 선생님."

"과찬이십니다. 한데 말씀하시는 분은 색소폰에 관심이 많으시군요."

태무가 왼손 검지를 내 보이며 사연을 설명했다. 그는 태무에게 연민의 정이 가득한 시선을 던졌다. 이윽고 그가 태무에게 건넨 뜻밖의 말이다.

"쯧쯧 안타깝습니다. 하지만, 낙원 악기 상가에 가서 키를 그만큼 이어서 늘이면 되는 거 모르셨습니까? 노래와 색소폰 연주를 번갈아 하던…. 왕년의 실력을 한 번 뽐내 보세요."

그 한마디야말로 태무에게는 복음이고도 남았다. 날짜를 잡아 태무는 서일범 원장을 따라 악기 상가에 들러 색소폰 수리를 했다. 그러고 나서 태무는 인근 산에 올라가 한 달째 연습에 연습을 거듭해온 거다. 결실을 보는 날이 정지용의 생일인 6월 20일, 옥천 행은 그런 연유로 말미암아 이뤄진 거다.

어느 김정숙 씨

강서구 맥도 부락에서 열다섯 명 정도의 노인학생이 내가 무료 운영하는 노인학교에 다녔다. 작년 막내(?) 서말순 학생이 87세를 일기로 세상을 떠났단다. 딸의 이름이 김정숙이다. 올해 60세--.

내가 어느 시각장애복지관에 노래 지도와 웃음치료를 한답시고 3년 동안 다닐 때 그 딸도 잠시 거기서 봉사하고 있었다. 우리 셋이 지하철 안에서 만난 적도 있다. 이 졸고를 쓰는 중 김정숙이라는 사람을 실제 내가 몇이나 알고 있나 싶어, 스마트폰에서 확인해 보니 세상에 단 혼자뿐 아닌가!

그런데 전화번호가 011-584-0695로 나와 있다. 전화가 통할 리 없다. 어느 작가에게 물었더니 1을 빼고 3을 넣어 010-3584-0695로 해 보란다. 가슴이 두근거리는 가운데 신호를 보냈더니 대답이다. 아 선생님!

울먹이며 엄마는 돌아가셨단다.

정말 눈물겨운 인연이다. 서말순 학생. 나를 따라 방콕에 갔을 때 산호섬에서 비키니(?)를 입고 해수욕하던 학생이다. 나보다 열살 연상…. 허무하다.

요한궉(John鳶), 그가 실로 오랜만에 타관의 노인학교에서 강의를 한 시간 맡았었다. 두서너 달 전이다. 실로 감개가 무량할 수밖에. 하나 세월을 이길 장사가 없는 터, 그는 실력 부족을 절감했다.

지난 얘기를 좀 하는 게 순서겠다. 그가 처음으로 노인학교(덕성토요노인대학)를 설립하고 구청에 신고를 한 것은 83년이었다. 부산 북구청 2호! 그리고 강산이 두 번이나 변할 세월이 흐른 뒤인 2004년에 그는 교수복(?)을 벗었다. 장장 21년. 그 사정을 모르는 이들은 이구동성으로 의아심을 표시하고 백안시한다.

"그게 가능한 일일까? 저자가 입만 열면 허풍이니, 혹세무민惑世誣民하여 명성 얻으려는 속셈이겠지. 척하면 삼척인데, 그 속셈을 누가 모를라고. 왜곡이야 왜곡!"

그들의 진단에 동의를 하건 말건, 그건 그가 관여할 바가 아니다. 교직 생활을 하면서 매주 토요일 오후 무료로 노인학교에 출근했던 걸, 그가 사실대로 적시할 따름이다. 다시 한 번. 그 말을 믿고 안 믿고는 세월 흐르면 관심 밖의 일로 치부되겠지, 더더구나 여생이 쥐꼬리만 하니…. 다만 자타가 공인하는 가운데, 예서 제서 터지는 탄성은 이런 것이다.

"미친 짓을 했다. 그 열정을 가족을 위해 바쳤더라면, 쯧쯧…."

이 명제 하나만은 한 치의 오차 없이 맞다. 얻은 공명에 비해 잃은 게 너무 크고 많았다. 그래서일까? 한숨 속에 섞인 신음이 오히려 모두를 어리둥절하게 만든다.

"내 지나간 인생, 수수께끼였어. 아니 죄악의 상승과 하강 곡선을 그린 꺾은선그래프, 그 자체였을지도 모르지. 사자성어로 말하라면 불가사의不可思議(?) 하니 말이야. 밑바닥을 찍을 일만 남았어. 내 좀 일찍 세상을 하직하길 원하는 명분이기도 하지."

어쨌거나 지난번 강의실에 들어갈 때 그를 휩싼 건 강박관념이었다. 그는 중얼거렸다. 백여 명의 학생들로 하여금 모두가 배꼽을 잡고 폭소를 터뜨리게 해야 하지 않겠는가?

그는 우레와 같은 박수를 받으며 깊이 허리를 굽혔다. 그러곤 다짜고짜 학생들에게 물었다.

"영자라는 이름을 가진 학생 손들어 보세요."

예상대로 '영자'는 상당수였다. 요한쾩, 그는 회심의 미소를 지었다. 그는 이미 머릿속에서 그 광경을 은연중에 그리고 있었기 때문이다. 그도 그럴 것이 상대의 대부분이 45년 전후 출생이었으니까. 좀 과장되게 표현해서 거의 반평생을 노인학교에 부대끼며 살아 온 그가, 해방둥이 여자들의 흔한 이름의 순서는 훤히 꿰뚫어보고 있었던 것이다.

"지금 여자 노인 학생 일흔일곱 안팎의 흔한 이름 순서는 기가 막힙니다. 상위 상당수가 '자子'입니다. 영자, 정자, 순자, 경자, 옥자, 명자, 숙자, 정순, 화자! '자야'의 전성시대이지요."

뜸을 들인 그가 말을 잇는다.

"'정순'이 그나마 아홉 번째를 차지해서 다행이지 그렇지 않았더라면, 어느 '자야'가 어느 '자야'인지 자못 혼란스러웠을 테지요. 안 그렇습니까?"

그는 다시 입을 떼었다. 그 노인학교 운영한 지 3년이 지났을 때 약간의 변화가 있었단다. 그가 일러 주는 대로 적어 보자. 순자, 영자, 정순, 정숙, 영숙, 연순, 정자, 영희, 정희, 옥순….

이쯤에서 학생들은 이미 어리둥절해진다. 아니 요절복통 일보 전이다. '순자' '영자' '정자' '정순'만 살아 명맥을 유지하고, 나머지는 끝 자 '숙' 혹은 '순', '희'로 대체되었다는 것이다. 거의 백 퍼센트!

그런가 하면 10년 뒤엔 풍속도가 '숙淑'의 전성시대를 좌지우지한다. 영숙, 정숙, 영희, 명숙, 경숙, 순자, 정희, 순옥, 연순, 현숙…. 세상에, 이럴 수가! '숙'이 딱 반이지 않는가?

여기서 일단 그는 말을 끊고 잠시 숨을 돌렸다. 하지만 이윽고 기세등등하게 질문 하나를 다시 던진다.

"행여 여기 '영희'란 이름자를 가진 학생이 있는지 모르겠습니다. 성 씨는 상관없고….”

그제야 학생들은 요한쿽의 수업 수준이 결코 녹록치 않다는 걸 깨닫는 모양이었다. 얼굴을 좌우로 돌려가며 웃는가 하면 고개를 끄덕이기도 했으니까. 그는 웃음을 띠고 계속 했다.

“영희란 이름을 가진 학생은 앞으로 좀 나오시지요. 아니 꼭 영희가 아니어도 좋습니다. 영이도 괜찮아요. 어차피 남에게 비슷하게 들리니까요.”

그날 운수가 좋았던지, 젊었을 때 미모美貌깨나 뽐냈으리란 느낌을 주는 70대 중반의 여학생이 다섯이나 앞 다투어 요한쿽 선생 가까이 몰려드는 게 아닌가? 그는 쾌재를 부르짖었다. 그의 다음 ‘폭탄선언’이다.

“도중에 자기 이름이 나오면, 큰소리로 에 혹은 야호, 얼씨구! 등의 소릴 지르는 겁니다. 추임새 정도로 여기세요.”

그는 회심의 미소를 띠고, 우렁찬 노래 소리를 목창에 실었다.

♬ 둘이서 걸어가는 남포동의 밤거리/ 지금은 떠나야 할 슬픔의 이 한밤/ 울어 봐도 소용없고 붙잡아도 살지 못할 항구의 사랑/ **영희(영이)야** 잘 있거라 **영희(영이)야** 잘 있거라…♪

강의실 안은 바야흐로 폭소 소리로 떠나갈 듯하다. 다섯 명의 영희 혹은 영이가 터뜨리는 추임새가 뒤죽박죽이면서도 곁들이는 몸짓들이 요상했으니까. 어느 영희가 춘 막춤은 화룡점정이었다. 한국 노인들의 전매특허인 관광 춤과는 다른 현란한 솜씨였다.

요한귁 선생은 설명했다. 노래 제목은 '항구의 사랑'. 영남대학교 명예 교수며 문학 박사, 시인이기도 한 이동순은 평소 대중가요에도 심취해 있었다. 그가 우리 국민이 애창할 수 있는 가요 스무 곡을 나름대로 기준을 갖고 선정했는데, 이 '항구의 사랑'이 열여덟 번째란다.

요한귁이 노인학교에 몸담고 있을 때 이웃 동네에 교직 선배가 살았다. 오래 전에 퇴직을 한 여자 분이었다. 그런데 그가 노인학교에 입학을 한 것이다. 결석 없이 꼬박꼬박 학교에 나왔다. 출석을 부를 때 요한귁 선생은 익살스럽게, 이영희라는 이름 대신에

"영희야."

하고 마치 애인에게라도 속삭이듯 자그마한 목소리로 출석했음을 확인한다. 그러면 이영희 학생은 절을 하며 박수까지 보탠다. 때로는 두 박자拍子 사이를 헤집고

"말라고(※뭐할래의 사투리)."

기막히고 절묘한 대답을 내놓는다. 그보다 다른 학생들이 일제히 터뜨리는 후렴이 백미白眉 혹은 압권이다.

♫영희야 잘 있거라/ 영희야 잘 있거라⌒ ♪

그 다음은 차라리 상상에 맡기자.

요한귁의 지난번 노인학교 수업은 또 다른 기상천외의 일화로 메워 나갔다. 주위로부터의 전언을 들어 보자. 그는 다짜고짜 엉뚱하게도, 세상에서 가장 희한한 이름을 가진 부부를 소개했던 것이다.

"제가 기네스북에 오를 만한 기록을 가지고 있습니다. 소개할 테니 믿어 주시겠습니까?"

학생들이 여기저기서 고개를 끄덕이며 동의하는 시늉을 보이더란다. 그는 잔기침을 한 번 하고 나서, 자신만만해 하는 표정으로 학생들의 시선을 사로잡았다. 그의 말이다.

"제가 노인 학생들을 78명, 30명, 70명씩 인솔하여 각 4박 5일씩 외국 여행을 다녀 온 사실은 전무후무한 하나의 역사입니다. 대만과 태국, 싱가포르, 말레이시아, 인도네시아를 방문했습니다."

학생들은 웅성거렸다. 사고 나면 어쩌려고 그런 모험을 했느냐는 반응이라 하자. 사실 그건 모험 이상의 모험이었다. 오죽하면 이런 결심을 했을까?

"여학생이 배탈이 나서 설사가 나면, 내가 벗기고 깨끗이 씻어 주는 일까지 각오한다. 그 학생에게는 쑥스럽지만 인솔자로서 책임을 다하는 건 그 길뿐이다!"

천우신조였는지 그런 일은 일어나지 않았다. 한갓 기우였던 셈이다. 다만 첫 번째 때 김포 공항에서 저녁 비행기를 타러 가다가 바리케이트에 걸려 넘어진 여학생이 있었다. 오른쪽 손목이 딱 부러졌다. 하지만 친구들이 도와주어서 나머지 일정을 무사히 마치고 귀국했으니, 기네스북 운운은 아직도 회자되는 것이다. 당시만 해도 호텔에 비데 같은 게 없었으니 그 여학생은 아침에 가장 고생깨나 했으리라.

그는 다시 학생들에게 박장대소의 전주곡 같은 '폭탄'을 하나 터뜨렸다.

"지금 제가 드리는 말씀을 듣고 전혀 우습지 않은 학생이 있다 치십시다. 마치고 병원으로 바로 가십시오."

코미디언 같은 그의 표정에 학생들은 동화同化되어 가고 있었다. 때를 놓치지 않고 그는

"세 번 중 어느 때인지 정확하게 기억은 못 하겠습니다. 어느 학생 내외가 참가 신청을 했습니다. 부인의 회갑 기념으로 없는 살림에 목돈을 마련한 겁니다. 물론 제가 모금을 해서 1인당 5만 원씩 지원했으니까, 도합 10만 원의 부담을 덜어 줬습니다만…."

"와, 그거 정말 기네스북에 오르겠습니다."

"듣도 보도 못한 일을 했군요."

적당히 분위기가 달아오르자 그가 물었다.

"여러분 중에서 혹시 '또(又)' 자가 들어가는 이름을 가진 학

생 있습니까?"

그는 화이트보드에 또 '又(우) 자'를 휘갈겨 쓰곤,

"우리 어릴 때 시골에는 '또방우' 혹은 '또철이'라는 이름이 더러 있었지요."

드디어 이쪽저쪽으로부터의 반응이 심상찮게 일어난다.

"재혼한 부부였습니다. 몇 년 전에. 그런데 남학생의 이름이 김또출이었던 겁니다. 부인 즉 아내의 이름이 무엇인지 아십니까?"

학생들은 눈이 휘둥그레져서 그의 다음 말을 기다렸다.

"송또분이었습니다."

갑자기 강의실 안이 거의 난장판 수준이 되고 말았다. 또(又) 자가 들어가는 사람이 현상금을 걸고 찾아도 극히 드물 텐데, 아무리 20년 전이라지만 부부가 또 자 이름을 가졌다? 그것만으로도 기네스북에 오르고도 남을 일! 그날 모두가 그렇게 배꼽을 잡았다.

요한퀵 선생의 뒷말은 학생들을 새삼 혼란스럽게 만들고도 남았다. 송또분 학생은 인공 심장박동기를 달아야만 생명을 이어가는 처지였다. 당연히 4박 5일 여행은 아슬아슬한 줄타기에 버금가는 모험…. 그래도 여자 가이드를 별도로 데리고 가기로 하고 송또분 학생은 비행기를 탔다. 대신 금속탐지기는 통과 불가. 가이드가 내내 붙어 있어야만 했단다.

여기까지가 새로 결성된 대원칸타빌 실버 악단 창단 후 경로당에서 회원들과 환담을 나눈 걸 재구성한 것이다. 여기서 노인학교 이야기는 일단 벗어나자.

매주 월요일과 목요일 점심은 경로당에서 여자 회원들이 준비한다. 다 합해서 열두서 명이 모이는데 솜씨들이 좋아서 정말 맛있다. 요한쿽도 거의 어김없이 참석한다. 그는 어느 날 엉뚱한 화두를 하나 던졌다.

"지난번 영부인 김정숙이 G20에 대통령을 따라 갔더군요."

"그러기에 말입니다. 혼자 온 원수元首들이 수두룩한데 김정숙은 몇 번쯤 빠지면 안 되나?"

"유튜브를 온통 김정숙이 장식하고 있으니…."

"국가 위신을 생각해서 자중자애할 줄도 알아야지. 쯧쯧."

분위기가 가라앉자 요한쿽이 다시 나섰다.

"'영부인令夫人'이란 호칭이 문제라는 생각이 듭니다. 사전에는 남의 아내를 높여서 부르는 말로 풀이되어 있는데, 왜 다들 대통령 부인에게 붙이는 고유명사 비슷하게 생각하는지…. 박정희 대통령의 자녀들에게도, 영식令息이니 영애令愛이라는 호칭을 붙여 알 만한 사람들을 곤혹스럽게 한 적이 있었지요."

바야흐로 여기저기서 반응들이 봇물처럼 터져 나왔다.

"퍼스터레이디라고도 하지만, '대통령 부인'이 맞지요."

"지금 문재인의 아들 준용 군을 영식이라 불렀다간 집중포화를 맞을 건 명약관화해."

"하기야 청와대에서 분양받은 유기견 토리를 '퍼스트독'이라 하지 않나, 원!"

가만히 듣기만 하던 회장이 나섰다.

"우리나라 대통령이나, 내각 책임제 아래서의 장면張勉 총리 부인 이름은 참으로 촌스럽습니다. 이승만의 부인은 프란체스카 였지만, 귀화한 후에는 이부란으로 썼지요. 어감이 생경하고 좀 답답한 느낌을 줍디다. 윤보선 대통령과 장면 총리의 부인 이름 이 뭐였지요?"

"공덕귀와 김옥윤이었지요."

마침내 분위기가 대통령 부인 이름 토론장처럼 변했다.

"공덕귀는 남자 이름 같기도 하지만, 김옥윤은 어감이 촌사람 같은 수준은 벗어났습디다."

"동감입니다."

여기서 요한귁은 옳다구나 싶었다. 좋다, 이름이라면 자신 있 다!

그리고 나서 그는 팔을 걷어붙였다. 여러 노인학교에서, 약방 감초처럼 두루두루 섞어 우스개로 써 먹던 수법이었다. 그가 입 을 연다.

"우리나라 역대 대통령 혹은 총리 부인(즉 영부인)의 이름은 전반기(?)와 후반기로 구분하면, 어떤 시사점을 얻을 수 있을 겁 니다."

대통령 부인의 이름만큼, 뒤죽박죽인 비하인드 스토리를 가진 사연도 드물다고 부연했다. 아래에 옮겨보자.

김옥윤의 뒤를 육영수가 이었다. 지금은 하나의 고전(?)이 되었지만, 박정희와 육영수의 결혼식 주례가 신랑 신부를 뒤바꾼다.

"지금부터 신랑 육영수 군과 신부 박정희 양의 결혼식을 올리겠습니다."

단번에 엄숙한 분위기가 산산 조각이 날 수밖에. 세상에 신랑과 신부가 한순간에 바꿔치기가 되었으니. 그러나 그건 그냥 우스개로 넘어갔다. 과연 '육영수'는 남자 이름이다. 옛날 교과서에도 '영수'는 흔히 남자 아이로 나오지 않았던가?

프란체스카, 공덕귀, 김옥윤, 육영수, 홍기(최규하 대통령 부인/ 외자다)…. 이만 하면 그들의 성별을 이름만으로 구분해 내기는 힘들리라. 다만 가톨릭 신자는 프란체스카가 성녀聖女 이름이라 쉬 고개를 끄덕일 수 있으리라.

여기서 일화 하나, 그야말로 기가 막힌….

'박정희와 육영수를 좋아하는 모임'이 지금도 있는지 모르지만, 그 양산 지회장의 이름이 박영수였다. 육군 중령 출신. 박정희에게서 '박' 씨를 따오고, 육영수의 이름 두 자를 그대로 빌려 쓴 박영수! 그런데 더욱 놀랄 일. 그 박영수가 김재규의 비서실장이었다는 사실은 우리를 차라리 경악 속으로 빠뜨린다.

요한쿽은 부산에 살 때, 부산일보사 대강당에서 크고 작은 강연이 있으면 자주 갔더란다. 정년퇴임한 김상훈 부산일보 사장 (시조시인)이 그 모임의 고문이었다. 요한쾀이 가끔 가서 노래를 불러 주었다.

대강당에는 그랜드 피아노가 있었다. 서투르지만 그걸 연주해 가면서 박정희의 애창곡 '찔레꽃'까지 입에 올리게 되었다.

그러다보니 양산 분회도 결성되어 거기 발걸음을 했다. 마침내 양산 시장 번영회 정기 총회로부터도 초청을 받아 거기서 공연했다. 박정희를 총으로 쏜 김재규의 애창곡 '사나이 결심'도 자신의 입에 올렸으니, 세상사 그래서 요지경이란다. 그가 일러준 조용필 발매의 그 노래 가사다.

♬사나이 가는 길 앞에 웃음만 있을쏘냐/ 결심하고 가는 길 가로막는…(이하 생략)♬

어쨌거나 최규하 다음의 대통령은 전두환이었다. 그의 부인 이름은 이순자.

요한쾀은 약간 짓궂은 표정을 짓더니 뜬금없이 이런 진단(?)을 내리는 게 아닌가?

"이순자로 말미암아 우리 역사에 영부인 '자야, 옥아, 순아, 숙아, 희야' 시대가 열렸습니다. 좀 산뜻한 느낌을 주는 이름의 대통령 부인들이었더라면 나라가 바뀌었을 겁니다. 전두환 부인 이순자, 노태우 부인 김옥숙, 김영삼 부인 손명순, 이명박 부인 김윤옥, 노무현 부인 권양숙, 문재인 부인 김정숙…. 옛날엔 길 가다가 '자야, 옥아, 순아, 숙아, 희야'라 부르면 십중팔구가 돌아본다는 우스개가 있었어요. 하하. 특히 노태우 대통령 부인 김옥숙은 옥玉 과 숙淑을 다 따왔으니 엎친 데 덮친 격, 아니면 갈수록 태산이지요. 아니 점입가경漸入佳境이라 할까요?"

딴은 그럴싸하다며 다들 고개를 끄덕였다. 하지만 누가 김대중 부인 이희호는 거기 해당되지 않는다며 이의를 걸었다. 기다렸다는 듯이 유권 해석을 요한쿽이 내놓는다.

"천만의 말씀. 이희호李姬鎬의 이름 가운데 자가 '희' 아닙니까? 자리바꿈을 슬쩍한 거지요. 이호희가 원래 이름일지도 모릅니다. 호鎬는 여자 이름의 마지막 자로 적당치 않지요. 하여튼 박정희나 김대중의 부인 이름만 보면 둘 다 남자입니다. 허허."

"…."

"이제 대통령도 후보자의 부인 이름을 보고 뽑아야 할 시기가 온 것 같아요. 적어도 '자야, 옥아, 순아, 숙아, 희야'는 안 됩니다. 나는 확신하지요. 하다못해 북한 김정은도 부인의 이름 끝자가 '주'인데…. 리설주(李雪主 혹은 李雪珠)! 어감도 얼마나 좋습니까? 하하."

"하면 차기 대통령은 누가 될는지 점을 쳐 봐야겠습니다 그려."

"거 참 흥미진진하군요. 부인 이름이 '자야, 옥아, 순아, 숙아, 희야' 군群에서 벗어난 후보라야 합니다."

그러다가 요한쿽은 도대체 이 나라의 이 씨들은 뭘 하고 있느냐는 면박을 주었다. 소위 작가라는 사람이 오얏과 자두를 구분하지 못하다니 서글프단다. 이순자(성주 이 씨다)는 성 씨를 한 자를 李로 쓴다. 그는 그거야 삼척동자도 안다면서 파안대소했다. 그가 물었다. 무슨 이 자냐고. '오얏 리'지 뭐냐는, 망설임 없는 반문이 십중팔구 튀어나온다.

"저런! '오얏 리'가 뭡니까? '자두 이'지요. 바뀐 지 오랜데, 이 씨들은 계속해서 우깁니다. '오얏 리'라며…. 그렇게 둔감해서 쓰겠습니까? 학자마저 '이하부정관李下不整冠'을 설명하면서, '오얏나무 아래서 갓끈을 고쳐 매지 마라?'"

"아! 오늘 중요한 걸 하나 깨달았습니다. 감사합니다. 저는 이 씨 종친회에 가서 얘기해야지요. 그건 그렇고. 당신은 요한궉이라는 아호를 쓰는데, 이참에 속 시원히 설명해 보세요."

"궉 씨라는 성姓이 있는 걸 아시는지 모르겠습니다만, 그 설화가 이렇습니다. 옛날 어느 처녀가 우물가에서 보리쌀을 씻고 있는데, 하늘에서 커다란 새가 날아 내려와 가슴팍에 충격을 가했다 합니다. 그러곤 '궉!'하는 소릴 내고 도로 승천(?)했다더군요. 그로부터 태기가 있어 열 달이 지난즉 아기를 출산하게 되었다는 설화. 그 아기가 궉 씨의 시조라는…."

그 '궉' 자가 참 좋아서 탐을 냈단다. 그의 부모가 지어 준 이름은 요환要煥이었다. 성은 물론 권權 씨. 세례 받을 때 수녀가 조언하더란다. 본명을 요한이라고 하라고. 영어론 John. Johnnes라고도 쓴다 했다. 어쨌거나 요한이라는 성인聖人은 마혼세 분이다. 그 중에 세례자 요한을 골랐다. 약간 억지를 그가 부렸으니 이거다.

"마리아와 귁 씨 시조의 어머니를 어찌 비교할 수가 있겠습니까마는, 처녀인데도 아들을 낳았으니 접목(?)이 완전 억지는 아니지요. 요한을 앞세우고 귁 씨 성을 빌어다가 만든 제 예명 혹은 필명이. 한데 귁 자가 참 드문 글자지요. 귁鶀 자는 자전에도 잘 나오지 않습니다. 인터넷에 뜨긴 합디다만. 하늘 천天 자 밑에 새 조鳥, 鶀은 봉새 귁 자입니다. 귁채이라는 유명한 국가 대표 인라인스케이트 선수가 있습디다."

다시 두어 달이 흘렀다. 그런데 그가 모습을 감춘 것이다. 경로당 회원들도 무척 궁금해 했으나 감쪽같이 그가 사라져 버리고 만 것. 전화를 해도 안 받았다. 물론 부인도 보이지 않았다. 7월 말 어느 목요일이었다. 그가 경로당에 나타난 것은.

"어깨 수술을 했어요. 분당의 '바른세상 병원'에서…."

"그러셨군요. 다들 걱정했는데. 당최 전화도 안 받으니 답답했습니다. 상태가 심합니까?"

"뭐 '좌측 견관절 회전근개 파열' 및 '좌측 견관절 유착성 관절낭염'이랍디다. 어찌나 통증이 심한지 견디기 힘들어요. 일주일에 사흘 재활 도수 치료를 받으러 병원에 다닙니다. 앞으로 석 달은 더 고생해야 한다나요? 아이고아이고 아야 소리가 저절로 터집니다."

근데 며칠 전, 하루 옆길을 걸었단다. 하도 아파서 병원에 가는 척 집을 나서서는 야탑역을 지나치고 모란에 내렸다는 것이다. 그 유명한 모란시장 구경이나 할까 해서. 까짓 하루쯤 치료를 안 받는다고 심히 덧나겠느냐는, 약간의 반감(?)도 있었다. 그의 말이다.

"김정숙 씨를 만나고 왔습니다. 허허."

"아니 영부인 말씀입니까? 김정숙 씨가 모란시장에 왔습니까?"

"설명 들어 보세요."

모란시장은 사실 요한쿽이 정말 가고 싶었던 곳이었단다. 전국에서 제일 큰 전통 시장이라는 소문을 오래 전부터 들어왔던 터이기도 해서였다. 마침 새벽부터 비가 내리고 있었다. 요한쿽 선생은 노래를 흥얼거렸다.

♪ 궂은비 내리는 날 그야말로 옛날 식 다방에 앉아/ 도라지 위스키 한 잔에다 짙은 색소폰 소릴 들어 보렴/ 새빨간 립스틱에 그야말로 부린 마담에게/실없이 던지는 농담 사이로 짙은 색소폰 소릴 보렴/ 이제와 새삼 이 나이에… ♪

1·2절을 다 마치고 나니 기흥역이다. 왕십리 행을 타야 한다. 다음 열차가 오는 동안 요한쿽은 벤치에 앉아서 다시 '낭만에 대하여'을 입에 올렸다. 이번에 조금 소리를 키웠다. 어떤 초로의

여인이 최백호와 혈연관계인 것 같다며 중얼거리곤 지나갔다.

요한궉이 모란역에 내렸을 때 비는 계속 내리고 있다. 다행히 개나 고양이를 도축하는 데는 없었다. 하지만 여기저기 가게에 그 사체들을 진열해 놓아 특유의 냄새가 났다. 시장에 별로 신기한 게 보이지 않아서 적이 실망했다.

한 바퀴 외곽을 돌다 보니 유달리 눈에 띄는 게 있었으니 '다방'이다. 어림잡아 일고여덟 개는 되는 것 같았다. 소위 카페는 눈을 씻고 봐도 없다. 요한궉은 중얼거린다. '옛날식 다방'이 있으면 제격이련만!

비는 그칠 줄 몰랐다. 요한궉은 더 이상 걸을 마음이 없어 어느 다방 문을 밀치고 들어섰다가 그 자리에 우뚝 서고 말았다. 벽에 라면이 얼마며 국수가 얼마라는 따위의 메뉴가 붙어 있어서다. 순간 아가씨(?) 둘이 쪼르르 달려 나오며 반색이다.

"오늘 대박! 최백호 오빠 등장입니다. 오빠 정말 최백호를 닮으셨네요."

그런 분위기를 그냥 넘길 요한궉이 아니다. 마이크를 잡고 열창하는 흉내를 내며,

"왜 내가 최백호를 닮아? 최백호가 날 닮았지. 허허."

하곤 호탕한 웃음을 날렸다. 그제야 비로소 '다방茶房'에 들어왔다는 걸 실감했다. 얼마 만인가? 요한궉은 짐짓 점잖은 척 표정을 짓고 맥심 커피를 주문했다. 아메리카노에 식상해 있던 참

이었다.

맥심! 얼마나 마시고 싶었던가? 손가락 세 개를 들어 보였다. 자신과 레지 둘. 그러자 둘은 마담 언니가 따로 있단다. 마담도 불러 앉혔다. 1만 2천 원을 쓰기로 했다. 그는 회심의 미소를 지었다. 야, 다방과 맥심커피, 마담, 레지!

그러면서 요한쿽은 레지(옛날엔 그렇게 불렀다) 둘을 양쪽에 앉히고 어깨에 손을 한 번 얹으려다 그만두었다. 이윽고 커피 넉 잔이 탁자에 놓이고 넷이 한자리에 앉았다. 요한쿽은 잔들이 다 비자 만 원짜리 넉 장을 미리 꺼내는 호기를 부리면서 왈.

"점심으로 국수나 한 그릇씩 먹지 그래."

허세를 부리다니 싫어 실소가 나왔다. 그래도 그는 혼자서 중얼거렸다,

"도수 치료 1회에 7만원! 여기 5만을 써도 오늘 2만원은 남는 장사이고말고."

손님은 거의 없었다. 끝내 마담하고 둘이서만 자리를 같이하게 되었다.

요한쿽은 대한가수협회 정회원 914호 명함을 내밀었다.

"마침, 다방 안이 거의 비었으니 내가 노래 한 곡 부르면 안 될까? '낭만에 대하여'! 최백호의 흔적을 한 번 남기고 싶소. 내가 MR은 언제나 스마트폰에 녹음해 다니거든."

"대찬성이지요, 오빠! 저기 두서너 손님에게 양해를 얻을게요. 아니 이리로 오시게 하면 되지요. 까짓 한 시간 정도는 문을

닫아도 됩니다. 아, 진짜 가수의 노래를 라이브로 듣다니."

그래서 벌건 대낮에 기가 막히는 공연(?)이 다방에서 이루어진다. 마침 마이크와 앰프 시설도 갖추어져 있었다. '낭만에 대하여' 1·2절을 MR에 맞춰 열정을 다해 부르고 나니 앙코르가 터진다. 다시 요한쿽은 최백호의 '영일만 친구'를 내쏟는다.

♫바닷가에서 오두막집을 짓고 사는 어릴 적 내 친구/ 푸른 파도 마시며 넓은 바다의 아침을 맞는다… ♪

20분 남짓 걸렸을까? 기상천외의 초미니 콘서트는 그렇게 끝났다. 군데군데서 마담이 요한쿽을 도왔다. 마치 백코러스를 하듯이. 요한쿽은 마담의 목소리가 퍽 아름답다고 느꼈다.

"김정숙입니다. 정말 노래를 잘하시는군요. 저희 가게에 가끔씩 들러 주셨으면…."

"대통령 부인과 조금 닮았구려. 노래는 여기 김정숙 씨가 우위요."

"과찬이세요. 동명이인이지만, 한자의 가운데가 다릅니다. 그분은 바를 정正 자, 곧을 정貞입니다. 실은 저도 옛날 2년제 사범대학 음악과를 졸업했어요. 요즘은 '솔베이지의 노래'에 심취해 있어요. 지난번 영부인 김정숙 여사가 노르웨이에 갔다 온 이후로…."

그러면서 마담은 (주)박영사에서 낸 고등학교 음악 교과서

165-166쪽을 펼쳐 보였다. 거기엔 '솔베이지의 노래(Solveig's Lied)'가 실려 있었다. '페르 귄트 모음곡' 중에서란다. 한데 마담은 놀랍게도 '솔베이지의 노래'를 처음부터 끝까지 부르는 게 아닌가!

♫ 그 겨울이 지나 또 봄은 가고 또 봄은 가고/ 그 여름날이 가면 더 세월이 간다/ 아 그러나 그대는 내 님일세 내 님일세/ 내 정성을 다하여 늘 고대하노라/늘 고대하노라/ 아⋯ ♪

요한쿼은 그 처연한 목소리에 정신을 빼앗기고 말았다. 조금 전에 자신의 '척하는' 실수(?)가 되레 부끄러웠다. 아가씨 둘이 입을 모아 말한다.

"오빠, 영부인과 김정숙 언니의 노래 솜씨를 한번 비교해 보세요."

그러곤 둘은 내 스마트폰을 빌리더니 김정숙(영부인)의 목소리를 어떻게 재생해 낸다. 문재인이 대통령으로 당선되기 전에 어느 유세장에서 부른 노래였다. '희망의 나라로'와 '그리운 금강산'. 현장에서는 사람들이 아우성까지 지르고 발을 구르며 박수를 보냈지만 요한쿼은 적이 실망하고 말았다.

성악을 전공한 사람으로 여기기에는 너무나 실력이 부족했다. 대중가요를 어지간히 좋아하는 보통 사람도 그 정도는 따라 잡을 수 있을 정도였다. 그리고 하필이면 친일 인사로 손가락질 받는 현제명 작곡의 '희망의 나라로'를 택한단 말인가?

아니나다르랴 댓글을 보니 반 훨씬 넘게 혹평이다. '그리운 금강산'은 왜 등장시키는가? 북한에서 금지곡이라지 않던가! 지금은 '수수만년 아름다운 산 **못 가** 본 지-'이지만 본래는 **더럽힌** 지였다. 2절에도 맺힌 원한이 슬픔으로 바뀐 건 장삼이사도 안다.

북한에 공연 갔던 어느 소프라노가 가사를 처음대로 불렀다가 곤욕을 치르고 호텔에서 두문불출했었다. 영부인이 될 김정숙이 그걸 기억하지 못했다는 결론이다. 멀리 내다보는 안목과 지혜가 부족했고말고.

그런데 이어서 들려주는 어느 정치가의 부인에겐, 열에 아홉 이상이 찬사를 보내고 있었다. 대비가 되고도 남았다. 가곡이 아닌 대중가요 '만남'이었는데…. 노사연이 부른 거 말이다. 그 부인의 이름 끝자는 '지'다.

"사양길에 접어 든 것 같아. 지금 저명한 여성 중에서 '자야'니 '옥이'니 '순아'니 '숙이'니 '희야' 등 말이야. 영부인 김정숙 처신도 남의 입줄에 오르내리고 있던걸? 북한에 갔을 때도 아슬아슬 했다지 뭐요? 김정숙 씨가 노래를 부르겠다고 나섰다는 거야. 리설주는 김정은에게 제지를 받았다고 해요. 현송월이 나섰다는 후문을 들었소. 천우신조. 우세하기 직전에 현송월이 구제했다고나 할까?"

요한쿽이 워낙 열을 내다보니 아가씨 둘이 어느 새 합석해서 끼어든다.

"우리 마담 언니가 차라리 옵서버라도 따라갔었으면 호호. 농담이에요."

시간은 점점 흘러갔다. 손님 둘도 돌아갔다. 다방 안은 한산했다. 요한쿽이 한마디.

"장사가 이렇게 안 되어 어쩌지? 각종 경제 지표가 걱정이고…."

"경제가 엉망이니 민심이 싸늘하지요. 정말 경기가 엉망이에요."

"그래도 대통령 지지율은 50%을 상회하던데?"

"허수虛數예요. 모란역 출구에서 길거리 미터 조사를 하던데, 다들 그걸 믿어요."

"이럴 땐 영부인이라도 내조를 잘해 국정 운영에 도움이 되어야 할 텐데…. 육영수만한 대통령 부인이 없었던 것 같아."

"김정숙이라는 촌사람 이름을 가진 여성들이 그렇게 많지는 않겠지만, 개개인이 각성해야 하겠구려. 이 다방의 김정숙 씨는 아름다운 노래나 손님에게 선사하소."

그러면서 다방 문을 나서는 요한쿽의 심경이 착잡했다. 서둘러 다시 역으로 나와 지하철을 탔다. 불현듯 김정숙이라는 이름 생각이 나서 스마트폰을 열어 찾아봤다. 김정숙 영부인을 비롯하여 대여섯 명은 되겠지, 한데 그는 소스라치게 놀라고 말았다.

김정숙이라는 동명이인이 무려 스물여섯 명이나 되는 게 아닌가? 게다가 모두가 예사로운 사람이 아니고 저명인사다. 대학 교수가 반이 넘는다. 역대 대통령 부인의 이름은 거의 '전멸'이다. 그의 입에서 자연스레 튀어나오는 탄식.

"아, 김정숙 씨, 모두 예사롭지 않군! 청와대의 김정숙 씨가 군계일학이 되었더라면, 쯧쯧. 그나저나 '자야, 옥아, 순아, 희야, 숙아' 시대도 이제 2년 반 남짓, 그나마 위로가 되는군."

참, 황망 중이라 다방 이름이 기억에 떠오르지 않는다. 세 음절이었는데…. '낭만에 대하여' '최백호' '마담' '궂은비' 등을 관련지어 '옛날식'으로 하자.

세 李 씨의 사랑과 우정

⟨1⟩ 두 이(李) 씨의 조우

이런 농담은 어느 모로 보나 바람직하지 않다. 촌놈 성姓, 김金 가哥 아니면 이李 가 라는…. 그런데 술자리 같은 데에선 아직도 횡행하기 예사이니 어쩌랴. 그만큼 이 씨와 김 씨가 대한민국에 많이 산다는 뜻이다. 그런가 하면 이 우스갯소리도 이제 식상하다.

"남산에서 돌멩이 하나 아래로 던지면 김 씨나 박 씨 집 지붕에 떨어진다던데?"
한데 실제 우리나라 김 씨와 이 씨, 박 씨를 합했을 때 인구의 절반에 가깝다.
본관이 성주星州인 이 씨는, 현재 4만 5천여 명으로 알려져 있

다. 국민의 천분의 일을 차지하고 있는 것이다. 시조는 이순유李
純由이고, 신라 말엽의 재상이었다. 기울어져가는 신라의 마지막
을 지켜본 충신으로 기억되고 있다.

이순유의 12세손 이장경李長庚이 성주 이 씨의 중시조中始祖
다. 중시조란, '쇠퇴한 가문을 다시 일으킨 조상'이란 뜻. 어쨌든
이장경은 고려 고종 때의 인물로 슬하에 다섯 아들을 두었다. 그
런데 그 아들들의 이름이 뭇사람의 상상을 초월하게 하는 바, 백
년百年, 천년千年, 만년萬年, 억년億年, 조년兆年이었다더라.

성주 이 씨는 자타가 공인하는 양반이다. 왜 하필이면 이장경
이 '년'을 다섯 아들들의 이름 끝 자에 썼을까? 행여 항렬자였을
지 모른다 해도, '조년'만은 지금이라면 이상하게 들릴지도 모를
일이고말고. 이년, 저년, 그년, 고년, 조년…. '년'이라는 명사가
이장경(생몰연도 미상) 시대만 해도 적어도 욕을 가리키지는 않
았으리라.

어쨌거나 위 다섯 형제는 모두 입신양명立身揚名에 성공하였
다니 놀라울 따름이다. 그 중에서도 막내 동생인 이조년이 더욱
걸출했다고 한다. 일흔 살이 넘어 예문관 대제학의 벼슬을 얻었
고, 그 4년 뒤에 기세棄世했다고 전해진다. 당시만 해도 장수長壽
이고도 남을, 일흔 네 살이 넘을 때까지 산 셈이다. 그래서일까?
그의 자는 '원로元老'였다.

하지만 이런 자질구레한(?) 설명보다 이 시조 한 수가 그를 대
변하고도 남으니, '창唱'으로 창밖으로 쏟아내 보자.

이화梨花에 월백하고 은한이 삼경인 제/ 일지 춘심을 자규子規야 알랴마는/ 다정도 병인 양 하여 잠 못 들어 (하노라)

배꽃(梨花)은 4월 즉 봄에 핀다. 수십 그루가 꽃망울을 터뜨렸을 때, 마침 하얀 달빛이 무너져 내렸다 치자. 삼경三更 즉 열한 시를 넘겼으니 밤도 깊었다.

지금 그 배를 먹는 가을이다. 한갓 아둔한 촌로인 이일우 조차, 이 평시조를 목청에 싣는 건 허물이 아니다. 오늘은 한가위 달이 밝다.

물론 장구채도 이일우李日雨 자신이 잡는다. 아 참, 잊을 뻔했다. 종장의 ( )속은 소리를 내지 않는다.

여기서 어느 누구의 말을 전해 보자. 이 시조 '다정가多情歌'는 이조년이 충혜왕에게 충간忠諫하다가, 벼슬에서 쫓겨나 고향에 은거하면서 지은 거다. 임금을 그리워하는 마음씨를 나타낸 것이라더라.

이조년에 버금가는 경주 이 씨의 조상은 두말할 나위 없이 백사 이항복이다. 다른 건 차치하고라도 남긴 시조時調가 그러하니,

철령 높은 봉에 쉬어 넘는 저 구름아/ 고산 원루를 비 삼아 띄웠다가/ 님(임) 계신 구중심처에 뿌려 본들 (어뗘리)

백사 이항복은 경주 이 씨 가문에서, 가장 훌륭한 인물을 많이 배출한 상서공파다. 그는 이조판서 병조판서 영의정 등의 벼슬을 지냈다. 위 시조는 그가 광해군 때 이이첨李爾瞻 등이 주도한 폐모론廢母論에 반대하다가 북청으로 유배되어 가면서 지은 거란다. 자신의 억울함을 임금에게 하소연하는 뜻이다.

어쨌거나 이조년과 이항복은 시대를 달리했지만 너무나 큰 업적을 남겼다. 성주 이 씨와 경주 이 씨라면, 각기 이조년과 이항복을 기억해야 하리라.

이일우는 경주 이 씨 중시조 이거명의 38세손이다. 그리고 이항복과 같은 상서공파….

감히 성주 이 씨 중시조 할아버지의 휘자諱字를 마구 들먹였다. 경칭을 쓰지 않고. 백사白沙 할아버지도 마찬가지. 조상들의 꾸지람을 받게 생겼다.

맨 앞서 이장경의 다섯 아들 이름 이야기를 했는데, 이항복의 할아버지(조부) 이몽량 슬하의 형제들도 만만찮았다. 인신仁臣, 의신義臣, 예신禮臣, 지신智臣, 신신信臣 등이다. 항렬이 신하 신자였던 것으로 짐작되지만, '백년, 천년, 만년, 억년, 조년'과 대비된다. 여기서 웃을 수만은 없는 아쉬움 하나.

만약 이장경이 여섯 째 아들을 두었더라면? 당연히 조의 만배인 '경京' 자를 썼을 수밖에. 하지만 그때 '경'이란 수사가 있었을지 모른다. 또 하나. 만약 이몽량 할아버지의 경우는 참 난감했겠다. '신信' 다음을 잇는 한자가 찾기 힘들어서이다. 헌獻? 용勇? 충忠? 아서라, 그만두자. 머리가 혼란스럽다.

뒤늦은 서술인데 경주 이 씨와 성주 이 씨의 조상은 알평謁平 할아버지다. 말하자면 두 이 씨는 분족分族의 역사를 갖고 있는 것이다.

이일우는 아직도 낯선 땅에서, 살아 있는 사람보다는 죽은 이를 많이 만나는 편이다. 거 무슨 뜻이냐고? 아무 무덤이나 찾아가 잠시 고개를 숙이는 게 거의 취미가 되었다는 표현으로 변명하자. 물론 생전에 이름이나 날렸던 사람도 거기 포함된다. 아니 후자後者의 경우가 더 많다는 게 솔직할지 모르겠다.

국립현충원에 가면 이등병에서 장군의 묘역까지 경건하게 고개를 숙일 수 있다. 시내 천주교 공원묘지에서 가수 황금심·고복수 내외며, 최희준도 쉬 만난다. 황병기 가야금 명인도 마찬가지. 김수환 추기경을 비롯한 그들 모두에게 십자성호를 긋는다.

유토피아 추모관에 간다 치자. 이일우의 혈육과 장모도 거기 누워있다. 물론 거기서 눈물을 뿌린다. 친구인 가수 박상규도, 교우敎友 신해철도, 세계 챔프 최요삼, 액션 스타 장동휘도….

그런데 그가 얼마 전에 산책을 나갔다가 오래 전에 헤어졌던 친구 이병갑과 조우한 것이다. 희한하게도 성주 이 씨 가족 공원묘지에서였다.

경위를 적어 보자 날씨가 더워 차량 통행이 그리 많지 않는 도로 가를 거닐고 있다가 거기 묘비 하나를 발견했다. 상당히 컸다. 습관처럼 주인공 즉 그 무덤에 묻힌 사람이 누굴까 하는, 당연한 호기심이 발동하는 게 아닌가? 가까이 다가갔다.

순간 깜짝 놀라고 말았으니 이병희 전 무임소 장관의 묘라고 새겨져 있었기 때문이다. 물론 그의 일대기 즉 약력도 새겨져 있었다. 장군將軍의 무덤? 늘상 그랬던 것처럼 관심이 갔다. 그런데 거기서 이병갑과 맞닥뜨린 것이다.

이병갑은 고양에 산다고 했다. 종친회 일을 조금 보고 있는데, 이병희 장관 비문 탁본을 하러 왔다나?

대충 작업을 끝낸 병갑이 바로 위에 자기들 성주 이 씨의 가족묘원에 수백 명(분)의 조상과 종친들이 누워 있다는 게 아닌가.

"그랬었군. 진즉 알았더라면 내가 진작부터 찾아 왔을 건데…. 우리 두 이 씨는 시조가 알평 할아버지 아니신가?"

마침 점심시간이 가까웠기 때문에 둘은 근처 비빔밥 집으로 찾아 들었다. 둘 다 시장했던 터라 빈 그릇을 내미는 데는 그리 오랜 시간이 걸리지 않았다.

다시 둘은 손을 잡고 바로 앞 호텔 커피숍으로 자리를 옮겼다. 아메리카노를 3천원에 내는 데다. 거기서 무려 네 시간 가량 앉아 둘은 지난날을 회억했다. 하지만 여기 어떻게 그 기나긴 이야기를 다 적겠는가? 해서 둘과 어느 여교사와의 우정과 사랑을 중심으로 여기 옮긴다.

일우 이야기부터 소개하자. 일우는 B사범대학 출신이다. 2년
제 초급대학인 B사범대학은 시 중심가가 아닌 변두리에 있었다.
거기 졸업하면 중학교 2급 정교사 자격증을 주어 초 중학교 교
사로 임용했다. 고등학교는 불가.

사범대학엔 미술과, 체육과, 음악과가 있었다. 한데 나중에는
졸업생 모두가 B교육대학교 동창이 되었지만, 당시만 해도 사범
학교와 교육대학(2년), 부산사범대학 학생들이 한 운동장을 쓸
만큼, 마치 잡동사니처럼 하나부터 열까지 복잡했다.

이일우는 사범학교에서 십 년 넘게 사환 노릇을 하며 궂은일
을 도맡아 하던, 나이 스물 대여섯을 넘긴 청년이었다. 그런데
사범학교가 없어진다는 게 아닌가? 63년 마지막 졸업생을 끝으
로…. 말하자면 교육대학이라는 초급 대학 과정의 새 학교가 생
기고 거기 통합된다는 것. 사범학교 학생들은 반발했지만 우여
곡절 끝에 본 계획대로 통합되었다.

드디어 15회도 졸업해 나갔다. 이제 남은 16회 240명(남녀 각
각 반)이 1년 뒤 저 교문을 나가면, 적어도 일우는 설자리조차
없을밖에. 그는 내심 울부짖으며 절망하고 있었다. 그런데 어느
날 교감 선생님이 그를 부른 것이다. 교감 선생님은 자기를 따라
오라고 앞장섰다. 둘은 교장실에 들어갔다. 교장 선생님이 반겨
맞았다.

"이 군, 이 학교에서 몇 년간 일했지?"

"십 년 조금 안 되는 것 같습니다, 교장 선생님."

교장 선생님은 강산이 변할 세월이라더니, 학교 공부는 어디까지 했느냐며 다시 물었다. 야간 상고를 졸업했다고 대답했다.

"이 군, 그동안 수고했으이. 자네를 마지막 졸업생에 포함시키기로 했네. 앨범도 찍고 하게. 내일부터 교사 수업을 개인적으로 받도록 하게. 부속 초등학교로 출근하면 자네에게 교사로서의 자질이며 지도 기술을, 부속초등학교 연구 담당 교사가 전수해 줄 걸세."

그는 귀를 의심하였다. 야간 상고를 나온 자신이, 교사 자격증을 얻고 교단에까지 서게 된다? 갖가지 지난 일들이 주마등처럼 스쳐 지나갔다.

정말 이튿날부터 그는 바로 아래층 부속초등학교로 출근하였다. 물론 연구 담당 교사 교실에서 수업을 참관하고, 틈만 나면 두 학교의 크고 작은 등사謄寫도 열심히 했다.

졸업식은 2월 28일에 열렸다. 아버지 어머니가 참석하여 눈시울을 적셨다. 여섯 달 만에 첫 발령을 받았다. 면 소재지 원당 국민학교 이영 분교장分敎場이었다.

시골이라 참 좋았다. 경주 이 씨들 20여 호가 소규모 집성촌을 이루고 있었으니 마음 편하게 근무할 수 있었다.

이런 비유가 맞지는 않지만, 서당 개 3년이면 풍월 읊는다고 하지 않았는가? 십 년 가까이 사범학교에서 사환으로 근무하면서 보고 들었던 여러 가지가 일우에겐 자산이었다. 여기까지가 일우 교사 출발 사연이다.

카페에 앉은 둘은 다시 손을 잡았다. 그리고 터놓는 말.

"우린 정말 숙명 같은 인연을 엮으면서 여태껏 살아 왔네."

"누가 아니라나?"

"지난 세월을 되돌아보다니 무상하다는 느낌이 들어. 그건 그렇고. 이나영 선생의 후문을 듣고 싶네."

"그러세나. 괴로운 이야기지. 털어 놓으면 속이 시원할지도 몰라. 우리 셋의 우정과 사랑!"

〈2〉 여교사 이나영

이병갑 선생의 이야기를 듣는다.

이병갑 선생은(이하 이병갑이라 하자) 고향이 전남 보성이다. 거기 성주 이 씨 집성촌에서 태어나, 아버지의 사업을 따라 부산으로 온 게 중학교 때였다. 고등학교도 부산에서 마쳤다.

워낙 노래를 좋아하다 보니 중학교 때부터 합창단 등에서 활동을 한 걸, 그는 내심 자랑스러운 스펙으로 여기고 있었다. B중고등학교를 졸업했는데, 교내 가곡 경창 대회 등에 나가 입상도 하였다. 그의 단골 곡은 '봄 처녀'. 중학교 때 한 번은 역사 시간에 무릎 위에 '봄 처녀' 악보를 놓고 몰래 내려다보다가 선생님에게 들켰다.

"야 인마, 이병갑(※이름표를 보고 성과 이름을 다 불렀다)!

이리 나와, 그대로….”

병갑은 그때 〈학원〉 잡지 속에 악보를 끼워 놓고 있었는데, 벽력같은 고함 소리에 놀라 책과 ‘봄처녀’를 그대로 들고 나갈 수밖에.

“이 녀석이 공부 시간에 〈학원〉을 봐?”

그러면서 주먹을 날렸다. 병갑은 그대로 나가 떨어졌다. 하지만 한 달 뒤의 교내 독창 대회에서 보란 듯이 당당 대상을 받았다. 쓴웃음이 나왔다.

다른 일화 하나. 어느 날 음악 선생님이 현란한 솜씨로 피아노를 연주하더니 노래 솜씨가 어떠냐고 물었다. 급우들은 우레와 같은 박수를 보냈다. 선생님이 재차 질문을 했다. 그 노래 아는 사람 있느냐고. 애들이 어리둥절해 하자, 선생님은

“그거 내가 작사한 ‘회상’이란 노래야. 대중가요지만, 제군들도 그 정도는 부를 나이가 되지 않았어? 수업 시간엔 안 되지만. ‘생각마다 그리운 그대의 모습…’ 뭐 그런 노래야. 그건 그렇고, ‘봄처녀’ 부를 친구 추천해 봐.”

‘병갑이’란 소리가 사방에서 튀어나왔으니 그대로 따를 수밖에. 덕분에 Old Black Joe까지 앙코르로 보답했다.

Gone are the days when my heart was young and gay/ Gone are my friends--

그 체험이 뒷날 병갑으로 하여금 흑연 영가를 남보다 많이 부르게 된 계기로 매듭지어진다.

어쨌든 고등학교 때도 마찬가지였다. 아니 병갑은 노래 실력을 더욱 쌓아 가고 있었다. 음악 가창 실력 하나 갖고는 좋은 대학에 갈 수 없다는 사실 정도는 병갑도 알고 있었다. 그때 생각해 낸 것이 B사범대학 진학이었다. 중학교 교사가 되어서 연로한 부모님을 모시고 싶다는, 어찌 보면 하찮은 단견短見도 진로를 그 방면으로 결정하는 데 한몫 거들었다.

정말 열심히 노래를 불렀다. 특히 나운영의 '달밤'은 대회에 나가서 실력을 뽐내기에 알맞은 곡이기도 했다. 높은 '라'까지 뽑어내는 그 자체만으로도 병갑 자신조차 환희에 젖었다.

한데 결핵을 앓았다. 고등학교를 겨우 졸업할 수 있을 정도로 건강이 나빴다. 하지만 보약도 먹고 섭생도 잘 하며 휴식을 해서 뒤늦게 사범대학에 진학할 수는 있었다.

그러나 역시 건강이 발목을 잡았다. 가끔 객혈을 할 정도로 몸이 쇠약해져 있었던 것이다. 휴학을 할 수밖에. 3년 동안 아버지 고향인 보성에 가 있었다. 재종 형 집에 녹차 밭 일을 돕고 약을 먹었다. 혹자는 녹차에 카페인이 많아 건강에 해롭다고 하지만, 적당량을 정성 들여 달여 마시면 결핵 치료에도 도움이 되는 것 같았다. 3년 만에 복학했다.

후배들과 같이 공부하는 것도 그런 대로 재미있었다. 처음 몇 달 동안 음악실에서 피아노로 반주를 해 가면서 노래를 부르다가 병갑은 이일우를 알게 되었다. 병갑이 하도 음악실 출입을 열심히 한다는 소문을 듣고 이일우가 찾아 간 것이다. 이일우는 오르간 실력도 부족하고 코르위붕겐 실력도 뒤쳐졌다. 둘의 나이 같았다. 스물다섯 살. 그렇게 지내다 보니 서로 통하는 바가 많아 말을 터놓고 지내기도 했다.

때 맞추어 음악실에 가끔 들르는 아름다운 소녀가 있었다. 사범학교 막내인 이나영이었다. 시골이 고향이어서 사범학교, 교육대학, 사범대학 등 세 교사양성 기관이 한울타리 안에 있는 시골 같은 곳이 좋다고 이나영은 말했다. 근처에서 자취를 하고 있다고 덧붙였다.

이듬해 3월 1일 셋은 모두 발령을 받은 것이다. 공교롭게도 양산군 관내였다. 셋은 물금勿禁 전통 찻집에서 만나, 모교 음악실에서의 추억을 떠올리기도 했다.

이윽고 병갑은 군대에 가게 된다. 스물여섯 살이라 매우 늦은 입대여서 적응이 힘들거라 염려했지만, 병갑은 특유의 친화력으로 잘 이겨나갔다. 사단 본부 정훈 참모실에 근무했는데, 당시만 해도 한글 미해득자 병사兵士가 있어, 그들을 대상으로 노래와 한글 지도를 했다.

3년 가까운 군 복무를 마치고 복직을 한 것이 69년이었다. 사전 교육청에 들렀더니 혹시 희망하는 데가 있느냐고 묻는 것이었다. 당연히 이천 분교장이라고 했다. 이일우와 이나영이 거기 근무하고 있다는 소식을 들었기 때문이다. 당시만 해도 벽지 근

무를 꺼리던 터라 교육청에서는 얼씨구나 싶어 그곳에 발령을
내 주었다. 이일우와 이나영이 반겨 주었다.

일우는 그새 결혼을 해서 아이까지 두고 있었다. 작고 불편하
지만 벽지 교사들을 위해 정부에서 지어 준 사택에서 살고 있었
다. 나영도 비슷한 규모의 대여섯 평 주거 공간에서 친구와 자
취를 하였다. 나머지 교사 셋은 미혼이었고, 생활 방식은 어금지
금.

나영은 교사이기 이전에 성숙한 여인이 되어 있었다. 큰 키에
다 바짝 마른 몸매였었는데 그 티를 완전히 벗고 있었다. 저녁이
면 셋이서 아니 이일우의 부인과 넷이서 모여 앉아 한창 유행하
기 시작하던 고스톱을 치기도 했다. 그러나 뭐니 뭐니 해도 그
옛날 셋이 음악실에서 모여 보내던 그 시절이 그리웠다. 그시절
을 말로 재현하면서 추억에 잠기기도 했다.

병갑과 나영은 서로 이성으로서 호감을 갖지 않을 도리가 없
었다. 하나 시골 동네에서 처신을 잘못하면 학부모들의 입줄에
오르내리기 마련, 둘은 조심 또 조심이었다.

그렇게 서너 달이 흘렀다. 어느 날 병갑이 극비리에 나영에게
쪽지를 보낸다. 내용인즉슨 29일 둘이서 어디 여행이나 갔다 오
자고. 정확하게 말하면 1969년 7월 20일 일요일이다. 늦게라도
귀가해야 이튿날 출근이 가능하다. 해서 아침에 떠나 저녁에 돌
아오는 조건일 수밖에 없었다. OK 사인을 받고 병갑은 뛸 듯이
기뻤다. 밤새 한숨도 잠을 못 이루었다.

새벽 다섯 시가 안 되어 둘은 채비를 차리고 사택을 나섰다. 둘 다 자전거가 있었다. 시골길을 두 시간 가량 달려, 역에 도착했다. 가면서 둘이서 의논한 건 이랬다. 경전남부선(완행)을 타고 가는 데까지 가 보자!

일곱 시 반쯤이었으리라. 다행히 열차는 연착을 하지 않고, 플랫폼에 닿았다. 등산객들이 쏟아지듯 와자지껄 내렸다. 둘이 객실 안에 들어섰으나 자리가 없었다. 승강대에 서서 마주보고 웃으며, 몇 열차가 몇 정거장 더 달리도록 기다리는 수밖에.

삼랑진역을 지나 낙동강역, 한림정역을 열차는 느릿느릿 기다시피하며 스쳐 지나갔다. 진영역에 와서야 자리가 생겼다. 둘은 창가 쪽에 자리를 겨우 잡을 수 있었다. 지나가는 홍익회 이동 매점을 불러 세우곤 삶은 달걀이며 빵, 양갱 등을 사서 아침 겸 점심을 때웠다.

열차의 속도 따윈 둘의 관심 밖의 일이었다. 둘은 웃으면서 속삭이듯, 동시에 이 말을 터뜨리기도 했다. 철마야 달려라, 세상 끝까지!

마침내 열한 시간! 열차는 종점인 광주역에 둘을 내려놓고 긴 기적을 한 번 헛기침처럼 뿜었다. 역사驛舍의 시계 긴 바늘 짧은 바늘이 6과 12를 가리키고 있었다.

"어쩌지?"

"오빠, 제가 오빠에게 묻고 싶었던 말이에요. 지금 돌아가는 열차는 없구요."

"일단 우리 저녁 먹고 이야기하지. 하늘이 무너져도 솟아날 구멍이 있다 했으니…."

의외로 나영의 표정은 밝았다. 광주 시내를 둘은 팔짱을 끼고 걸었다. 한참을 그러다가 중국집이 하나 보이기에 거기 들어가 늦은 저녁을 먹은 뒤 다시 거리로 나왔다.

어느 극장 간판 앞에 걸음을 멈추고 병갑이 손짓으로 영화 한 편 보자며 동의를 구했다. 클린트 이스트우드와 리 밴 클리프, 지안 마리아 블론테 주연인 서부극 '석양의 무법자'가 상영되고 있었다. 나영이 오히려 먼저 쪼르르 매표소로 달려갔다. 이윽고 둘은 극장에 들어섰다.

빈 자리가 많았다. 둘은 맨 뒤 으슥한 의자를 찾아가서 앉았다. 둘은 스크린에 시선을 제대로 두지 못했다. 그저 둘이 몸을 맞대고 서로의 체온을 느끼는 데 바빴다. 마침내 병갑이 나영의 어깨를 감싸 쥔 순간, 둘의 입술이 포개졌다.

영화를 보고 나선 커피를 마셨다. 밤이 깊어가는데 서로 의향을 물어 필요가 없었다. 호텔로 발걸음을 재촉하게 된 거다. 바깥이 잘 내다보이는 객실 하나를 얻었다. 텔레비전에서는 닐 암스트롱이 조금 뒤에 인류 역사상 처음으로 달에 착륙할 거라는 보도를 내보내고 있었다.

둘은 깊은 포옹을 나누었다. 이나영이 또 수심 어린 표정으로 이야기한다.

"오빠 어쩌지요? 이 도피 행각이 열 시간 안 지나서 들통이 날 텐데….”

“하늘이 무너져도 솟아날 구멍이 있는 법!”

그러는 병갑의 표정도 밝지는 않았다. 근심을 실어 그는 휘파람을 날렸다. 케세라 세라….

드디어 둘은 한 침대 위에서 뒹굴게 된다. 병갑은 여자 경험이 그리 많지 않았다. 해서 말인데, 서투른(?) 솜씨로 나영에게 돌진하였다. 그래도 둘만의 불은 뜨겁게 타올랐다.

한 차례 ‘전쟁’이 끝나자 나영은 이병갑의 가슴에 얼굴을 파묻고 울었다. 병갑은 나영이 건네주는 타월로 자신의 아랫도리를 닦아 내다가 감탄사를 토해 내었다.

“아, 나영이 고마워!”

나영은 처녀였던 것이다. 그렇게 병갑은 눈시울이 젖었다.

밤 늦게까지 둘은 그렇게 분탕질(?)을 했다. 잠깐 잠들었는가 싶었는데 도중에 누가 뭐랄 것도 없이 자리에서 일어났다. 그렇게 밝지는 않았지만, 달빛이 커튼 사이로 스며들어 왔다. 둘은 간이복으로 갈아입고 객실 문을 열고 호텔 밖으로 나왔다. 거기엔 달빛이 부서져 내리고 있었다. 고개를 끄덕인 둘의 입에서 나온 노래 한 곡

등불을 끄고 자려 하니/ 휘영청 창문이 밝으오/ 문을 열고 내어다보니/ 달은 어여쁜 선녀 같이/ 내 뜰 위에 찾아오다/ 달아 내 사랑아/ 내 그대와 함께 이 한밤을/ 이 한밤을 얘기하고 싶구나

⟨3⟩ 영원한 작별

다시 객실로 돌아왔을 땐 날이 바뀌어 있었다. 텔레비전에서는 닐 암스트롱이 달에 첫 발을 내딛는 순간을 내보내고 있었다. 바야흐로 세계인이 흥분의 도가니에 빠져 열광했다.

"저것 봐, 대단하지?"

"하지만 그게 문제가 아니지요. 지금쯤 이일우 선생님이 걱정하고 있을 테고. 몇 시간 뒤면 학교에서 온통 난리가 날 건데…. 그래도 하늘이 어쩌고저쩌고 이야기가 나와요?"

"…."

그런데 병갑의 침묵은 오래 가지 않았다. 꼭 거짓말 같은 코멘트가 아나운서의 입으로부터 터져 나온 것이다. 정부는 닐 암스트롱의 역사적인 달 착륙을 기념하기 위해 오늘을 임시 공휴일로 정했다는 것! 순간 둘은 일어나 부둥켜안고 길길이 뛰었다.

"그것 봐. 하늘이 무너져도 솟아날 구멍이 있지?"

"정말 그래요, 오빠. 이제 한시름 놓아도 되겠네요."

"사실 난들 왜 걱정이 안 되었겠어?"

나영은 눈물을 글썽이며 말했다.

"아무리 사랑하는 사람과 결혼을 한다 해도, 만인의 축복 속에서 면사포를 써야지요. 말 한마디 없이 시골 분교장을 온통 뒤죽박죽으로 만들어 놓고 애정행각을 벌인 뒤, 마치 수습이라도 하는 듯 법석을 떠는 건 언어도단이에요."

그런데 정작 청천벽력 같은 사실 하나가 이어서 기어이 터진다. 병갑이 나영에게 질문을 던졌는데, 본관本貫이 어디냐는 거였다. 나영은 성주라고 말했다.

순간 침묵이 흘렀다. 그러나 이윽고 병갑의 입에서 신음소리가 터져 나왔다.

"나영이 놀라지 말아. 나도 성주가 본관이야. 우린 결혼이 불가능할지 몰라."

순간 나영은 적잖은 충격을 받은 듯 그 자리에 주저앉고 말았다. 병갑은 애써 태연한 척하고서는, 그런 나영을 부축하여 침대에 뉘여 안정을 취하게 했다. 나영의 말이다.

"죽고만 싶어요. 양반인 줄 알았는데 우리가 문중을 더럽혔군요."

"절망은 안 돼. 힘을 내면 방법은 있을 거야."

"오빠, 참담해요. 달나라에 인류가 착륙한 오늘부터 50년 뒤, 우리 둘 어떤 모습일까요? 살아 있기는 할까요? 흑흑."

귀갓길이 순탄할 리 만무다. 둘은 마치 벙어리처럼 말문을 닫고 역순으로 역에 닿아서 자전거로 귀가했다. 일우가 걱정했다며 둘을 맞았다. 물론 눈치 못 채도록 둘은 조심하였다.

그러나 나영이 이튿날부터 뭔가 변해 가는 게 아닌가! 끼니를 때에 때우는 것 같지 않았다. 얼굴에서 웃음기도 사라지고 있었다. 말수도 줄었다. 차림새도 옛날 같지 않았고. 누구보다 그런 사실을 병갑은 알고 있었다. 며칠 뒤 방학이라 병갑은 나영을 역 다방에서 만났다.

"나영이 내 잘못이야. 나는 어느 정도 눈치를 채고 있었어. 우리가 동성동본인 걸 말이야."

"…."

"누가 뭐래도 우린 결혼해야 돼. 아는 변호사를 만날 생각이야. 나영이 본관을 바꿀 수 있는 방법을 찾아보자구. 내년 3월에 나영이가 내신內申해서, 다른 시군의 학교로 옮기면 돼. 우리 같은 경우가 예상 외로 많아."

"오빠가 왜 진작 이야기를 안 해 주셨어요? 성주 이 씨는 정말 양반이잖아요?"

"너무 나영이를 사랑했기 때문이지. 절망하지 마. 나영이 본관을 바꾼다면, 경주 이 씨로 해. 이일우 선생과 극비리에 의논해 볼게."

그러나 모든 건 병갑의 희망 사항일 따름이었다. 방학 중인데도 나영은 60일 병가를 내는 게 아닌가. 방학 중에 근무해야 하는 당직 명단에서도 나영은 빠져 있었다.

그리고 개학을 한 다음에도 나영은 학교에 출근하지 않았다. 극심한 위염이라는 소문만 들렸다. 그리고 다시 한 달여, 나영은 피골이 상접한 모습으로 나타나더니 본교에서 표를 냈다면서, 짐이라고 할 수조차 없는 이부자리며 책 등을 챙겨서는 횅하니 떠나가 버리는 것이었다.

모두들 적잖이 충격을 받았다. 특히 병갑은 나영이 그리 된 까닭이 자기한테 있는 줄 아는 터라 눈앞이 캄캄하였다. 그동안 병갑이에게서 약간 귀띔을 들은 일우도 넋을 잃었고.

그러고 난 뒤엔 종무소식終無消息이었다. 나영의 동기들을 가끔 만나 물어도 그들의 대 대답은, 하늘로 솟았는지 땅으로 꺼졌는지 몰라 안타깝다고 했다.

일우와 병갑은 그 뒤 35년 넘게 평교사로 근무하다가 정년 퇴임하였다. 62세, 2001년 12월 31일. 그래도 둘 다 가는 곳마다 합창부나 관현악부를 만들어 열심히 지도해 흔적을 남겼었다.

병갑이 하도 적적하여 음악 학원에 나가서 초 중등학교 학생들의 가칭 지도를 보조한다. 배재대학교에 출강하는 최긍운 교수의 보조.

몇 달 전 일이다. 부산교대 동창회 총무로부터 연락을 받았다.

"선배님, 시간을 좀 내 주실 수 있겠습니까? 저 총무 사범 16회 박평향입니다."

"알고 있소. 근데 뜬금없이 시간을 내 달라니…. 나 동창회에 잘 나가지도 않잖아?"

"매년 6월 사범과 교대, 사대 등이 모인 B교육대학교 동창회 '작은 음악회'를 열거든요."

알고는 있다고 대답했더니 거기서 독창 한 곡만 해 달라는 거다. 간곡하게 사양했는데 박평향은 막무가내였다. 한참 실랑이 끝에 곡은 마리안 앤더슨의 '깊은 강'으로 합의해서 음악회에 가기로 했다. 최긍윤 교수가 반가워했다. 그러곤 반주를 해 주며, 음정 박자 발성(발음)에서 부족한 부분을 친절히 지도해 주었다.

프로그램을 스마트폰으로 보내 주기로 했는데 일이 묘하게 꼬였다. 병갑이 최긍윤 교수에게 녹차 한 잔을 달여 대접하려다가 숙우熟盂에 스마트폰을 빠뜨리는 바람에 그 소중한 것을 전달받지 못했다. 그러나 병갑이 문학의 집에서 팝송 콘서트를 연 적이 있었다. 가톨릭 문인회 출판기념회 등에 많이 다녔던 터라, 별 걱정 없이 당일 가서 'Deep River'를 소화시키기로 작정했다.

드디어 당일. 남산 입구의 문학의 집 대강당. 객석이라 해 봤자 2백 개 남짓이다. 최 교수가 운전하는 승용차가 밀리는 바람에 제법 늦었다. 문학의 집 앞에 도착했더니, 세상에 시작하고 반시간이나 지났지 뭔가?

다행히 병갑의 출연까지는 좀 시간이 남았다. 한숨 돌리고 연미복으로 갈아입고 대기석에 앉아 프로그램을 들여다봤다. 조촐했지만 다양한 레퍼토리였다. 악기 연주가 많았다. 그러다가 병갑은 이미 지나간 프로그램 맨 처음의 독창 곡목에 정신이 번쩍 들었다. 거기에 '달밤'/ 那英 Chung이라 적혀 있었던 것이다.

달밤? 처음엔 병갑은 한자와 영어가 섞인 이름을 보고 외국 교민이 찬조 출연한 줄 알았다. 그러나 이내 알아차렸다. 그리고 너무 놀라 뒤로 나자빠질 뻔했다.

"아, 나영이가 왔구나."

병갑은 총무를 손짓으로 불렀다. 이 사람이 누구냐고? 아니나 다르랴. 총무의 대답이다.

"선배님, 우리 동기인데 학창 시절 이름이 이나영이었습니다. 50년 전에 미국으로 이민 가서, 거기서 음악 활동을 하는 친구지요. 아무도 나영이 소식을 몰랐는데 보름 전 귀국했지 뭡니까? 성을 이 씨에서 정 씨로 바꾸어서 우리 모두 영문을 모르고 있었습니다."

병갑은 그렇게 헤어진 나영이 미국으로 떠났다는 사실 앞에 극심한 현기증을 느꼈다. 다시 정신을 가다듬고 이나영이 어디 있느냐고 다급하게 물었다. 한데 '달밤'을 부른 뒤 곧장 떠났다는 게 아닌가. 지금쯤 공항에서 출국 수속을 밟고 있을 거라 하곤 입을 다물었다.

병갑은 뭔가 뭔지 구분할 기력조차 없었다. 그런데 나영의 사범 16회 동기인 김길순이란 친구가 봉투 하나를 내민다. 나영이 전하라던 것. 병갑은 떨리는 마음으로 그걸 뜯었다. 예쁜 글씨의 메모.

나운영 '달밤'과 닐 암스트롱. 50년 뒤인 오늘 못 만나고 갑니다. 영원한 행복을 누리십시오. 늦깎이라고 폄훼하지 마시고 좋은 소설 창작하시고요. 동래 後人 정鄭 올림(오하이오 洲/ *닐 암

스트롱의 고향)

　모든 게 그렇게 끝났다. 병갑의 입에서 신음소리가 터져 나왔다. 아, 기어이 성까지 바꾸고 이민을 해서 반세기를 보냈다니…. 까짓 양반이 뭐길래 그토록 자책했단 말인가. 병갑은 이윽고 자기 차례가 되어서 독창을 했지만 도무지 제 정신이 아니었다. 이튿날 바로 승용차를 몰고 광주에 다녀왔다.

제독과 서전트박(Sergeant朴)

난 사단장 출신 육군 소장 김명호다. 지난 몇 년간의 얘기를 하련다.

군대에 갔다 오면 모두가 예비역이다. 일등병으로 제대하든, 대장으로 예편하든 마찬가지. 단 '제대'와 '예편'의 어감에는 차이가 있다. 들어 보자.

"그 친구 육군 중장으로 '제대'했어."

"우리 회사 김 상무는 병장으로 '예편'했다던데?"

바뀌었다, '제대'와 '예편'이. 곱씹어 보면 뭔가 꼬집을 수 없는 경계선이 있는 것이다. 이 주장에 별 이의가 없으리라. 안 그런다면 그는 병역 미필자가 아닐는지. 군은 그만큼 우리에게 설명이 불가능한 많은 체험을 제공한다.

여기 대한민국에서 유일하다고 해도 좋을 육군 간부 출신(일반하사)이 있다. 둘째가라면 서러워할, 진짜 노래를 잘하는 가수 서전트박(Sergeant朴)다. 그는 부산노래만 열아홉 곡을 골라 두 번이나 취입한 바 있는, 가요계의 전설 혹은 거목이다. 설운도나 현철, 최백호, 정훈희 같은 부산 출신 가수들조차 꿈꾸지 못했었던 걸 그가 거뜬히 해 치운 것이다.

가요계에서 그의 비중은 클 수밖에. 서울과 부산에서 모두 서른두 번이나 콘서트를 열었으니까. 해서 그의 가창 실력을 두고 왈가왈부할 필요가 없다.

게다가 그는 야구장에서 애국가 독창(선창)을 몇 번이나 한 기록을 갖고 있다. 어중이떠중이들이 판을 치는 가수협회(다른 가수협회가 있다)에서 그가 가진 기록이다. 올 시즌엔 서전트박이 한국시리즈에서 마이크 앞에 선다. 우리는 그를 가을에 만날 것이다.

그의 명함엔 사뭇 복잡한 직함 따위가 기록되어 있다. 받는 사람은 어리둥절해하기 마련이다. 뒤집어 봐도 마찬가지. 거기에도 잘디 잔 활자가 빼곡히 박혔다. 보는 사람이 어지럽다. 더러는 고개를 갸웃거린다.

가장 눈길을 끄는 게 있으니, '대형 오케스트라 협연 4회다. 이쯤에서 감탄사가 안 나온다면 그게 되레 이상하지 않을까?

명함 이야기가 나왔으니 더 설명을 덧붙이자. 본명은 박종규. 서전트박은 두말할 나위 없이 예명藝名이다. 박 하사라 하지 않고 영어를 쓰는 것은 그가 가끔 외국인들과 어울려 노래를 부르기 때문. '해운대엘레지'까지 영역英譯해 부르는 그다.

'서전트(Sergeant)'는 중학생 2학년만 되어도 아는 '하사下士'다. 하여튼 아래 하下 자가 들어가, 정작 부사관副士官들은 듣기에 기분이 별로 좋지 않다나?

옛날에는 그들을 전부 하사관이라 불렀다. 그러다 겨우(?) 생색을 낸 게 '부사관'이었다. 그래도 여전히 하사라는 계급은 존재하고, 울며 겨자 먹기 식으로 하사들은 그 소릴 감내하며 안팎에서 들어야 한다. 그건 나도 약간은 인정한다.

언젠가 서전트박을 내 방에서 만났을 때 그가 이야기했다.

"하사관이 부사관으로 바뀐 것은 혁신 중의 혁신입니다. 그 덕분에 그들의 사기가 얼마나 올라갔는지 당사자들에게 물어 보면 아실 겁니다. 가족들도 마찬가집니다. 자기 남편이 직업 군인인데, 설사 상사라도 '하사관'으로 싸잡아 불릴 땐 참담하더랍니다. 부사관이라니 가슴을 조금은 펼 수 있었겠지요. 하인·하녀·하층민 등을 생각해 보십시오. '하下'에서 벗어나게 해 주십시다."

"아, 정작 군에서 평생을 보낸 장군들도 절감하지는 못했었는데…."

"하사라는 계급을 바꾸어야 합니다. 차라리 부사副士라고 하면 어떻겠습니까? 그 위로 중사·상사·(원사)를 두고…. 전곡 12* 직할 공병 중대에 안보 강연을 나갔더니, 거기 부사관들이 입을 모아 얘기하는 겁니다."

"아하, 그럴듯하군요. 한데 선배님은 왜 하사이기를 고집하시는 겁니까?"

"궁금하시겠지요. 오늘 사단장님께 그걸 설명해 드려야겠습니다."

나는 지갑에서 몇 달 전에 받았었던 그의 명함을 끄집어냈다. 사진을 보자. 그는 전투복 차림에다 하사 계급장을 단 베레모를 눌러썼다. 일흔다섯 살 그의 얼굴 표정이 현역보다 더 현역 같은 느낌을 준다. 아니나 다르랴. 사진 밑에 이런 주석註釋을 달아 놓았다. '노병은 일흔을 넘겨야 새로워진다'

제26기계화보병사단 홍보대사/한국소설가협회 회원/ 한국수필가협회 회원/ 국제 PEN한국본부 회원/ 한국문인협회 회원/ 한국가톨릭문인회 회원/ 대한가수협회 회원/ 〈실버넷뉴스〉 문화예술관 운영위원

난 가슴이 뿌듯했다. '일흔을 넘겨야…'라는 산뜻한 구호가 내게는 은혜로도 들렸다. 게다가 예편한 하사가 반세기 만에 모부대母部隊를 찾아와 직할 중대와 여단 및 그 예하 부대에서 안보 강연을 서른 시간 넘게 했단다. 그 또한 기념비와 다름없다.

소총 소대라면 전례가 가끔 있다. 참 그의 이 진단은 압권이다. 자기가 대령으로 예편했다면 그 계급장을 달고 다니지는 못했으리라고.

그 홍보대사라는 직함은 사단장인 내가 그에게 선사한 것이다. 문서가 아니지만 효력은 그 이상이다. 언젠가 여단 본부에서

강의를 마친 그가, 사령부 간부 식당에서 부사단장, 참모장 각 참모들과 한 자리에서 식사를 하는 중 내가 제안한 것. 서전트박 선배를 우리 사단 홍보 대사로 모시고 싶다고. 순간 터져 나오는 것은 우레와 같은 박수 소리였다. 식당에서 일하는 병사들까지 몰려와 가세했다.

그러고 나서 몇 달쯤 지났을까? 그에게서 전화가 왔다. 군악 대에서 한 시간쯤 안보 강연(말이 안보 강연이지 실제는 '명심 보감'이나 '동몽선습', '고사성어' 등의 풀이가 주된 내용이라 했 다)을 하고 싶다는 거였다.

나는 당연히 좋다고 했다. 정훈공보참모 김창현 소령과 본부 대장 박현민 소령, 군악대장 허수지 대위 등에게 지시하여 준비 하도록 했다. 물론 지휘 계통을 밟아서 하는 조치다. 내가 행정 부사단장 윤승필 대령에게만 일러 놓으면, 참모장 남궁우영 대 령을 경유 일사천리로 진행되는 것이다.

약속 일시가 잡혔다. 나는 수십 년 군에 몸담고 있었지만 그 런 광경은 처음 보았다. 그는 길길이 뛰고 춤추고 아슬아슬한 농 담도 곁들이더라. 군데군데에 진중가요며 군가를 얽히고설키게 하고. 강연을 마치고 사단장실로 올라온 서전트박 선배와 차 한 잔을 나누었다. 나는 그가 고마워서 내 이름이 새겨진 허리띠를 건넸다. 그는 굉장히 기뻐했고말고. 우리는 다시 한 번 포옹을 나눴다.

그가 다시 명함을 찍었다며 내게 한 장 전해 주기에 받아 보앉더니 직함에 변화가 있었다. 한국수필가협회와 한국소설가협회, 국제PEN한국본부 일반 회원에서 '이사理事'로 승진(?)한 것이다. 내가 먼저 입을 열고 축하 인사를 했다.

성취감을 나는 그의 얼굴에서 읽었다. 한데 다른 이사는 위촉을 받은 것이지만, 소설가협회의 경우는 치열한 선거전을 치른 결과 당선된 거란다. 사진이 지난번보다 더 멋지고, 선글라스를 끼니 장군 같다는 탄성을 대화 속에 내가 섞었다. 그의 말.

"지난겨울 문산 1사단 1* 연대에 다녀왔었습니다. 영하 14도로 기온이 곤두박질쳤는데, 전투복 차림으로 경의중앙선을 타고 왕복한 것입니다. 용산에서 내렸습니다. 옛 추억이 생각나서…. 사무치게 그리웠다고 할까요? 반세기 전이…."

"많이 바뀌었지요? 65년도면 제가 초등학교 1학년 무렵이었으니까요."

"그럼요. 그때는 용산역 창문이 여기저기 깨어진 채였습니다. 저는 작년 그날 난방 장치가 잘 되어 있는 역사 안에서 그만 겉옷을 벗은 채 팔에 걸쳤지요. 환승을 하려고 머뭇거리고 있는데 여군 하사가 하나 지나가는 게 아닙니까? 불러 세웠지요. 귀관!"

여군부사관이 화들짝 놀라 얼른 경례를 붙이더란다. '공격'이라 구호를 외치면서.

대한민국에서 그 구호를 쓰는 부대는 26사단 하나라, 너무나 반가워서 그는 여군 부사관에게 물었다.

"아니 자네 26사단인가? 26사단 홍보대사일세. 강연도 가끔씩 하지."

"압니다. 지난번 저희 대대 안보 강연 때, 저는 방송실에 있었습니다."

"그랬었나? 어디야? 고향이."

남원이란다. 그는, 사단장이 남원 출신인 걸 아느냐고 다시 물었다. 하사는 잘 모른다고 했다. 서전트박은 여군 하사에게, 군복 입고 선글라스 낀 상반신 사진을 스마트폰에 담아 달라고 부탁했다. 찰칵 소리가 이어지더니, 마침내 본인이 보아도 근사한 인물이 화면에 나타났다. 그래서 그 사진을 당분간 명함에 찍어 다닌단다.

그날은 내게도 시간이 많아서 사단장실에서 그와 꽤나 오랜 시간 얘기를 나누게 되었다. 그는 65년도 3월에 입대해서 부관참모부에서 사단장 표창장을 썼더란다. 물론 붓과 먹으로….

그 시절이 없었다면 오늘 자신은 한갓 초라한 촌로로 지낼 거라 했다. 아니면 죽었을 거란다. 십여 년 전 식물인간이었음을 털어 놓기도 했다.

당시엔 29월 내지 30개월 정도 복무했는데 대개 병장으로 제대를 시켰다. 그런데 당시 일부는 하사로 임관한 것이다. 사병 진급 업무를 취급하는 부관참모부에서 간부가 되는 것은, 어찌 보면 자연스러운 일이었다. 영창에 갔다 왔든지 군법 회의에 회부, 일정 형刑을 살고 복귀한 경우가 아니라면 부관참모부 요원은 거의 백퍼센트 하사 계급을 달고 '고향 앞으로!'를 외쳤다. 서전트박 경우도 그래서 군번이 두 개다. 51021281(사병)/ 80054895(하사). 병兵 출신이면서 간부(군에서는 하사 이상이 간부다)인 흔치 않은, 제대 군인 중의 한 명이 서전트박이다.

그는 한 술 더 떠서, 재향군인회에까지 정식으로 가입했단다. 그의 이 전언을 듣고 그냥 웃기만 한다면 그 당사자야말로 뭘 모르는 시시한 예비역이리라.

"재향군인회 사무실로 찾아가면서 갈을 묻는데, 사람들이 마치 저를 '맛이 간' 사람으로 여기는 듯했습니다. 거기엔 소령 등 영관급, 그리고 장군將軍들이 출입하는 데로 알고 있는 겁니다. 하사가 재향군인회 가입이라니 번지수를 잘못 짚은 거라나요?"

그는 오기가 나더란다. 기어이 사무실 문을 두드리는 데에 성공한다. 군모만 쓴 채. 대위 출신이란 사무국장이 그를 맞았다. 모유선이라는 이름을 가진 그는 세간에 널리 퍼진 오해가 안타깝단다. 그의 말이다.

"선배님 잘 오셨습니다. 일반 병兵은 가입비 만 원입니다. 선배님은 부사관이시니 2만 원이지요. 1회로 끝납니다. 다시 내는 회비가 없습니다."

그 2만 원 덕분에 서전트박은, 예비역 부사관이라는 자존심에 더더욱 불을 댕겼더라는 것이다. 이윽고 그에게 312400-022497이라는 번호가 찍힌 회원증이 도착했다. 그로부터 그는 더욱 군에 애착을 갖게 되었더란다. 아니 그건 그런 평범한 덕목이 아니라, 한층 더 승화된 자긍심인지 모른다고 그는 외쳤다.

이윽고 나는 사단장 근무 연한 2년이 지났기 때문에 합동 참모본부로 자리를 옮기게 되었다. 그와의 인연이 너무 소중하게 여겨져 나는 전화를 내어 그에게 인사 소식을 전했다. 그가 나에게 보낸 진심이 묻어나는 축하 인사.

"공격! 다음 소식이 중요합니다. 군단장이 되셔야 합니다. 사필귀정입니다. 취임 식 때 제가 가서, 이 하사 모자를 쓴 채 애국가를 부르게 해 주십시오."

여기서 잠깐! 물론 그가 애국가를 '혼자' 부르는 게 아니다. 참모총장 등 상관과 내빈, 전 장병들이 한목소리를 내는 것이다. 야구장에서 애국가를 마이크 앞에서 부르는 걸 '독창'이라 하는데 잘못된 용어라고 그는 지적했다. 그건 '선창先唱'이라고 했다.

국가인권상 시상식에 갔더니 이금희 아나운서가 사회를 보더란다. 이 아나운서가 '애국가 선창은 테너 이아무개 씨가 하겠습니다'라고 소개하더라는 것이다. 나는 육사 출신으로서 어깨에 별을 단 장군이지만, 그가 아니었으면 애국가 선창과 독창을 구분하지 못했으리라. 어쨌든 나는 황망 중에 그가 선창을 할 수도 있다는 데에 동의했고말고.

여담 하나. 26사단 창설 기념일에 나는 그를 초청하여 단상에 모신 적이 있다. 물론 많은 내빈이 있었지만, 그를 제일 가까이 앉게 하라고 부관참모(지금은 부관참모부가 인사참모처에 통합되어 없어졌다)에게 지시했다.

그와 거의 나란히 서서 부르는 애국가! 가수이기 이전에 성악가인 그의 목소리는 우렁찼다. 연병장의 군악대 반주에 맞춰 4절까지 이어졌는데, 그의 애국가는 시종일관 그대로였다. 아니 끝에 이를수록 더 힘이 실렸다.

내빈들과 여단장, 대대장 그리고 사령부 참모들의 시선이 그에게 꽂혔다. 식이 끝나고서 말이다. 나는 장군으로서 정말 예비역 하사가 그렇게 위대한 줄 새삼 깨달았다. 이윽고 간부 점심시간, 모두가 간부 식당에서 식사를 하게 되었다. 모두들 입을 모아 그를 칭찬했다. 한데 그가 내게 살짝 귀띔을 하는 게 아닌가? "사단장님, 아까 이찬민 중위가 애국가 선창을 했지요? 첨엔 음정이 맞는 데 중간부터 처지기 시작하는 겁니다. 4절에선 군악대 반주와 제법 차이가 났습니다. 모두 눈치를 못 채도 저는 그 '녀석'을 정확히 꿰뚫어 보았습니다."

그는 덧붙였다. 그가 여단이나 대대에서 강연에 앞서 애국가를 선창하는데, 장병 4백 명만 모여도 그런 오류가 자주 일어난다는 것이다. 그는 이찬민 중위에게도 넌지시 귀엣말로 일렀단다.

그 뒤로 이찬민 중위는 군악대에 자주 드나드는 모양이었다. 성악을 전공하고 ROTC 장교로 임관, 12* 기보대대 인사과장으로 근무하는 박참 중위와도 서로 교유를 한다는 소문도 들었다.

내가 합참으로 자리를 옮기고 난 뒤에도 우린 전화와 문자를 주고받았다. 아니 그의 군 사랑 소식을 내가 먼저 접했다는 표현이 맞겠다.

한 번 전우는 영원한 전우라는 걸 그는 실증實證하고도 남았으니 한 예다. 전 행정 부사단장 윤승필 대령의 혼사에 다녀온 후배 지영아 합참 작전계획 과장의 말이다. 참, 지 대령은 내 위층에 근무함을 밝힌다.

혼주와 김동렬 전 73 여단장, 이경찬 전 사단 주임원사와 사진을 찍었는데, 서전트박이 지난 5년 동안 인간관계를 가졌던 장교며 병사들의 이름과 전화번호를 죄다 기억하고 있더라는 것. 12* 기보대대 시절의 대위가 순천 어느 부대에 근무하는데, 며칠 뒤 결혼한다며 내려간다는 게 아닌가!

그런 그렇고. 그는 서울에 오면 무조건 서울역 대합실에 간다고 했다. 거기서 우리 사단 불무리 마크를 단 병사들을 만나 커피 몇 잔이라도 대접해야 직성이 풀린다고 했다. 그는 그들을 먼발치서 물끄러미 바라보면서 '반세기'를 되새겨보는 것 자체가 삶의 의미라 했다. 귀대하거나 휴가를 떠나는 병사 모두에게 조그마한 소리로 그가 작사 작곡한 '제대 반세기'를 부른다.

사나이로 이 세상에 태어났으면/ 튼튼하게 몸 만들어 군대에 가고/겨레와 나라 위해 헌신하다가 무사히 돌아가야 진짜 용사다/ 난관을 이겨 내고 끈기 익히며 투지를 익히는 스무한 달은/ 내 인생의 진정한 자산 아닌가/ 군복을 벗는 날 기뻐서 울자. (2절 생략)

가끔 맞닥뜨리는 청원 경찰이 괴짜 할아버지라는 눈길을 보내지만 그는 괘념치 않는다. 아니 지금은 서로 목례를 나눌 정도로 친근하게 지낸다. 서울역에서 그를 알아보는 사람도 어지간히 늘었다.

스마트폰이라는 게 참 신기하다는 걸 나는 서전트박 선배를 통해 알았다. 그는 그렇게 만난 불무리 병사들과 사진을 찍어 카카오톡으로 보내 주는 것이다. 대개 한둘과 함께이지만 대여섯 명일 경우도 있었다.

그들은 모두 '공격'을 외치는 듯, 거수경례 자세로 포즈를 취했다. 한 번은 유커(중국 관광객) 아가씨들과 어떻게 어울렸는지 불무리 제대병 넷 등 총 아홉 명이 어깨동무를 하지 않았은가? 가운데에 선 서전트박이 사진 밑에다 덧붙인 설명, 내겐 이채롭게 여겨졌다.

사단장님, 불무리 병사 녀석들을 보고 한마디 인사를 제가 먼저 던진다 치십시다. 다가와서 거수경례를 하고 귀 기울이는 녀석들은 모범 병사이고, 지레 겁을 먹는다든지 꽁무니를 빼는 축은 '관심(배려)병사'에 가깝지요. 가끔 현금을 쥐어 주는 경우가 있는데 그때도 받는 녀석이 뿌리치고 도망치는 녀석보다 착해 보입니다.

그가 소식을 전하면 난 답신은 꼭 보냈다. 누가 현금이나 커피를 주면 받지 말라고 지휘관으로서 지시해 본 적이 없는 나에게, 그건 신선한 충격이었다. 후임 사단장인 육사 두 해 후배 진은호 소장에게 전화를 내어 물어봤다. 그의 대답이다.

"선배님, 서전트박 선배에게서 저한테도 가끔은 소식이 옵니다. 그런 경우가 드물지만 어쨌든 김영란 법이 시행되었습니다. 커피는 모르겠는데 현금은 글쎄요…. 군악대 애들한테 햄버거를 사 준다며 25만 원을 준비해 있다고 얘기 들었습니다. 한데 그것도 걸리는 모양입디다. 본인이 와서 직접 가게에서 구입한 햄버거를 애들하고 같이 나눠 먹는 건 괜찮다 합니다. 간부 즉 하사 그것도 전문하사 이상은 합석할 수 없다는 거예요. 하물며 그러니 군악대장이겠습니까?

참, 그 전에 그가 국방 TV의 '우리는 전우'라는 TV에 출연했었지요. 마침 연예병 동방신기의 유노윤호(정윤호)가 일등병 시절이라 녹화에 좀 애로가 있었습니다. 그때에도 그는 출연료 1백만 원으로 대형 거울과 서가를 사 줬고, 자기 호주머니 털어 보태어 병사들에게 햄버거도 사 먹였습니다. 간부들도 합석했지요."

"아니, 그 전에 그 선배의 '제대 50주년 기념 모부대 장병 초청 콘서트가 서울 '문학의 집'에서 열렸었잖소? 진 장군이 많은 도움을 주었다고 하던데, 남북의 대치가 극한 순간을 맞았을 때였지. 일촉즉발…."

"고민이 컸지요. 예비역 하사의 전역 반세기 기념 모母 부대 장병 초청 콘서트는 창군 이래 처음이라서. 남북 고위 회담의 극적 타결 직후라, 부랴 부랴 모범 병사 동원 지시를 내렸습니다. 부사단장 윤승필 대령이 인솔⋯."

하여튼 그 콘서트는 성황리에 열렸고, 〈조선일보〉며 〈국방일보〉에 크게 보도되었다. 나는 그걸 샅샅이 읽었다. 그가 〈실버넷뉴스〉에서 중요한 위치를 차지하고 있다는 것도 그때에 알았다. 그는 주로 원로 문필가 혹은 연예인 등을 취재했는데, 그때마다 그 기사를 카카오톡으로 보내 주곤 했다.

내 눈길을 끈 것이 많지만 장군 세 분의 경우는 더더욱 그러했다. 물론 예비역이다. 현역 장군인 나보다, 서전트박 선배는 장군을 많이 알고 있었다. 그의 기사 중 셋을 골라 간단하게 소개하자.

이근양 장군 95세다.

육사 3기, 용인에 거주. 아직도 정정해서 부인과 함께 알맞은 크기의 아파트에 단란하게 산다. 그림 공부를 열심히 하여 이젠 화가로서 자기 세계를 구축하고 있다.

중형차를 운전하여 일요일마다 성당에 미사 참예하러 나온다. 이웃 신자 셋이 그를 믿고 그 차에 동승한다. 그분은 경주 이 씨지만, 서전트박에겐 외가로 친척이 되고 아저씨 항렬이다. 그래도 호칭은 '장군님'이다. 그는 경주 이 씨 중앙 화수회에서 마지막 만세 삼창을 10년째 계속해 오고 있다.

장경석 장군, 육사 5기다.

올해 우리 나이로 99세. 고 정승화 장군과 동기. 백선엽 장군과 갑장이긴 하나, 건강은 서로 비교가 안 될 만큼 훨씬 좋다. 지금도 하루 만보 걷기를 시행하고 있으며, 기氣 및 요가에 심취해 있다.

용인대학교에 요가학과를 창설하여 후학들을 가르치기도 했다. 부인과 사별하고 난 뒤에 아파트에 혼자 산다. 물론 식사와 청소를 도와주는 아주머니가 있긴 하다. 자녀들이 같은 아파트에 거주하기 때문에 걱정이 있으면 부리나케 달려온다. 장군은 말한다. 자긴 120세 넘게 산다고! 지금의 그를 보고 의심하는 사람은 아무도 없다.

나는 이 두 분 대선배 장군님의 기사를 읽고 감탄사를 쏟아 내었다. 과연 이 땅의 현역 예비역 장군들이 이 두 분에게 어느 정도 관심을 쏟았는지 묻고 싶었다. 물론 여기엔 내 자성自省의 의미도 포함되어 있다.

서전트박은 이 기막힌 사실 하나를 기사 뒤에 덧붙였다. 우리나라에 현재 살아 있는 장군(2명) 중 '경석'이란 이름을 가진 분이 넷이라고. 동명이인 장경석, 서경석, 박경석 등. 초기 재구 대대장이었던 박경석 장군을 모시고 곧 취재하기로 되어 있단다.

서전트박이 쓴 장군 관련 기사 중 백미는 오히려 아래에 적는 바로 이것인지 모른다.

그는 손자가 다니는 초등학교 바로 곁에 산다. 하루는 손자 녀석이 준비물을 잊고 안 갖고 간 게 있어서 그걸 챙겨 뒷문으로 급히 들어가려 했다. 물론 하사 모자를 쓴 채다. 한데 누가 제지(?)를 한 것이다. 어린이들의 등하교를 돕는 예순 살쯤 되는 남자였다.

괴상한 차림의 노인을 보니 뭔가 느끼는 게 있었던 모양, 그가 물었다. 군 출신인가 보다고. 서전트박은 망설이지 않고 반세기 전 육군하사로 예편(제대)했다고 밝혔다. 그는 상대에게 군에 갔다 왔느냐고 물을밖에. 물론이란다. 그가 다시 질문을 던졌다. 부사관이었냐고. 한데 상대의 대답이 그를 소스라치게 만들고 말았다. 예비역 장군이라는 것이다.

세상에! 신음소리가 터져 나왔다. 꾀죄죄한 차림은 아니지만, 그런 일을 할 사람으로 보이지 않아서다. 하지만 이야기를 좀 더 나누어 보니 그가 공군 장군 출신이란 건 단박에 사실로 판명되었다. 지금은 세상에 없는 자신의 아들도 공군 아니었던가? 서전트박은 교실로 들어가는 걸 잠시 잊고 그를 부추겨 '공군가'를 부르자고 했으렷다?

하늘을 달리는 우리 꿈을 보아라/ 하늘을 지키는 우리 힘을 믿으라/ 살아도 또 살아도 겨레와 나라….

두 노인을 보고 어린이들이 박수를 보냈다. 취재 결과 그는 공군2사관학교(지금은 없다) 출신 첫 장성 진급자란다. 이름은 박현신(61세). 그 이야기는 자못 흥미롭고도 남았다. 아 참! 세상에 우연의 일치라고 하기엔 너무나 기가 막히는 인연, 박현신 장군도 남원 출신이니까, 어찌 이를 강조하지 않겠는가?

그 외에도 장군이며 대령 중령, 심지어는 일병 출신 이야기까지 그가 쓴 기사나 수필, 콩트가 부지기수다. 하지만 여기 옮겨 적을 수 없다.

나는 소장에서 중장으로 진급하는 데 실패했다. 섭섭하긴 하다. 그 중에 서전트박 선배에게 애국가 선창의 기회를 제공하지 못한 심경도 포함된다. 만약 그런 경사가 있었다면? 아마 군대문화에 새로운 획을 긋는 계기가 되었으리라.

그래도 그는 노병으로서 꾸준히 새로운 분야의 개척을 위해 헌신하고 있다. 소문에 의하면, 그가 소설가협회 이사로 출마했을 때였더란다. '병영兵營 문학의 싹을 틔운다'는 일찍이 보도 듣도 못한 공약을 내세웠다는 것이다. 불무리 시절, 나도 그의 권유로 공식 홈페이지에 들어가 보던 기억이 새롭다. 밀리터리 난欄을 가득 채운 그를 부모들이 '병사의 아버지'로 부르고 있었던 것.

그는 계속 진화하고 있다.

'군가 합창단'에 들어가려고 준비하고 있다는 거다. 2012년엔가 출범한 이 합창단을 나도 소문은 들어서 알고 있다.

전 국방장관이 중심인물이고 주 멤버가 장군 출신이란다. 서전트박을 내가 거기 추천하고 싶었는데 그가 뜻을 세운 모양이니 어찌 기쁘지 아니한가.

스마트폰에서 '군가합창단'이라 치고 동영상에 들어가 보라. 작년 정기 발표회 때의 연주(합창) 상황이 고스란히 재생된다. '전우야 잘 자라', '휘날리는 태극기', '진짜 사나이', '행군의 아침', '보기 대령 행진곡(Colonel Bogie March)' 등 귀에 익은 곡들을 신나게 따라 부를 수도 있다.

참, 거기 대중가요 가수 이용이 들어가 있다. 그가 부른 '잊혀진 계절'(잊어진 계절)은 나도 안다. 아무튼 서전트박 선배가 부사관 출신으로 '군가 합창단'에서 활동할 날을 기다린다. 장군들과 함께 목소릴 드높이는 그의 모습을 상상한다.

나는 전역한 후 대학 강단에 서 있다. 그가 한 번 만나자고 해서 날짜를 조율 중이다. 그런데 그에게서 〈실버넷뉴스〉 문화 예술관에 실은 수필을 보내 온 것이다. 제목은 '모델'이다. 참 잊을 뻔했다. 다음은 수필 전문이다.

어제 카톡으로 윤영선 기자에게서 연락이 왔다. 그는 서울 시내에서 교장으로 있다 정년퇴임한 친구다. 누구 말에 의하면 미스 서울 출신이라더라. 나이는 나보다 열 살 아래. 내가 지휘하는 〈실버넷 뉴스〉 합창단원이기도 하다. 한데 처음 내용만으로 봐서는 내게 보낸 것 같지 않았다. 나 같은 장삼이사에게 모델이

좀 되어 달라는 게 아닌가?

얼떨떨했다. 그러자 그가 재차 발송한 문자에다 군복을 착용하면 좋겠다고 첨언했다. 그리고 선글라스를 끼란다. 그제야 내가 주인공이라는 확신을 가지고 준비를 했다.

날씨가 너무 더웠다. 군화도 천근만근이다. 모자까지 오늘 따라 무겁고 열기마저 내뿜는다. 하지만 내색을 할 수 없는 노릇, 짐짓 아무렇지도 않은 척 집을 나섰다. 편도에만 자그마치 두 시간! 세 번 환승해야 한다. 이를 악물었다.

합정역에서 일행 둘과 만나 버스 편으로 가다가, 서울함 공원 근처에서 내렸다. 서울함은 퇴역 한국형 호위함이다. 배수량 2300톤, 길이 102미터·폭 11미터, 무장 76밀리미터 두 문·40밀리미터 쌍열포 세 문, 어뢰 여섯 발, 폭뢰 열두 발, 속도 12노트. 항속 거리 7400킬로미터, 승무원 150명 등. 혁혁한 전과를 올렸지만 지금은 퇴역. 한강변에 정박 시켜 놓고 시민들이 승선하여 관람이 가능하도록 한 유익 공간으로 변모했다.

윤 기자의 주문은 이미 프로급이었다. 그가 말하는 대로 나는 그 952함 안에서 포즈를 취하고 때로는 떠들썩하게 이야기도 하고 노래도 섞었다. 나는 육군 전투복 차림인데 베레모를 벗고 대신 해군 간부 모자를 써 보기도 했다. 함장이기라도 한 것 양 의자에 앉아 근엄한 표정을 짓기도 했다. 창군 이래 처음일 수도 있는 괴짜 육군하사의 일거수일투족이, 전부 카메라에 담겼고말고. 또 다른 주연인 장남순 기자도 유머며 위트가 만만찮았다.

무엇보다 에어컨이 잘 작동되어 시원해서 좋았다. 군데군데 서 냉기가 쏟아졌다. 문득 참 행복하다는 느낌이 들었다. 내가 육군하사가 아니었으면 어림없는, 호사豪奢를 누리고 있지 않은 가? 게다가 아리따운(?) 두 여기자까지 대동(?)했으니….

두서너 시간 우리는 배에 머물렀다. 워낙 날씨가 더워 관람객 들이 거의 없어서 서울함을 온통 우리가 차지했다 해도 과언이 아니었다. 고성방가를 한들 말릴 친구가 없으니 자유를 만끽했 다고 허풍 한 번 떨어 보자.

돌아 나오는 길이었다. 역대 함장 사진이 걸려 있었다. 무심 결에 들여다보다가 나는 비명을 질렀다. 박종빈! 나는 이게 꿈인 가 싶었다. 옛날로 돌아가자. 시골에 살 때 이웃에 해군 사관학 교 생도가 하나 있었다. 그가 박종빈이었다. 같은 본, 같은 항렬 인 그러니까 밀양 박 씨 종친이었다.

그가 제독提督이 되었다는 이야기를 풍문으로 접했었다. 나는 퇴역 장군이며 장교 부사관(병)근황을 엄청나게 우리 신문에 그 가 말하는 대로 소개하는 터라, 박종빈 제독을 그렇게 만나고 싶 었었던 것! 나 자신이나 우리 신문으로 봐서도 제독은 처음이니, 이만저만한 수확이 아니다. 박현신 장군을 통해, 성우회 명부에 서 그의 스마트폰 번호를 찾아서 전화 연결이 되었다. 여담인데, 김영곤 장군 외 3명의 5전투비행단장을 해후하게 된 것도 다 박 현신 장군 덕분이다.

어쨌든 박정빈 제독은 과천에 산다 했다. 열 살이나 아래고 동생인 그에게, 나는 당연히 하대를 할밖에. 그가 먼저 나를 찾아오겠다고 운을 뗐다. 역사는 이렇게 어쭙잖은 데서부터 이루어지는 모양이다. 내가 어제 만약 서울함에서, 함장들 사진 앞을 무심히 지나쳤다면? 그와의 만남은 더 많은 세월이 흐른 뒤에라야 가능했으리라. 그가 하는 말이 기가 찬다. 자신은 아직 서울함에 올라가 보지 않았다는 것!

오늘 아침 나는 윤 기자로부터 사진 몇 컷을 카카오톡으로 받았다. 선글라스를 끼고 약간 측면으로 찍힌 한 장! 탄성이 흐를 만큼 멋져 보인다. 난 그걸 바탕으로 잘라내기 작업을 했다. 불무리 마크가 잘 보이게. 그리고 기자증이 보이는 가슴까지 드러나도록.

당장 명함부터 바꾸어야겠다. 인쇄소에 들러, 사진을 대체하도록 부탁할 참이다. 그리고 새로 만들어진 명함은 김명호 사단장에게 한 장 우편으로 전하고말고. 내 생명과 다름없는 불무리 사단이 없어진다는 소식에, 내가 절망한 사연을 구구절절 적는 것도 잊지 않아야겠다. 이제 육해공군 장군을 다 만난다는 소원이 이루어지기 직전이다.

내겐 군이 있다. 그래서 나 서전트박도 존재한다. 문학도 노래도…. 혹자는 나에게 반세기가 지났는데 아직 중사 진급을 못하느냐고 묻는다. 관심이 없다. 대신 몇 달 안에 본부대 명예 분대장(하사니까 가능)으로 하루라도 땀을 흘리고 싶다. 소원이다.

동명이인도 이쯤 되면

먼저, 이아무개라 하자. 이 이야기의 주인공 말이다. 본명은
몇 줄 뒤에 밝히기로 하고….

그는 문단에 이름을 낸 지 제법 오래인 위인이다. 40여 년이
라면 이아무개가 그 바닥에서 산전수전 다 겪은 셈이다.

하지만 그는 글재주가 하도 부족하여 아직도 헤매는 중이다.
여기저기서 외면을 당하는 한갓 아둔패기에 지나지 않는다. 그
가 한 번 된통 혼이 난 적이 있었다. 문단의 거목인 어느 큰스님
을 만났는데 그분이 그에게 일갈한 것이다.

"수필과 소설 두 가지를 쓴다고? 당신 처지엔 하나만 해도 버
거울 텐데. 쯧쯧, 여생도 얼마 아니지 않소? 소설에 전념하구려."

그에게는 그 지적이 식은땀이 줄줄 흐르는 고통이요 곤욕이
었다. 그는 손수건으로 이마를 연신 훔치면서 돌아 나오고 말았

다. 한데 신통하게도 그분의 지적에 순식간에 스스로 동의를 하게 되는 것이었다. 양자택일. 앞으로 소설에 만 매달리기로 한 까닭이다.

세상엔 참 우연의 일치가 많다. 그와 이름이 같은 사람이 대구에 사는 것이다. 아니 필연이라고 하는 편이 나을지 모르겠는데, 동명이인의 이름이 이선우(가명)이다.

위 이아무개는 이선우를 한 번도 만나지 못했지만 서로 알기는 한다. 이아무개와 이선우 수필가는 한자도 이름이 같다. 오얏 리, 착할 선(善), 비(雨)! 완벽하게 같은 이름을 쓴다. 이아무개와 이선우는 경주 이 씨 종친이고, 이아무개가 나이 일곱 살쯤 더 먹었다. 중시조 거(居) 자, 명(明) 자 할아버지의 38세손이니(同 行列)란 사실 앞에서 어느 누구인들 차라리 경악을 하지 않을 수 있으랴!

경주 이 씨 종친회 문학회가 있는데 이선우는 부회장이고, 이아무개는 그냥 회원이다. 문단에는 이아무개가 먼저 나왔다. 아니, 차이가 7~8년? 뭐 그게 그리 중요한 건 아니니 그냥 넘어가기로 한다. 경력이 문제가 아니다. 문단에서의 비중이 그만큼 차이가 난다고 누가 치부해도 이아무개는 완벽하게 동의를 할 참이니 더 말해 무엇하랴.

이선우의 명작에 「수의壽衣」라는 게 있다. 다 기억하지 못하지만, 죽어서 잠시 걸치는 그 베옷에 사람들이 너무 매달린다는 내용의 수필이다. 이아무개는 그런 차원의 글과는 거리가 먼, 소위 신변잡기를 벗어나지 못해서 탈이었다. 오죽하면 이아무개가 가르쳤던 제자들이 자기 모교의 카페에다, '수의'를 그대로 옮겨 적고 스승의 글이라고 소개했을까? 덕분에 이아무개는 제자들로부터 많은 박수를 받았다. 씁쓸하다.

그뿐만이 아니다. 고 남백송과 복수미(여가수)의 카페에도, 어느 제자가 그 작품을 실었으렷다? 그걸 읽은 제자들이 엄청난 댓글을 달고 이아무개에게 감사의 전화를 해 주는 것이었다. 겸연쩍은 표정을 짓고, 아니라는 토를 다는 것도 한두 번이지 나중에는 숫제 지치고 말았다. 이아무개는 이래저래 이선우로 말미암아, 울며 겨자를 몇 번이나 먹은 셈이다.

다시 한번 고백. 실제 이선우는 문향이 드높은 수작을 빼어내는 데에, 이아무개는 그에 못 미치니 낭패라는 거다. 이선우는 조용한 성품에 선비다운 일상을 보낸다. 그에 비하면 이아무개는 홍길동처럼 뛰어다니기만 하고, 실속도 없이 허송세월하고 있다.

여태 이아무개로 갈팡질팡하다 보니 지치기도 했다. 그래 둘 다 '이선우李善雨' 하자. 큰선우와 작은선우라 구분하는 것을 전제로 하고 말이다. 아니면 전자前者 혹은 후자候者로 구분 지으려고도 해 봤지만, 놈 者자 마음에 안 들어 이 시도는 포기한다.

큰선우와 작은선우의 기막힌 인연은 거기에서 그치지 않는다.

둘 다 교장 출신이란 점이다. 큰선우는 초등학교에서, 작은선우는 중학교에서 정년퇴임했다. 초등과 중등? 뭐 그게 그거다. 큰선우는 부산, 작은선우는 대구가 마지막 임지다. 지척咫尺이나 다름없고, 두 음절로 말하면 같은 영남이다.

얽히고설킨 이야기가 한둘이 아니다. 막상 입을 열려니 큰선우 자신마저 쓴웃음밖에 안 나온다. 큰선우는 기가 찰, 아니 기절초풍할 사건 하나만은 맨 끝에 덧붙일 각오를 한다. 우선 자질구레한 일화들을 몇 개 들어 보자.

일혼이 가까워 큰 선우는 부산에서의 모든 걸 정리하고 서울 근교로 올라왔다. 낯선 곳에서 청승맞게 울기도 많이 했다. 그걸 부산의 문우들이나 교육 동지들에게 이렇게 표현했다.

"맨날 나는 '나그네 설움'만 부른다오. 내친김에 실창實唱해 보겠소.

오늘도 걷는다마는 정처 없는 이 발길/ 지나온 자국마다 눈물 고였네…"

잠시 틈을 만들면 상대가 따라 부른다.

선창 고동 소리 옛 임이 그리워도/ 나그네 흐를 길은 한이 없어라

그러다가 그가 만든 트로트 곡 가사가 하나 있다. 그게 '나그 네 설움' 못지않게 애절하다. 큰선우는 즉석에서 곡을 붙여 상대에게 쏟아 놓는다. 짐짓 흐느끼는 목소리로….

울면서 고향 떠나 타관에 와서/ 십년 세월 참으며 지내왔건만/ 여태껏 낯설구나 골목조차도/ 오늘도 어김없이 방황하는 나(1 절)// 애당초 귀향일랑 생각 않아서/ 여기서 영원히 눈감겠다고/ 입술을 깨물면서 다짐했었지/ 하지만 이 한겨울 고향 그립다(2 절)

제목은 '타관의 겨울나기'. 물론 십 년이란 좀 과장된 거다. 하지만 그런 과장이 있어야 가요가 생명을 얻는다. '육 년'이라 고집하면, 지나가는 개도 웃으리라.

한데 그런 그를 붙잡아 준 것은 성당이었다. 그는 가톨릭신자였던 것이다. 이사하고 몇 달 뒤에서야 주일 미사에 참예했더니 주임신부가 소개했다.

"이선우 아우구스티노 가족이 이번에 부산에서 본당으로 전입하게 되었습니다. 여러 교우님들이 따뜻하게 맞아 주세요."

우레와 같은 박수가 터지고 여기저기서 알은체를 했다. 큰선우의 눈시울이 젖었다. 한참이나 그 자세로 서 있다가, 그는 이윽고 자리로 돌아왔다. 손수건으로 못다 흐른 눈물을 훔쳤다. 그러고 나서 몇 주가 지난 뒤였다.

어느 주일主日 교중 미사가 끝나고 나서 귀가하려는데, 어떤 자그마하지만 이목이 반듯한 자매가 큰선우를 찾아온 것이다. 자매는 큰선우에게 허리를 깊이 숙였다.

"저, 이경숙 마리아라고 합니다."

"아, 예. 반갑습니다. 한데 왜 나에게 인사를 하는 거지요?"

"뭐 여쭤 볼 게 있습니다. 혹시 본관이 경주慶州이신가요?"

"예, 그렇습니다만….”

"저도 경주 이 씨입니다. 저 성가 합창단에서 조그만 일을 맡고 있습니다. 교회에서는 교육부장이기도 하구요. 처음 인사하셨을 때 저는 깜짝 놀랐습니다. 돌아가신 아버지와 성함이 같아서요. 모습도 비슷하십니다. 키도 그렇고요. 가운데 한자를 어떻게 쓰시는데요?"

"착할 善 자지요. 하지만 착하지 못합니다."

"이를 어쩌나, 돌아가신 아버지와 한자도 성함이 같으시군요. 아버지를 뵙는 느낌입니다."

거기까지 듣던 주위의 교우들 몇몇이서 박수를 보냈다. 새로운 모녀가 생겼다며 축하한다는 뜻임은, 두말할 나위가 없고말고. 큰선우의 아내와 다른 가족들도 기뻐하였다. 파派가 다른 게 오히려 다행이었다 하자. 아니면 기절초풍이라도 했을는지 누가 아나?

집에 와서 아내와 이야기를 나누다가 큰선우는 다시 놀랐다.

그 자매의 이름이 이경숙이라 했으렸다? 큰선우의 아내 이름이 배경숙 아닌가 말이다. 배경숙의 남편이 이선우이고, 이선우는 이경숙의 돌아가신 아버지다?

모두를 놀라게 한 사실 또 하나. 이경숙의 남편 성이 배裵 씨라는 것. 배 씨는 본관이 분성盆城 하나뿐이라서 하는 말이다.

그로부터 낯설어 하는 큰선우의 가족들에게 이경숙은 여러 가지로 도움을 주었다. 추태균 아마또 형제가 성가대장인데, 둘이서 의논하는가 싶더니 큰선우로 하여금 부활절에 성가대에 합류하도록 한 것이다. 그것도 도중 몇 마디 몇 마디를 솔로로 부르라는 거다. 너무나 인기 있는 '내 발을 씻기신 예수'!

그리스도 나의 구세주 참된 삶을 보여 주셨네/ 가시밭길 걸어갔던 생애/ 그분은 나를 위해 십자가를 지셨네/ 죽음 앞둔 그분은 나의 발을 씻으셨다네 …(중략)… 먼 훗날 당신 앞에 가거든 나를 안아 주소서

나름대로 열심히 연습을 하였다. 고음 처리도 제법 되는 것 같아 큰선우는 안도하면서 며칠을 보낸다. 그러나 호사다마(好事多魔)란 사자성어가 변함없는 진리였을까? 큰선우가 잦은 소변이 왜 그런지 용인 세브란스에서 갔더니 과장이 조직 검사를 받으라는 것이다. 의사는 기계로 전립샘 여남은 군데 살점을 떼어 냈다. 그 아픔은 정말 참을 수 없을 정도였다. 그러는 중에도 큰선우는 의사에게 물었다.

"오늘 바로 성당으로 올라갈 수 있겠습니까? '내 발을 씻기신 예수' 연습해야 하는데요."

"큰일날 말씀입니다. 며칠 동안 움직이시기조차 힘들 겁니다."

그래서 정말 큰선우는 눈물을 주르르 흘렸다. 저승에 먼저 간 그의 '임'을 위해 교우들 앞에서 주님께 봉헌하고 싶었던 성가였기 때문이다. 이경숙 마리아에게도 한없이 미안했다. 큰선우는 밤새 앓으면서 진통제로 버텼다. 그리고 20일 뒤 마침내 그는 강남 세브란스에서 전립샘암을 수술을 받는다.

수술 후 예후는 그런대로 괜찮았다. 성당에 갔더니 이경숙 마리아가 딸이라며 한 소녀를 데려와 인사를 시켰다. 엄마보다 더 예쁜 얼굴에 미소가 아름다운 대학 1학년생. 작곡을 전공한다는 소녀의 이름을 물었다. 녀석의 말이 이랬다. 저 배裵영현이에요.

아버지가 배 씨니 당연하지만, 거듭 신선(?)하게 들렸다.

그로부터 딱 2년 뒤 큰선우는 서울 남산 자락 '문학의 집'에서 열여섯 번째 콘서트를 연다. 전립샘도 없는 장애의 몸으로 말이다.

일찍이 유례없었던 일이라 치켜세워 준 이는 소수였다. 나머지는 촌로가 주제 파악을 못 하는 짓을 한다면서 수군거렸고말고. 쟈니리와 박수정 가수협회 이사, 복수미(KBS 가요무대 수회 출연) 등이 우정 출연하는 가운데 배영현이 달려 와서 피아노 반주를 했다.

종교 간의 화합을 도모한다며 저지른 거창한 시도 하나.

대신 복음 성가 '살아계신 주'(복음 성가는 개신교가 원류?)를 큰선우가 봉헌했다. '내 발을 씻기신 예수'와 추태균 아마도 성가단장이, 찬불가는 보덕 선사禪師가 예천에서 올라와 절창했다.

아쉬운 점 하나. 큰선우의 아내 배경숙과 가족들은 불참할 수밖에 없었다. 모두가 임을 잃는 슬픔의 충격에서 헤어나지 못했기 때문이다.

대신 배영현의 어머니 이경숙 자매와 교우들이 자리를 빛내 주었으니, 그 함수를 어떻게 풀까? 그리고 보니, 큰선우의 동명이인 소동(?)은 그야말로 큰 은혜로 귀결된 셈이었다 치자.

한데 그것으로 끝나지 않았다.

당일, 그러니까 큰선우의 크고 작은 열여섯 번째 콘서트장인 남산 자락의 '문학의 집'에서 정말 믿지 못할 일이 일어났으니…. 우선 사단장이, 큰선우가 맺어온 모부대 인연을 생각하여 준準 전시 중이지만 26사단 각 예하대의 모범 병사 30여 명을 보내 준 것을 전제로 해야 한다. 그래야 이야기 실마리가 풀린다. 장내를 가득 메운 총 200여 명이 다 같이 일어나서 애국가를 4절까지 불렀다 부사단장을 비롯한 장병 일부는 단상에서 나머지는 단하에서. 약간 뜸을 들인다는 마음으로 큰선우가 한마디 던짐으로써 장내 분위기가 바뀐다.

"저는 일흔 중반이 내일모레입니다. 한데 남산이 어디 있는지 그것도 여태 몰랐었습니다. 그리고 '남산 위에 저 소나무…'라

평생 애국가와 더불어 살아 왔습니다만, 과연 그게 사실일까 하는 의아심에서 헤어나지 못했지요. 어제 저는 일부러 남산을 답사한다며 작심하고 올라갔지요. 몇 걸음 안 가서 수많은 소나무를 발견하고 환호했습니다."

다음에 '사단가'를 제창하는 차례.

물론 군복을 입은 큰선우와 사단 주임원사, 박참 중위(성악 전공) 등 사단 장병 30여 명이 단상에 올라섰다. 큰선우는 그들을 하나씩 호명했다. 그런데, 세상에 이럴 수가! 이선우가 두 명씩이나 있는 게 아닌가? 계급은 일병과 상병…. 모두가 웅성거리고 야단이 났다. 우연의 일치 치고는 너무나 철저한(?) 우연의 일치 앞에 큰선우는 되레 할 말을 잃었다.

얼마 뒤 26사단 불무리 성당에 가서야 비로소 대중 앞에서 '내 발을 씻기신 예수'를 자기 목소리로 봉헌할 수 있었다. 사단장은 그날 마침 미사에 빠졌지만, 참모장 선우우용 대령과 헌병대장 통신대대장 및 장병 120명들이 그의 복음성가 한 곡을 들었다.

두 사람의 동명이인이 아니었으면 도저히 일어날 수 없는 일련의 일들이었다. 그 함의含意가 무엇일까? 아직도 현재진행형인 큰선우와 또 다른 더 큰선우(이경숙 자매의 아버지는 선종한 지 오래다), 그 가족들 사이의 난마亂麻는 쾌도快刀로써 자를 게 아니라 인내심을 갖고 풀어 나가야 하리라.

그에 못지않은 '소란'도 있다. 이건 눈물겹다고, 예고라고 해야겠다.

세상에 장애인 아닌 사람은 없다. 그 정도만 차이가 날 뿐, 누구든지 불편함을 가지고 사는 것이다. 큰선우는 중등中等 정도의 심리(적) 장애가 있다. 특유의 교만과 떠벌이…. 자기 폄하식 고백은 여기서 그치기로 하자.

그가 며칠 전에, 가수 김광석의 딸 서연 양이 잠들어 있는 유토피아 추모관에 갔다 왔다. 아니 걔가 거기 안장된 것은 큰선우 자신도 잘 몰랐다. 신해철 추모비 앞에 서서 사진도 찍고 취재 수첩에 뭘 끼적거리는데 상무가 달려온 것이다. 물론 서로 아는 사이다.

이런저런 이야기 끝에 서연 양의 '주소'를 알 게 된 것이다. 여담(?)이다. 신해철의 3주기가 바로 코앞이다. 26일인가 그럴 거다. 큰선우는 5백 명이 모인다는 당일 북새통을 이루는 가운데서의 취재가 별 의미 없을 것 같아 선수(?)를 친 것이다.

잠깐 김광석의 부인, 그러니까 서연 양의 어머니가 하던 말을 기억해 보자.

"내 딸은 '장애우'가 되어서 생전 왜곡 날조된 소문에 시달리기도 했습니다."

큰선우는 소스라치게 놀라고 말았다. 세상에 소생을 장애우라 한다? 큰선우는 일갈했다. "다른 건 몰라도 '장애우'라니…. 장애인 협회에 가서 장애우라 말해 보라. 삿대질을 당한다. 그렇

178

게 '장애인'이라 불러 달라고 호소했는데, 서연의 엄마마저 외면 한단 말인가?"

하기야 양승태 대법원장은 청문회에서 한 술 더 뜨더라. '장애우'도 아니고 '장애자'라 하다가 여야로부터 뭇매를 맞았잖은가?

하여튼 장애인이라 하고서 이야기를 풀어 가자.

서울 근교에 올라오기 전에 큰선우는 3년 동안 삼랑진읍 오순절 평화의 마을에 한 달에 두어 번 다녔다. 별 재주가 없으니 대부분이 장애인인 그들 틈에서 섞여 노래나 부르고 떠드는 게 고작이었다. 자신이 분양받아온 삽살개가 새끼를 낳으면 그 뒤차꺼리나 하고. 가족들이 그에게 붙이는 호칭은 다양하다. 할아버지, 형제님, 교장 선생님, 아저씨, 오빠….

거기서 큰선우가 봉사활동했다고? 선뜻 동의하기가 힘들다. 그 오순절 평화의 마을이 자리 잡고 있는 마을 즉 삼랑진읍 사거리, 그의 잔뼈가 굵은 곳에서 걸어서 20분 거리에 있어서라는 게 키(key). 고향에 가고 싶을 때 거길 찾았다는 그 이상도 이하도 아니다. 다만 그 뒷동산에 있는 큰키나무 한 그루 밑에 자신의 유택을 마련하려고 했었는데 이제 영 글렀다. 유토피아 추모관으로 가야 할 당위성, 그걸 어길 수 없는 것이다.

하여튼 거기 박희정(가명)이라는 두 가족이 있다. 남자와 여자이고 나이는 비슷하다. 50대 초반? 어느 날 여든 살 가까운 할머니가 찾아왔다. 복지사가 할머니에게 물었다.

"할머니 어떻게 오셨습니까?"

"미안합니데이. 자슥 새끼를 맽기 놓고 애미 노릇 몬한기라. 박희정을 면회 왔습니데."

직원은 근무한 지가 얼마 안 되는 터라 둘의 정확한 신상을 몰랐단다. 그래 얼른 머리에 떠오르는 대로 머릴 짧게 깎은 박희정 손을 잡고 나왔다. 그런데 한참이나 서로 바라보기만 한다. 다만 할머니가 하는 말이 이렇다.

"아이고 가시나야, 십 년 만에 만난데이. 얼굴은 부었나? 살이 찐 것가? 머리는 머슴아도 아니고 그기 뭐꼬?"

"…."

할머니는 기가 차서 할 말을 잊었다. 그때 그 소식을 들은 부장이 또 다른 박희정이 있다는 사실을 머리에 떠올리고, 그 박희정을 데리고 별실로 들어왔다. 순간 모녀는 서로 알아보고 대성 통곡을 했다는 것. 그러고 보니 큰선우도 그 둘의 모습이 비슷하다고 기억한다.

그 오순절 평화의 마을에 큰선우를 너무나 빼닮은 가족이 있었다. 한자도 똑 같다. 다만 나이 차이가 한참 난다. 정신 지체라는 장애를 가지고, 욕심이 많아 남에게 폐를 끼치는 그 선우…. 두 선우는 정이 들대로 들었다. 그런데 걸핏하면 평화의 마을 선우는 정신이 없다보니 착각을 하는 것이다.

"형님, 우표 좀 사 주이소."

하는 것은 상태가 아주 좋을 때다. 가끔은 이럴 때가 피차 낭

패다.

"아우구스티노 씨 왔능교?"

평화의 마을 선우가 직원들이나 복지사들한테 야단이나 싫은 소릴 들을 때 큰선우의 마음이 아프다. 그들이 잘못을 저지른 선우를 세워 놓고 이선우 씨라며 소리를 높인다 치자. 그걸 듣는 큰선우는 가슴이 덜컥 내려앉고말고.

그는 아무리 타이르거나 꾸짖어도 돌아서면 잊어버리니 그야말로 쇠귀에 경 읽기다. 그러나 그렇게라도 안 하면 다른 가족의 피해가 엄청나니 어쩌겠는가?

평화의 마을 선우는 왜 그렇게 봉지 커피를 좋아하는지 사달라고 졸라댄다. 그러나 그건 오히려 약과다. 제일 좋아하는 건 우표다. 그걸 여남은 장씩 손에 쥐어 주면 며칠 못 가 다 떨어졌다며 울상을 짓는다. 보내는 사람도 이선우 받는 사람도 이선우, 그렇게 뒤죽박죽이 되어 자칫하면 자기가 쓴 게 자기 앞으로 배달된다. 마을에 우체통이 하나 있으니 그걸 활용은 하는 데에, 서로가 실수를 하는 경우가 있다는 걸로 이해하자.

정신 병원에 몇 번 드나들더니, 대여섯 해 전에 그리로 가서는 돌아올 줄 모르는 그가 큰선우에게는 그립다. 큰선우가 어떻게 해서 얻게 된 노래방 반주기를 야외에 설치해 주었더니, 맨날 거기 붙어서 노래를 부르던 평화의 마을 선우였다.

그가 그립지 않다면 거짓말이다. 그래도 박자며 가사가 제법 맞았으니, 음악이야말로 지구촌 만인 공통 언어랄 수 있는 것이

다. 그와 언젠가 노래방 반주기 앞에서 열창을 하던 곡이 기억난
다.

**베사메 베사메 무쵸/ 고요한 그날 밤 리라 꽃 지던 밤에/ 베사
메 베사메ancy/ 리라꽃 향기를 나에게 전해다오…**

노태우 전 대통령의 애창곡이기도 한 '이베사메무쵸'야말로
격조 높은 노래다. 스페인 노래라던가? Kiss Me Much의 뜻. 소
프라노 조수미가 이걸 부르던 때의 감격도 잊을 수 없다. 평화의
마을 이선우도 '베사메무쵸'를 부를 줄 안다?
하나 이상할 것 없다. 언어言語니까. 그들은 어지간한 성가대
원들보다 노래를 더 잘한다. 뒤숭숭하지도 않다. 그런가 하면 한
번 신들렸다 치자. 이런 게 튀어나오기 예사다.

**오동추야 달이 밝아 오동동이냐/ 동동주 술타령이 오동동이
냐…**

빗자루를 기타처럼 연주하는 형제자매들도 흔하다. 때맞추어
서 마을에서 놓아기르는 수탉 한 마리가 암탉들을 불러 모은다.
꼬끼요…
미사 때 어떤 형제는 떠들면서 수녀들 사이를 헤집고 다니기
도 했다. 주의를 시켜도 가끔 수녀들의 손을 잡는다. 하지만 평

화의 마을 선우는 그런 짓은 하지 않았다. 그저 멍한 표정으로 앉아 신부의 강론을 듣는 둥 마는 둥 하던 그를, 이제 다시는 보기 어렵다. 정신 병원에 장기 입원해 있으니까 말이다.

그래도 실낱같은 희망을 갖는다. 기적처럼 그가 좋아져 퇴원해서 다시 마을로 돌아온다 치자. 큰선우는 평화의 마을 그 동생을, 평화의 마을 목욕탕에 데리고 들어가 욕조에 몸을 담그고 나왔다가 바닥에 누이곤 때를 빡빡 문질러 주고 싶다. 동생의 손이 못 미치는 은밀한 곳까지 깨끗하게 씻어 준다면 좀 좋을까? 한 달에 한 번씩은 꼭 들르던 북구청장 부인의 말이 오늘 따라 큰선우의 귓전에서 맴돈다.

"자매들에게 목욕 봉사 한 번 못했습니다. 여간한 체력이 아니면 그 일은 힘들 거라 생각이 되어서요. 제 팔다리가 아프기도 하구요."

하나뿐인 동생이니 그 녀석에게만은 목욕 봉사가 가능했었다. 그래서 후회가 되는 거다.

어쨌거나 큰선우는 가을에 평화의 마을에 간다. 그런 가족들을 진정으로 보살펴 주는 김수진 원장 신부를 보고 싶어서라도. 가족들이며 직원들이 뛰어나오면, 모두가 어울리고 와자지껄 한바탕 소란이 일어나겠지.

동명이인! 큰선우가 경외심을 갖는 이유다. 팔순 까지 살아 있으면, 칠순 때처럼 돼지 몇 마리나 잡고 같이 즐기는 것으로 미리 작정했기 때문에 이번 큰선우의 발걸음이 가볍다.

거기 가족은 340명쯤 된다. 아무나 거기 가지는 못한다. 큰선우는 선택을 받았다. 거기서 한두 끼 먹고 나오면 살이 더 찐다는 사실 하나. 그걸로 글쎄 변명이 될는지. 어느 부원장副院長 신부는 거기 부임했다가, 장애 가족들과 식사를 같이 못해 끝내 다른 곳으로 갔다는 후문이 있다. 그렇다고 해서 자기 혼자서 사제관에서 밥을 해 먹을 수 없지 않은가?

사족밖에 안 될 동명이인 이야기가 두 개 있다.
이선우 치과의사, 이선우 내과 전문의. 둘 다 큰선우보다 몇 살 아래다.
이선우 치과 의원장은 가운데에 먼저 先 자를 쓴다.
경주 이 씨니 같은 항렬임은 두 말하나마나. 큰선우가 교장으로 있을 때 그는 교의校醫였다. 퇴임 후에 보니 큰선우의 이웃으로 와서 개업을 했기에 좀 들락거리게 되었다. 한데 어느 날 멀쩡한 큰선우를 당뇨 환자로 취급하는 것이다. 잇몸이 약간 부어 치료하러 갔었는데….
이선우 내과 의원장은 부산고등학교 네 해 후배다. 허태열인가 조갑제와 동기 동창일 것이다.
큰선우가 사경을 헤맬 때 그가 주치의였다. 찌푸리기라도 잡는 심정으로 허리까지 굽히며 몇 달 다녔는데, 이선우 원장은 병을 잡지 못하더라. 당감동에서 이름난 명의가 까짓 위장병 하나-설사 상태가 심각하다 하더라도- 못 잡다니 싶어 절망한 게 큰선우다.

70명의 의사가 포기하고 나서 큰선우는 심지어 어느 마을 수련원에 몸을 맡기기도 했다. 몇 달 다니면서 백수십만 원의 회비만 날렸다. 앉지도 못하고 서지도 못하는 엉거주춤한 자세로 '죽는' 흉내만 내는 그 프로그램이 성업 중이었을 때였다.

말이야 얼마나 근사한가? 마음수련원. 하지만 그곳에서 그는 여럿으로부터 결국 수모만 당하고 돌아왔다. 차라리 굿을 하는 게 낫다 싶었다. 울면서 당감동 선우를 원망했다.

그가 마침내 모든 걸 포기하야 할 시점에 이르렀다. 자가 치료에 모든 걸 맡기기로 했다. 이윽고 몇 년 동안 그를 괴롭히던 병마를 찔러 쓰러뜨린다. 그리고 그놈을 발밑에 깔아뭉갰으니 그가 든 무기는, 외형이 없는 '노래'! 지금은 그래서 어디서든지 그 노래를 전가의 보도처럼 휘두른다.

지금도 가끔 요양원이나 요양병원에 초청을 받아 간다. 환자들에게 그는 서슴없이 다가가는 것이다. 부산에서처럼! 몇 마디 뒤 사설辭說을 늘어놓고서는 어김없이 잽싸게 '노들강변'을 들이미는 것이다.

노들강변 봄버들 휘휘 늘어진 가지에다/ 무정세월 한허리를 칭칭 동여서 매어나 볼까/ 에헤에요 봄버들도 못 믿으리 '로다'/ 푸르른 저기 저 물만 흘러 흘러서 가노라

대한민국 방방곡곡의 노인학교를 다녀봤기 때문에, 노래(민요)야말로 노인들의 언어라는 걸 수도 없이 체감한 그다. 쿠알라룸푸르 한인회에서 소개 받은 몇 몇 노인들도 어김없이 '노들강변'을 부르더라. 한데 '**로다**'가 치료약의 '진액'이다. 평범한 노인들은 거의 백 퍼센트 그 부분의 음정을 올려서 부른다. 반면 원래는 그 음정이 낮아야 하는데….

그걸 반복해서 가르치다 보면, 여기저기서 박장대소가 터진다. 큰선우도 배꼽을 잡을 수밖에. 하지만 다음에 가면 또 도로 아미타불이다. 그게 바로 치료의 과정이다. 의사야말로 세상에서 엉터리랄 수밖에.

이제 와선 큰선우는 두 선우 의사에게 원망도 없다.

큰선우는 당뇨로부터 자유롭고 임플란트를 몇 개 해 넣었을 뿐 치아가 튼튼하다. 왜 당뇨라 했는지 그의 기본 자질이 의심스럽다. 모래를 삼켜도 소화된 만큼 위장이 끄떡없으니, 당감동 선우 그도 명성이 한갓 물거품보다 못한 것 같다.

하여튼 둘 다 큰선우를 보고 형님이란 호칭을 썼다. 치과 선우와 내과 선우는, 학교 선배로서의 큰선우를 예우해서 그랬던 것이다.

이제 동명이인으로 인하여 참 힘든 일을 겪은 이야기는 서두와 바로 직결시킬 차례다. 둘 다 수필가隨筆家 어쩌고저쩌고 하지 않았었는가? 그걸로 이 자전 소설이라 폄훼 받기 뻔한 졸작은

매듭을 짓는다.

현 주소지로 옮긴 지 몇 년 뒤에, 큰선우는 경기도 몇 개 문학 단체에 가입을 한다. 연말에 책 한 권 내는 게 거의 전부인…. 그도 여기저기 소설과 수필을 번갈아 냈다. 중독자中毒者의 본성을 여실히 드러낸 거다. 하지만 알아주는 사람은 아무도 없었다. 이윽고 다시 한 번 좌절감을 철저하게 맛본 것이다. 거기에 동명이인이란 요상한 필요충분(?) 조건이 개입했다고 얼버무리자.

일이 순조롭게 진행되었으면 얼마나 좋았을까? '동명이인'이 참으로 아연실색할 일을 연출했으니, 그 앞뒤 사연이 이렇다. 그래 적자.

수필을 냈을 때, 일을 참 잘하는구나 싶어 탄복했다. 한데 필자 소개란에 큰선우가 아니라, 동명이인 작은선우의 약력이 올라가 있는 게 아닌가! 그가 화를 된통 내는 것과 출판사에서 사과를 정중하게 내는 것이 상쇄, 사태는 수습되었다. 그는 한탄했다.

"아, 나는 정말 하잘것없는 작가구나. 내가 쓴 건데, 저 멀리 떨어져 있는 동생 작품으로 소개되다니…."

그런데 다음해는 바로잡아지는가 싶더니 그도 한 번뿐이었다. 다음호에 실은 소설(수필인지 모르겠다) 필자로 전전년前前年을 그대로 베낀 것이다. 작년엔 안도의 숨을 쉬었고.

이번 호에도 소설을 내놓고 전전긍긍하고 있다. 다만 출판사에 일침을 놓는 걸 잊지 않았다. 이참에 큰선우는 자기 이름 아니 약력을 찾을 거라 확신하고 있다.

그러나저러나 문단에선 데뷔 연도를 따져 늦은 사람이 이름을 바꾸든지 필명으로 대체한다던데…. 큰선우는 우여곡절 끝에 소설가협회에서 '이선우 lee'로 통하게 되었으니, 그나마 다행이라 하자. 작은선우에게도 미안한 노릇이기 하지만.

마지막 남은 하나의 숙제가 있다. 손해 배상을 받아야 하겠는데, 아직 상대가 눈치조차 채지 못하고 있으니 벙어리 냉가슴 앓는 꼴이다.

○○부대와 여자 이야기

난 가톨릭 신자다. 영세領洗한 지 만 14년이다. 그래서인지 항상 죄의식에 사로잡혀 산다. 가톨릭 신자라서 당연한 '습관'이다. 하기야 참 많이도 죄를 지었다.

나는 평화방송 즉 PBC를 자주 시청한다. 그 방송국에서 가끔씩 내보내는 영화, 거기에 심취하기도 한다.

어떤 영화 한 편. 어느 병든 아버지가 신부神父 아들을 두고 멀리 떠나게 된다. 아버지는 평소 난봉꾼이었던 모양이다. 여자 관계가 복잡하기 이를 데 없었다? 뭐 그 정도로 해 두자. 그 아버지를 보내는 신부의 마음은 아프다. 하지만 아버지는 더하겠지.

아들은 아버지의 손을 잡고 말한다.

"아버지, 그냥 가시면 어떡해요? 지난번 엄마 몰래 다른 여자와 잠자리를 같이하신 적이 있었음을 소자小子는 기억합니다. 고

해성사를 보셔야지요."

세상사, 다 남녀 사이가 주제요 내용이다. 그 저변에 성性이 깔려 있어 흠칫 놀라게 된다. 아무리 하느님이 개입하셨다 해도, 아버지를 그런 식으로 윽박지르는 것은 불효다.

신부도 사람이다. 자기의 신분만 감안하여, 아버지께 강요를 함으로써 결국 아버지가 일찍 돌아가시게 했다 치자. 그것도 씻을 수 없는 죄다.

내가 그만큼 고루하다는 증거일까? 이 세상에서 나 같은 불효자가 없음을 자인하면서도 이렇게 함부로 입을 놀리는 내가 밉상이고말고. 난 근래 청천벽력 같은 소릴 들었다. 내가 복무했었던 8979부대(사단)가 없어진다는 것이다.

대여섯 달 전, 신병 교육대에서 열린 사단 주임원사 임무 교대식에 초청을 받아, 참석했다. 사단장에게 다짜고짜 내가 물었다.

"사단장님, 정말 우리 사단이 없어진단 말입니까?"

"항간에 떠도는 소문과는 달리 근래 결정된 사항이 아닙니다. 국방 개혁, 이게 핵심입니다. 국민들은 걱정하지 않으셔도 됩니다. 부대 통합입니다."

"어느 부대와 통합統合하는 겁니까?"

"밝히면 안 됩니다. 제가 사단장인데 함부로 입을 열면 안 되겠지요."

"그럼 우리 '모부대'는 어디가 되는 거지요? 어머니 모母를 부대 앞에 붙이면, '모부대'가 되는 줄은 사단장님도 아시겠지요.

물론 장교들은 수십 년 군에 몸을 담으니까, 근무지도 자주 옮겨 모부대 개념이 약하지만…. 저는 모부대를 진짜 어머니처럼 여깁니다. 다수 병사들도 그러하지요."

"선배님, 감사합니다. 기어이 알고 싶다면 밝히지요. 대상 사단은 8사단입니다."

나는 사단장에게 다시 악수를 청했다. 그리고 감사하다는 뜻으로 약간 고개를 숙이고, 왼 손바닥으로 그의 오른 손등을 토닥거렸다.

귀가하려면 지하철을 이용해야 한다. 나는 서울역에서 환승하기로 작정하고 양주역 출발 1호선을 탔다. 이런 저런 생각에 잠겨 있다가 도봉산역까지 오게 되었다.

한데 엉뚱한 생각이 드는 게 아닌가? 나는 혼자 중얼거렸다. 돌아가자, 의정부역으로…. 나는 주섬주섬 짐을 챙겨서 자리에서 일어났다.

의정부는 정말 잊을 수 없는 곳이다. 나는 역전에서 택시를 집어타고 기사에게 주문하였다. 행여 '의성' 극장을 알면 그리로 가자고. 기사는 어리둥절한 표정을 짓더니 그런 극장은 지금 없다고 했다. 자기가 의정부 토박이인데, 나이 쉰이 넘어도 처음 듣는 곳이라고 했다.

나는 헛수고일 줄 지레짐작을 하면서도 그에게 간청하다시피 했다. 의성 극장이라고 내비게이션에 두드려 보라고 연거푸 재촉을 건넨 것이다. 그는 시무룩한 표정을 짓더니 대충대충 시늉을 하면서 말을 걸어 왔다.

"할아버지, 무슨 사연이 있습니까?"

"이건 부끄러운 얘긴데, 반세기 전에 내가 자주 들르던 '유곽
遊廓'이 그 극장 앞에 있었습니다. 기사 양반이 이상하게 생각할
지 모르지만 내게는 그리운 곳이지요."

"아니 유곽이라 하셨습니까? 거기가 무엇 하는 곳입니까?"

"이런 말 전하기기 쑥스럽소. 사창가私娼街…. 난 소설가가 돼
서 직업의식이 발동하는구려. 미안하오. 기사 양반이 모른다니
포기해야지. 그만 내려주세요."

거리로 나와 이경찬 직전 사단 주임원사에게 전화를 넣었다.
두 시간 전에 헤어졌던 '의형제義兄弟' 사이다. 대놓고 형님과 아
우라는 호칭이 오간다는 말이다. 물론 내가 모부대에 출입하면
서 맺은 인연이고.

그도 모르겠다고 했다. 그런 극장 이름 처음 듣는다고 하면
서, 형님이 팔순 가까운 노병老兵으로서 '낮거리'를 하시겠느냐
고 호탕하게 웃었다. 난 씁쓰레한 표정을 지을밖에.

경로석에 앉아 지그시 눈을 감고 회억에 잠겼다. 삼랑진·감
물리·초등학교·기무대(방○○대)·엄마·아버지·부관부·전우·
제대 등등에 휘감긴 옛 이야기를 뒤죽박죽 섞느라고 정신이 없
었다. 그날의 편린들을 여기 묶어낸다.

내 고향은 밀양시 단장면 국전리 진주동, 일본인들이 버리고
간 폐광이 동네 가까이 있어서 흉물스러워도, 그것 빼고는 나무

랄 데 없는 아름다운 고장.

아버지는 군내에서 명창으로 소문나 있었다. 6척 장신의 탄탄한 몸으로 무장까지 하신 데다가 인물이 워낙 좋으셨다. 게다가 타고난 목소리가 앞산뒷산을 흔들 정도여서 누구도 감히 범접을 못하였다. 그 중에서도 당신이 상여喪輿 앞에서 부르는 '앞소리'에 정작 상두꾼부터 먼저 울었다. 다시 한 번 당신의 그 노래를 들어 보자.

나는 간다 떠나간다/ 만당 같은 집을 두고/ 부모처자 이별하고/ 이제까지 울 너머로/ 자고나니 허망하네····

그런 아버지셨으니 자연히 여자들이 많이 따랐다. 엄마가 시집오시기 전에 아버지는 이미 다른 여자와 살림을 차리셨고, 둘 사이에 자녀를 두셨다. 그러니 엄마와 아버지는 항상 티격태격 다투실밖에. 엄마는 끝내 아버지한테 지셨다. 불쌍한 엄마.
게다가 엄마는 큰엄마가 잘못 던지신 불씨에 눈두덩을 맞아 끝내 실명으로 이어져 앞을 못 보셨다. 처음엔 한쪽만 그랬는데, 마침내 남은 눈동자의 시신경마저 망가지시게 된 거다. 그런 아버지도 일상의 과로 때문에 예순을 넘기지 못하고 저승으로 떠나시고 말았다.
아버지의 유산(?)인지 나도 일찍부터 여색女色을 밝혔다. 단

194

하나 나는 아버지의 목소리를 빼닮지 못했다. 노래라면 숙맥인 것이다.

그래도 부전자전이었다. 다른 건 제쳐 두고라고 건강 하나만 해도 그렇다. 나는 고등학교를 졸업하기 직전에 180센티미터의 키에, 70킬로그램의 근육질을 자랑하는 젊은이로 변해 있었으니. 누구와 싸워도 이기는 싸움 실력은, 문자 그대로 타의 추종을 불허할 정도였다. 더 이상 말하면 자화자찬이라는 소릴 더 들을 터, 그만두자.

참 내 학력은 밀양 농잠고등학교가 전부다. 수산대학교 중등교원 양성소에 잠깐 적을 둔 적이 있다. 삼랑진 형님 집에서 숙식을 해결하고 부산으로 통학을 했으나 그리 오래 가지 못했다.

바람둥이였던 나의 고백 하나.

삼랑진에서 고향 국전리 진주동까지는 장장 삼십 리다. 버스비가 없어서 큰 고개를 두 개 넘어, 걸어 걸어서야 집에까지 다녀올 수 있었다. 어느 해 겨울 나는 늦은 시각 형님 집을 나서서 고향으로 향했다. 짧은 해는 이내 어둠을 몰고 왔다.

딱 중간인 용소 고개에 올라 보니 이미 사위는 어둑어둑하였다. 더 걸을까 하다가 나는 포기하고 말았다. 시오리 길과 씨름하기에는 너무 두려워서다. 마침 용소 부락에는 나와 여남은 촌 되는 친척 몇 집이 있었다.

행촌 아지매 집 사립문이 열려 있었다. 나는 잔기침을 하고 아제에게 하룻밤 묵고 가게 해 달라고 청을 넣었다. 한데 아지매는 곤란하다는 표정을 짓더니, 큰방 작은방을 제외하고는 구들이 고장 나서 군불을 뗄 수 없다고 하는 게 아닌가? 나는 그래도 좋다고 했더니 아지매는

"너거 서모庶母 집이 바로 옆 아니가? 그리로 가래이."

하며 내 손을 끌었다. 나는 이상야릇한 심정으로 아지매를 따라 나설 수밖에. 생전 처음 보는 서모였다. 인상이 그런 대로 괜찮았다. 두 살 위 누나 뻘 규수가 눈인사를 건네고 미소를 지어 보였다.

사실 나는 그 규수—누나다—를 안다. 아버지의 딸을 거의 일고여덟 해 만에 해후하는 나는 어쩐지 아찔하다는 느낌에 빠졌다. 이윽고 저녁상이 나왔는데 제법 기름졌다. 동동주까지 올라와 있었다. 몇 잔이고 사양하지 않고 마셨다.

그런데 사건은 그 다음에 일어났다. 누나가 내게 미순이를 기억하겠느냐고 물은 것이다. 정신이 번쩍 들었다. 내가 중학교 3학년일 때 미순이에게 동정을 빼앗긴 일이 있다. 상엿집 옆 들국화 밭에서였다. 미순이와의 관계는 아마 여남은 번 계속되었으리라. 그러던 미순이가 결혼을 한다고 했다. 하지만 이윽고 그게 실패로 끝나고 말았다는 소문이 돌았었고.

누나가 하는 말이다. 미순이가 옆에 살고 있으니 합석하면 어떻겠느냐는…. 나는 취중 몽롱한 정신으로 동의하고 말았다. 이윽고 미순이가 들어섰다. 다소 수줍은 표정의 미순이는 20대 중

반의 무르익은 여인으로 변해 있었다. 밤이 이슥했는가 싶었는데, 새벽에 깨어나 보니 미순이가 옆에 그대로 누워 있었다. 기억을 되살려 봤다. 밤새 몇 번이나 정사情事를 계속한 것 같다. 나는 신음 소리를 섞어 나지막이 울부짖었다. 아, 불효로다!

나는 서둘러 서모 집을 빠져 나왔다. 서모가 지난밤에 준 빳빳한 새 돈을 산마루 후미진 곳 부토腐土 밑에 묻었다. 저 멀리서 담비 한 마리가 똑바로 얼굴을 들고 나를 바라보고 있었다. 불쌍한 엄마에게는 아무말도 할 수 없었다.

세월이 흘렀다. 스무한 살이 되었을 때 나는 군에 입대한다. 논산 훈련소에도 고된 기초 훈련, 영천 부관학교에서 보수 교육을 받고 배치된 곳이 8979부대였다.

참, 군 학예 발표회에서 서예 우수상을 받은 경력이 있어 부관학교에 가는 것은 떼어 놓은 당상이었던 셈. 당시만 해도 부관부는 끗발이 좋기로 이름 나 있어 병사들에게는 선망의 대상이었다.

어쨌든 사단 보충중대에 부관부 요원이 찾아오더니 나를 지목했다. 그리고 당장 그리로 데려 갔다.

마침 사단장 표창장을 쓰는 둘 중, 이른바 사수射手가 제대를 목전에 두고 있었다. 난 쉽사리 조수 자리를 꿰찼다. 상벌계였다.

처음 내무반에 갔을 때 노래를 한 곡 불렀다. '가슴 아프게'? 그런데 갑자기 주먹이 날아든 것이다. 까닭? 없었다.

아니 음치에 가까운 노래 실력이 문제였으리라. 태권도 고단

자라는 그 선임, 내가 맞붙어 치고받는다면 한 주먹에 때려눕힐 자신이 있었다. 참았다. 고된 신고식을 그렇게 치렀다.

부관부副管部! 정말 군기가 셌다. 대신 거듭 말하지만 끗발은 최고였다. 주위들은 풍월인데, 사단 사령부에서 군기가 센 세 개 부서 혹은 중대가 있다고 했다. 부관부와 헌병중대, 군악대⋯. 우열을 가리기 힘들다고 입을 모았다. 과연 그랬다. 묘하게도 세 부서 혹은 중대, 내무반이 바로 이웃에 있었다. 밤마다 야전삽 자루로 '빠따' 치는 소리가 여기저기서 터졌다. 비명과 섞여서.

이윽고 기쁜 소식이 들렸다. 나에게 주먹질을 한, 석 달 선임의 부서가 바뀐 것이다. 존슨 미국 대통령을 비롯한 국가 수반급 내빈들의 부대 방문 시 태권도 시범 일정은 어김없이 포함되는데, 정 상병이 격파 전문조로 편입된 것이다. 그날 저녁 나는 그로부터 사과를 받았다. 그가 나보다 한 살 적었다.

사단에서는 일 년에 한 번씩 체육대회가 열리고 있었다. 3개 연대·포사령부·사단 직할대 등으로 나누어 대항전 형식으로 치러졌다. 우리 부관부에서 추천, 난 육상 100미터에 출전하여 실력을 겨루게 됐다. 지금 생각해 봐도 꿈같은 일이 벌어졌으니, 내가 11초 26으로 우승을 해 버린 것. 그 인연으로 잊을 수 없는 전우를 둘을 만나게 된다.

바로 군기 세기로 이름난 군악대 김상견 일병과 헌병대의 박예규 일병이었다. 김 일병은 예하 포병사령부 123 포병대대 대표 선수로 사단 체육대회에 출천하여 복싱 미들급 우승을 한 친구였다. 대대장이 소원을 물었더니 그 친구가 사단 군악대에 가고 싶다는 얘기를 했던 모양이었다. 헌병대 박 일병은 씨름으로 최우수상을 받았다.

연병장 가까운 데에 본부중대 식당이 있었다. 물론 시상식에서 우리 셋은 인사를 나누었었기 때문에, 김 일병과 나는 가끔씩 거기에서 만나 서로 악수를 하곤 했다. 이윽고 김 일병이 군악대로 올라오자 셋이서 일부러 비슷한 시간에 식당에서 만나곤 하였다. 8979부대 본부 중대 '삼총사'는 그래서 탄생하게 된다. 박 일병은 순찰을 해야 하기 때문에 가끔 어긋나긴 했어도….

그러던 어느 날, 박 일병이 우리 둘에게 넌지시 권하는 것이었다. 토요일 오후 외출하자고. 우리 대답을 기다릴 새도 없이 박 일병이 새끼손가락을 세워 보이며 의성 극장 옆에 깔치들이 있다고 귀띔했다.

그야말로 의기투합이었다. 우리 둘은 이구동성으로 찬성했다. 나도 그런 데에 몇 번 가 본 적이 있어 별로 망설일 이유가 없었다. 아니 억누를 수 없는 욕정을 불태우고 싶었었다고 하자.

나는 헌병대에서 넘어온 군풍기 적발 확인서 몇 장을 빼내었다. 그리고 엎어지면 코 닿을 거리의 공병 대대로 갔다. 그건 바로 현금과 같았다.

부관부에서 왔다니까, 일등병에게 병장도 꼼짝 못했다. 왜냐면 그 적발이 중대 본부에 들어갔을 경우, 중대장으로부터 문책을 당할 염려가 있어서였다. 심하면 영창 행이기도 했다. 해서 사창가에 출입하다 헌병에게 붙잡혀서 확인서에 사인이라도 해 준 병사는 그야말로 좌불안석이었다.

그런데 그걸 빼 준다는 내가 구세주로 보일밖에. 하지만 그건 위험천만한 짓이었다. 들통 나면 처벌을 받을 건 불을 보듯 뻔한 노릇, 아슬아슬한 게임이었다. 어쨌든 난 군복 하의 호주머니에 지폐 몇 장을 집어넣을 수 있었다.

박 일병의 경우 '가라'(가짜의 일본말-일등병인데, 병장 계급 장쯤 다는 게 예사였다) 계급장을 단 채, 선임을 따라 백차를 타고 순찰을 하다가 가차 없이 병사들을 불러 세우곤 시비를 걸었다. 아니 꼬투리를 잡았다. 여차하면 '보행 중 흡연', '우산 착용', '음주', '복장 불량' 등은 이현령비현령이었다. 그건 바로 돈과 직결….

김 일병은 그런 부정과 관련이 없었다. 대신 집이 부자라 항상 넉넉하게 지냈다. 식사 하고 나서 틈만 나면 PX로 우리 둘을 데리고 가서는 황도 통조림이며 빵, 초콜릿 등을 사 주었다. 곁가지 이야기는 일단 여기서 접자.

하여튼 토요일 오후 우리 셋은, 빳빳하게 풀을 먹여 다린 작업복을 갖춰 입고 부대를 나섰다. 어깨동무까지 한 채 의미심장한 웃음을 나누었고.

차는 주내 검문소를 거쳐 시내로 접어들었다. 조금은 늦은 오후 시각이었다. 이미 전깃불이 하나 둘씩 켜지기 시작하고 있었다. 의성 극장 앞은 술집도 즐비하고, 잠자리 날개 같은 옷을 입은 시민들의 발걸음이 분주했다.

박 일병은 백차를 돌려 보냈다. 그러곤 어느 대중음식점 안으로 우릴 안내했다. 술이 너무 취하면 방사房事의 질(?)이 떨어지니 적당히 마시자고 하며, 넷은 소주 두 병을 끝으로 일어섰다. 부대찌개 국물에 밥 두어 그릇을 넣고 비벼 먹음으로써 저녁을 대신했다.

그리고 드디어 유곽 지대로 들어섰다. 아가씨들의 호객 행위는 노골露骨 그거였다. 속이 훤히 들여다보이는 치마를 입었고, 윗옷은 걸친 둥 마는 둥 했으니 그 모습만 봐도 춤이 꼴깍 넘어갔다.

난, 입대 후 처음으로 여자를 안아 본 셈이다. 각기 인연이 닿은 아가씨와 세 시간씩 지내다가 나오기로 했는데, 내 욕정은 끝을 몰랐다. 하늘과 땅이 뒤바뀌는 세계를 그렇게 체험했다. 얼마나 심했으면 아가씨가,

"야, 이 군바리 아저씨 아마도 미쳤나 봐. 그렇게도 하고 싶었어? 나도 아저씨가 욕심 나. 살다 보니 원 희한한 일도 다 있네."

하고선 오히려 제 쪽에서 적극성을 띠는 게 아닌가! 난 하도 고마워 팁을 마다하는 아가씨 손에 쥐어 주었다. 그러나 엄마의 모습이 어른거려 눈물이 났다.

한 번 들여 놓은 의성 극장 유곽에서 나는 발을 빼내지 못했다. 어느 새 나는 아가씨의 단골손님이 되고 말았다. 어떨 땐 아

가씨가 해웃값을 받지 않고 오히려 용돈까지 쥐어 주기도 했으니, 세상사 그래서 요상한 모양이다.

그러다가 예하 부대 중위에게 군풍기 적발 확인서와 현금을 빅딜(?)하자고 제안했다가 최병학 선임하사에게 발각된다. 그는 어쩌자고 이런 짓을 저질렀느냐, 적잖은 호통을 치곤 고맙게도 용서해 주었다.

하지만 허사였다. 수색 중대에 있는 열두 촌 동생한테서 빌려서라도 현찰을 쥐면 의성 극장 앞으로 달려갔다. 사람은 죽으란(?) 법은 없는 모양이다. 표창장을 받은 영관 장교가, 그걸 쓴 나를 불러다가 지폐 두어 장을 쥐어 주는 일도 생겼다. 그래서 다시 의성 극장 앞 행.

내 불효 중의 불효는 몸을 파는 여자로부터 그렇게 시작되었다. 첫 휴가를 가서 엄마한테 보름 남짓 있다가 귀대를 하게 되었다. 떠날 때 엄마는 버선 속에 감추어 두었던 지폐 몇 장을 내 손에 쥐어 주었다.

"이 노무 자슥아, 니 어떤 일이 있어도 여자 조심하래이. 아부지 맹쿠로 여자 가슴에 못 박지 말거라. 군대에서 병 걸려 오는 넘 있다 카더라."

나는 앞도 못 보시는 엄마께 안심하라고 말씀드렸다. 하지만 말짱 헛말이었다.

부관참모부의 군기가 워낙 세다 보니, 휴가 갔다가 귀대하는 그 자체가 고통 중의 고통이었다. 나는 의정부에서 거리를 방황

하다가, 엄마와의 다짐도 어느 새 잊고 유곽 지대로 들어서고 있었다. 이쯤에서 이름을 밝히자. 선유자! 선유자는 두 팔로 나를 얼싸안고 반겼다. 나이는 나와 갑장. 우린 오랜만의 정사를 대낮부터 불태웠다.

그렇게 세월은 흘렀다. 우리 셋도 어느덧 상병으로 진급했고 이윽고 병장 계급을 달 차례가 되어갔다. 휴가는 우리 부관부 소관이라 다른 부서 병사들보다 자주 다녀왔다. 나는 부지런히 선유자를 쫓아다녔다. 이상한 것은 친구 둘도 그런 '애인'을 두고 있다는 점이었다. 본부 중대에 이미 그런 소문이 쫙 퍼진 모양이고, 셋은 그걸 제어할 방도가 없었다.

그러나 꼬리가 길면 밟힌다는 속담은 결코 허언이 아니었다. 우리 자신이 그걸 절실히 체험하는 순간을 맞은 것이다.

우리의 잦은 유곽 출입이 마침내 OO대 안테나에 걸려든 것이다. 정확하게 말하면 OO부대장 김병영 선임하사에게 제보(?)가 들어간 모양이었다. 병사 셋이 작업복을 입고 토요일 오후, 같은 유곽에 자주 모습을 드러낸다? 어쩐지 군기가 빠진 듯하니 본부 중대장(군악대장)·부관참모·헌병대장 등에게 주의 촉구를 하는 게 좋겠다고 연락을 한 것 같았다.

OO대, 그 정도로 권력이 센 줄 몰랐었는데…. 어느 날 내가 표창장을 쓰고 있는 부관참모실로 찾아온 새파란 김병영 중사가 부관참모 이청우 중령에게 이런 말을 한 것이다.

"이 셋은 일단 영창이라도 보내야 하지 않겠습니까?"

"셋 다 필수 요원이야. 여기 이 병사가 갇힌다면 당장에 표창장을 누가 쓴단 말이오? 젊은이들의 장래를 생각해서 선처를 베푸는 것이 좋겠어."

그 사건은 그렇게 유야무야 되었다. 하지만 본부 중대 전우들의 시선이 따가웠다. 그걸 견디기 힘들었다. 꼬리표가 달린 것이다.

그래도 이겨야만 했다. 나는 워낙 탄탄한 몸에 싸워서 남에게져 본 적이 없는 터였다. 그 따위(?)를 빌미로 구타하는 선임은 없었다. 내무반의 장기 복무 하사들 외엔…. 그래 약간 우세했다는 정도의 표현으로 마감하자. 나머지 둘인들 어찌 예외이랴. 셋은 병장을 거쳐 하사를 달 때가 거의 다 되어 갔다. 그즈음 우리들의 유곽 출입은 가물에 콩 나듯 할밖에.

9월 초 마지막 휴가를 다녀오게 되었다. 열흘 동안의 짧은 기간이었다. 십 리를 걸어야 있는 버스 정류장으로 향하여 떠나려는데, 엄마는 또 여자 이야기를 하셨다. 조심해라이, 니는 애비닮으면 안 된다. 알겠제? 참아라이.

나는 큰소리로 걱정하지 말라고 대답했다. 하지만 완행열차를 타고 용산에서 내리고 보니 엄마와의 약속은 말짱 도루묵이되고 말았다. 귀대 시간까지는 반나절이나 남아 있었는데 머리를 온통 여체, 아니 선유자가 지배하고 있었던 것이다.

혼잣말이다. 따지고 보면 몇 달이나 지났다. 잘 있을까? 지금

들른다 치자. 다른 손님이 얼씬거리지도 않을 시간이다. 그래 직행이다! 나는 가게에 들러 초콜릿 한 상자를 사 들었다.

속칭 쌍마포집은 변한 게 없었다. 아가씨 두엇이 얼굴을 내미는가 싶더니, 나를 짐짓 못 본체했다. 내가 자기들을 상대하는 군바리가 아닌 줄 알아서였을까? 나는 그래도 닫힌 문을 열고 들어섰다. 포주의 얼굴도 낯설었다. 포주의 입에서 엉뚱한 말이 튀어나왔다. 총각, 아니 군바리! 어지간히 급한가 보지?

그러나저러나 나는 유자를 찾았다. 한데 포주가 정말 뜻밖의 말을 내뱉는 게 아닌가? 그 아가씬 다른 데로 옮겼단다. 대신 참한 아가씨 하나 들여보내 줄 테니 기다리라는 거다. 이윽고 방하나를 가리키며 들어가라고 했다.

나는 포주가 시키는 대로 방으로 들어갔다. 유자가 없으니 돌아 나와 버릴까 했지만 그 생각을 접었다. 굶주림 탓이다. 깔려 있는 요에 드러누워 하릴없는 사람처럼 천장만 바라보고 있었다. 이윽고 톡톡 노크 소리가 나더니 문을 열고 여자 하나가 들어선다.

시선이 마주치는 순간 둘은 얼음이 되고 말았다. 세상에 이런 일이 있다는 말인가? 아가씨는 미순이! 미순이가 누구냐? 서모의 이웃 말이다. 학창 시절 내 동정을 앗아갔었고, 몇 년 전 기가 막힌 사연으로 조우하여 하룻밤을 완전히 엉망으로 만들었던 여자. 둘은 한참이나 말문을 닫고 말았다. 하지만 이야기를 들어야만 했다. 궁금한 안부도 있었고.

잠시 요 위에 둘은 앉았다. 미순이의 첫 마디가 그랬다. 내가 이 근처 부대에 복무한다는 얘긴 들었다고. 하나 이런 데에 출입 하리라곤 생각하지 못했다고 했다. 미순이의 계속되는 말.

"용소리에 어느 해 경기도 무슨 산악회에서 와서, 며칠 야영을 했었지. 그 회원들에게 반찬거리를 전해 주다가 어떤 남자와 눈이 맞아 파주까지 따라온 거야. 면사포를 씌워 준다는 말에 속은 셈이지. 근데 유부남이야. 직장도 시원찮고…. 석 달 전에 도망나와 여기 들어왔어. 이미 빚이 불어나 뛰쳐나가기도 힘들어."

미순이는 침묵하는 내가 너무 급한가 보다 생각했는지 자기 옷부터 벗었다. 그러곤 내 군복 상의에 손을 냈다. 갑자기 엄마 말씀이 생각났다. 여자 조심하라는…. 미순이의 그 넋두리도 너무 싫었다. 난 쏘아 붙였다. 나 갈래!

미순이도 위기를 벗어나고 싶은 눈치였다. 한데 미순이가 내게 보여 주는 게 하나 있었다. 묵주였다. 자기는 가톨릭으로 개종했다고 했다. 난 시큰둥한 반응을 보일밖에. 부리나케 달려 부대로 돌아오고 말았다. 그런 뒤에 나는 결코 돈을 주고 여자를 사는 일은, 여태 한 번도 없었음을 장담한다.

우리 체육대회 삼총사 아니 '사창가 삼총사'는 하사로 진급되었다. 그런데 부대에 이상한 소문이 나돌기 시작했다. 영관급 장교 하나가 사창가에 가서, 발설해서는 안 되는 군 내부 이야기를 아가씨에게 건넨 것이다. 당연히 징계가 뒤따르게 됐다. 법무 참모부와 헌병 참모부에서 비슷한 자료가 내 책상 위에 올려졌다. 나는 그걸 일별하고 사단장이 알아보기 쉽게 사건요약서를 만들었다. 예감이 불길했다. 사창가와 군 기밀? 파장이 있으리라 짐작되었다.

아니나 다르랴, 장병들의 사창가 출입 단속이 크게 벌어졌다. 그뿐만 아니었다. 거슬러 올라가서 2회 이상 사창가 출입으로 적발되었다든지, 말썽을 일으킨 장병들의 뒤를 캐는 일이 자연히 따를밖에.

그 업무는 OO대에서 맡고 있는 모양이었다. 우리 셋도 사령부 한 귀퉁이에 자리 잡은 OO부대에 호출되어 갈 수밖에. 불행 중 다행으로 거의 극비리에 그 일이 추진되었다.

그러던 어느 날 평범한 사무실 같은 데에 셋이서 동시에 들어섰는데, 참모실로 찾아왔었던 중사가 떡하니 버티고 앉아 있었다. 그의 첫마디였다. 요즘은 거기 안 가나?

그런데 군악대 김상건 하사가 대답 대신 손을 내밀며 말을 건넸다.

"야, 나 모르겠는가? 나 태릉초등학교 26회네."

순간 중사는 인상이 험악하게 변하더니 이 새끼 운운하면서 김 하사의 어깨를 탁 치면서 하는 말. 여기가 어딘 줄 알아? 정신 좀 차려!

OO부대는 그런 데였다. 나머지 둘도 기가 죽었다.

중사는 이런저런 몇 가지를 물어 보았다. 우린 곱다랗게 얼차 레 비슷한 수모를 당할 수밖에. 그 황망 중에 김 하사는 얼핏 보기에도 굉장히 분개해 있었다. 어금니를 깨무는 소리가 들릴 지경이었다.

다시 세월은 유수와 같이 흘렀다. 드디어 제대 말년이 가까워졌다. 그때 무슨 선거가 있었다.

개표 방송을 들으려고 라디오를 곁에 두고 누웠는데 너무나 뜻밖의 말이 튀어 나온 것이다. 용주 모 사단사령부 군악대 하사 라고 자칭하는 병사가 야당 중앙당사에 나타나 군 부재자 투표가 공개리에 진행됐다고 폭로했다는 게 아닌가? 군 OO부대에서 병사의 신병을 확보했단다.

내무반에 함성이 터졌다. 공개 투표를 비난하는 병사들의 쉬쉬 소리가 아슬아슬하게 부대 울타리를 벗어나지 못해서 그렇지, 뭔가 폭발할 듯한 일촉즉발의 분위기를 우리 자신이 감지하고 있던 찰나였기 때문이다.

그런데 이튿날 식당에서 그야말로 기절초풍할 소문을 들었다. 그 폭로 당사 자가 바로 김상건 하사였기 때문이다. 사실이었다.

김 하사는 그날부터 군악대에서 자취를 감추었다. OO대의 서슬이 퍼렇던 시절 모두가 쉬쉬하며 지냈다. 그가 쥐도 새도 모르게 세상에서 사라질 거란 성급한 진단도 내놨다.

그런데 모든 게 빗나갔다. 보름 만에 귀대한 김 하사는 되레 신수가 훤해져 있었다. 얼굴에 미소까지 머금고 우리 앞에 나타난 그의 말이다.

"○○대로 끌려가는 줄 알았어. 한데 지프에서 대위가 내리더니 나를 태우는 거야. 회유를 받았어. 입 다물기만 하면 무사히 제대시켜 주겠다는 거야. 그리고 제대 후 취직도 보장 약속. 아마도 ○○대 군무원쯤 되겠지. 대학 공부도 보장하겠다나? 싸구려 사창가가 아닌 고급 요정에서 융숭한 대접을 받았어. 물론 거기 아가씨들과의 잠자리도 마련해 주더군. 호의호식했네. 내 얼굴 좋지?"

김 하사가 그런 용감무쌍한 일을 한 것은 보안대에서 후배 중사로부터 당한 수모 때문이라는 소문도 무성했다. 그래서 인생만사 새옹지마일까? 우리 셋은 비슷한 시기에 군복을 벗었음은 보나마나. 보안대 중사는 강제 전역….

다시 오랜 세월이 흘렀다. 나는 종합 병원에서 근무하다 만난 아내와 결혼하였다. 아내는 간호사. 아내는 최전방 문산 근처 요양 병원에서 수간호사로 일하게 되었고, 나는 따라 올라와 농사를 짓는다.

제대 후 지역 문화원장과 함께 운영했던 웅변 학원을 통해 말솜씨를 익힌 게 도움이 되어 복지 회관에서 운영하는 노인학교 강사를 몇 년 했다. 그 인연으로 바로 지척에 있는 8979부대로 드나든 게 4년 전이다. 어느덧 40시간을 넘겼으니 나로선 새로운 기록에 도전하게 된 셈이다.

그런데 찜찜한 경험을 하나 하게 된다. 김신조가 타고 들어왔었던 파주의 12* 기보대대에 들렀을 때다. 난 가톨릭 신자지만, 대대 규모엔 성당이 없는 걸 섭섭하게 생각한다. 물론 연대도….

성당은 사단에만 있다. 대대장이 하는 말.

"부대 교회에 병사들이 모여 있습니다. 저도 강의를 들어야겠지만 중요한 손님이 오는 터라, 불참합니다. 미안합니다, 선배님."

아무려나 상관 없었다. 두 시간을 꼬박 채우는 나로서는 강행군이지만, 그런 대로 무난하게 해 나갔고 병사들도 신바람을 냈다.

하지만 도중에 마魔가 끼어들었다. 나도 모르게 남녀 간의 성性 문제를 건드리고 말았으니…. 남자는 건강해야 한다는 걸 강조하다 실언失言한 것.

"고O가 잘 서야 합니다. 고O 잘 서는 사람?"

녀석들은 낄낄대며 웃었다. 손을 가지런히 무릎 위에 얹고 있는 축은 극소수였고. 그러나 다음 순간 나는 뭐가 이상하다는 느낌이 들었다. 꼬집을 수 없는….

강의를 마치고 나는 대대장실로 내려왔다. 똑똑 노크를 하고 문을 열었더니, 대대장은 어떤 준위准尉와 차를 나누고 있었다.

내가 명함을 내밀었더니 준위는 '답례'를 한참 망설였다. 이윽고 마지못해 지갑을 열었는데 거기엔 국군OO사령부 준위 이하영이라고 적혀 있었다. 나는 순간 현기증을 느꼈다. 난마처럼 얽힌 사건에 휘말려 들어가는 듯한 절망감도 엄습해 왔다.

그가 하는 말이다. 자기들은 명함을 남에게 주지 않는다고. 그리곤 경기도지사의 아들이 불미스런 사건에 연루된 것 아느냐고 물었다.

더 설명이 오갈 필요가 없었다. 부대 성 군기가 혼란스러운데, 아무리 선의로 해석되는 말이지만 고O 운운한 것은 하나의 오점으로 남지 않겠느냐는 질책이었다. 물론 확실히 꼬집은 건 아니지만.

마침 그날엔 보기 드물게 소꼬리곰탕이 나왔지만, 난 맛을 제대로 느끼지 못했다. 작전과장 이종혁 소령이 아무 말 하지 않고 내 어깨를 도닥거려 주어 약간의 위안을 얻었다.

나는 OO부대(OO사령부 전신)를 아무리 좋게 보려 해도 그래서 잘 안 되었다. 난 우파도 좌파도 아니지만, OO부대에의 반감은 여전할 수밖에.

그러던 중 복음이 들려 왔다. OO사령부가 해체 수준으로 개편된다는 것이다. 하회를 지켜봐 왔었다. 마침내 장병들을 원대 복귀시키고 이름도 바꾼단다. 그리고 옛날과 같은 못된 업무를 못 보게 한다는 것! 비로소 내가 긴 악몽에서 벗어나는 느낌이었다.

예서 거듭 강조하자. 나는 아버지에게 간통을 고하라는(聖事) 사제가 잔인하다고 했었다. 고지식하니 불효를 저지른다는 뉘앙스를 풍기는, 해괴망측한 논리도 펼쳤고.

오십보백보다. 내가 엄마라 여기는 모부대 8979부대에서의 갖가지 추억을 장난 삼아 퍼뜨리는 건 엄마를 모독하는 것이다. 그래서 난 '불효자'임을 자처하는 꼴이 되고 말았다. 하지만 그 신부와 마찬가지로 나도 방법이 서툴렀을 뿐 할 소리는 했다. 엄마가 날 용서하듯이 새로운 모부대 8사단, 그러니까 '새엄마'도 마찬가지리라. 새엄마에게 나도 효도한다. 내 결심이다.

다만 부관부가 없어진 건 너무나 안타깝다. 그 생각만 하면 기운이 빠진다.

자, 매듭을 지으면서 남길 말 하나. 내 손자가 곧 사제司祭 서품을 받는다. 신부가 된다는 말이다. 나이 일흔 중반인데, 과연 다른 여자와의 인연으로 그에게서 성사를 받을 일이 또 있을는지? 아서라, 그런 허풍(?)은 떨지 말자.

죽고 나서

오늘 뜬금없는 독백을 하나 내뱉는다. 내가 나에게 중얼거리는 것이다.

"쥐뿔도 없는 주제에 되룽되룽하기 예사다. 나이 여든 가까운데 이 무슨 망발인가? 『성경』을 들여다보며 자문자답 형식이지만, 외람되게 따지려들다니…."

하여튼 맞기는 맞다. 그야말로 고개를 갸웃거리게 하는 몇 가지 어휘며 구절들이 있는 것이다. 그 중 하나를 고르라면, 난 당연히 '…으로 인因하여'다. 비록 전前 정권政權에서 계획했었던 것이지만, 그때 교육부장관이 올바른 말을 했다고 본다.

"'인因하여'는 일본식 표현의 찌꺼기니, 이걸 '…으로 말미암아'로 바꾸려 합니다. 워낙 우리 언어생활에 깊숙이 파고들어와 있는 '…적的'을 앞으로 점점 줄여나가겠습니다. '객관적', '인간

적', '물질적', '환상적', '정치적' 등등, '적'이 안 들어가면 대화나 문장 구성이 안 되는 걸로 착각하기 쉽습니다. 교과서부터 검토하겠습니다."

기자들 앞에서였다. 그는 워낙 생경한 시책이라 목이 타들어 가는 듯, 물을 한 잔 마시더니 덧붙였다.

"'…에 대하여'도 마찬가지입니다. 그 또한 일본식 표현이라 합니다. 제 사견이 아닌 국립국어원의 유권 해석입니다. 오해하지 말아 주십시오. 이걸 하루아침에 단칼에 무 베 듯하자는 게 아닙니다. 점점 개선해 나가자는 거지요,"

그 밖에도 많다. 아주 아주, 일본 냄새가 말이다. 한데 정권이 바뀌고 나니 온통 적폐 청산이 화두지, 일본의 '일日'자도 입줄에 오르내리지 않는다. 걱정이다.

마침내 이런 소동도 그래서 있게 되었다. 얼마 전 국회 어느 분과위원회에서 일어난 황당한 일. 야당 여성 의원이 이렇게 말했으렸다?

"학교에서 교감校監의 취치는 중요합니다. 그런데 그게 일본 말 찌꺼기니, 이참에 '부교장副校長'이라 바꾸는 건 어떻겠습니까?"

여기저기서 웅성거렸다. 조금 있자 어느 여당 의원이 야유를 퍼붓는 것이었다.

"이것 보세요, 의원님. 언젠가는 위원장님이 의원님의 발언 도중에 새치기한다며, '겐세이' 어쩌고저쩌고하셨는데…. 의원님 입에서 일본말 찌꺼기가 안 쏟아져야 하겠습니다. 그건 '견제'란 뜻의 일본말입니다."

여성 의원은 우세를 단단히 했다. 아무도 매듭을 짓지 않은 채 그 발언은 흐지부지, 마침내 없었던 일로 막을 내린 모양이다. 우리나라 한 추기경樞機卿이 신부 시절 가톨릭 재단 학교 교감으로 재임했는데, 그때 밖으로 내세운 공식 명칭이 '부교장'이었다더라. 양념(?)으로 섞어 봤다.

어쨌든 난 '부교장 교감'이라는 부등식의 편에 서고말고. 일본말 찌꺼기를 하나씩 벗어던져야 한다.

경기도 교육감이었던가? '제일' 역시 일본말 찌꺼기이니 자기 재임 중에 없애겠다고 공언했다. 여기에 나도 하나 얹자. '중앙'도 마찬가지더라. 둘 다 일본인들이 자국민의 우월감을 나타내기 위해 슬쩍 퍼뜨린 게, 마침내 학교 이름으로 바뀌었다? 글쎄 한갓 장삼이사인 나는 모르겠다. 만약 그 교육감의 말이 옳다면 전국의 제일고등학교(중고등학교)나 중앙고등학교(중고등학교) 관계자들은 좀 움찔하겠다.

그렇다고 해서 쉬 바뀌기는 어렵겠다. 너무 오랜 전통의 뿌리가 박혀 있으니, 태산명동서일필泰山鳴動鼠一匹로 그칠 가능성이 크다고 하자.

두어 달 전에 해조海兆 큰스님이 열반에 들었다. 그가 이 사바 세계를 떠난 장면은 거의 극적이라 전한다. 해조 소설문학상 총무의 전언이다.

　"토요일 저녁 공양을 잘 하고 밤늦게 잠드셨는데, 해가 높이 떠도 안 일어나시기에 보살이 들여다봤더니 이불에 기대어 잠드신 것처럼 보이더랍니다. 잔기침으로 인기척을 대신하고 흔들었으나 미동도 않으시는 겁니다. 급히 대학 병원으로 옮겼지만 회생을 못 하셨어요. 근래 보기 드문 '좌탈座脫'이셨습니다."

　세속 표현으로 그분 스님은 내게 차라리 형님이었다. 나보다 세 살 연장인⋯. 그런데 한마디로 그도 괴짜였다. 그래서 나는 그와 단둘이 있을 땐 귀엣말로

　"형님, 오늘 배꼽 째는 이야기 좀 해 주세요."

　하고 조르곤 했다. 그럴 땐 그는 짐짓 심각한 표정을 짓고는, 공짜론 안 된다면서도 사람들이 들으면 기절초풍에다 파안대소할 보따리 하나를 푸는 것이었다.

　"어느 강원도 명산대찰에 스님 수십 명이 용맹정진하고 있었어요. 그 중 한 스님의 고*가 엄청나게 크다는 소문이 있었어. 하지만 그걸 아무에게도 보여 주지는 않는 거야. 하기야 그럴 기회도 없었고. 그런데 한해 여름, 큰 웅덩이를 끼고 있는 냇가에서 수련修練하는 과정을 밟는 중이었어요. 모두 홀러덩 벗고 반대편을 향해 수영을 하는데, 어느 스님의 사타구니 뒤로 물길이 둘로 갈리는 게 아니겠어? 마치 모세의 기적처럼 말이야. 『성경』의 '탈출기'가 거기 재생되는 거야. 그로부터 스님은 모세라는 별칭을 하나 얻었지. 어때, 재미있어요? 근데 그 스님이 단명했다는

거요. 후문에 의하면 스님이 색色을 너무 밝혔다던가?"

나는 아직 문상을 가지 못해서 고인과 유족에게 미안한 마음을 금하지 못하고 있다. 그러나 그건(문상) 3년 안이면 된다는 고정 관념 때문에, 바쁘다는 핑계로 오늘도 머뭇거리고 있는 것이다. 하기야 파주에서 부산까지 간다는 게 그리 쉬운 노릇인가? 오는 11월 중순이면 그가 제정한 해조 소설문화상 시상식이 열리니 부산행 열차를 타야 한다. 그때 부산일보사에서 만나 모두에게 사과하자.

그의 우스개이야기는 한두 가지가 아니다. 상대에 따라서 적당하게 수위를 조절하는데, 어느 해 섣달 그믐날 그가 전화를 한 것이다. 난 그땐 바로 그가 주지로 있는 절 바로 아래에 살았었다. 송년회를 조촐히 가지고 싶으니 잠깐 와 줄 수 있겠느냐고. 나는 금정산 기슭에 있는 그의 절로 부리나케 달려 올라갔다. 열대여섯 명의 인사가 모여 있었다. 문학상 부이사장으로 있는 김천회 동아대 부총장이 오랜만에 만나는 터라 무척이나 반가워했다.

"아이고, 이거 얼마 만입니까?"

추리 소설가로 알려진 김민첩 경찰서장의 정복도 옷걸이에 걸려 있었다. 나와 그는 반가워서 거의 부둥켜안는 시늉까지 해 보이고 말았다. 근데 좀 전까지 약간 심각한 이야기가 오갔었던 듯 표정이 모두 굳어 있는 게 아닌가?

내가 자리를 하나 적당히 골라 앉자 해조 스님이 입을 다시 여는 것이었다. 그 옛날 그러니까, YS 취임 초기 구포역 근처에서 열차가 곤두박질친 사건을 이야기 했다고 누가 귀띔한 직후였다. 그 처참한 현장에 있었던 어느 인사가 아직 트라우마에 시달리고 있다며 걱정했다나?

해조 스님의 이야기다. 분위기 전환용이다.

"자, 이젠 접읍시다. 아까 김 부총장이 '아이고'라고 인사하던데 그거의 유랩니다. 옛날에 선비가 살았었는데 그만 요절하고 말았습니다. 고을로 보아선 큰 손실이었지요. 비록 가난했지만 고인의 인품이 워낙 훌륭했던 터, 문상객이 찾아 올밖에…. 어린 상제가 예를 갖출 줄 몰랐답니다. 고인인, 아버지 친구가 몇 찾아 와 녀석에게 물었지요."

스님은 아버지 친구의 목소리 흉내까지 내었다.

"청천벽력일세. 어떻게 된 셈인가?"

"며칠 동안 서울에 갈 있이 생겼다 하셨어요. 벼루를 선반 위에 얹어 놓고 낮잠을 주무셨습니다. 그러다가 받침대가 부러지는 바람에 벼루가 불알 위에 떨어졌 습니다. 그래 '제 까짓 게' 안 죽고 됩니까? 그래 사망하셨지요."

"저런 쯧쯧, 근데 아버지의 죽음을 사망이라고 하면 안 되지. 다음 문상객이 행여 뭐라 하거든 '별세'라 하게나. 다를 '별別', 인간 '세世' 자 를 쓰지. 기세棄世라고도 하네. 세상 버렸다는 뜻이지. 아버지 불알이 뭔가? 그러면 상놈이란 얘기를 듣네."

"···."

아버지의 친구들이 한마디 격려를 더 하고선 일어섰다. 상주도 당연히 배웅을 해야만 한다. 그런데 몸을 움직일 수 없다. 워낙 가난한 살림이라 빈소를 차린 곳이 구멍이 숭숭 뚫린 마루였던 게 탈이었단다. 홑바지를 입은 상주의 불알이 그 어느 구멍 속에 쏙 빠진거다. 그게 솟아 오른 열기에 그만 팽창, 도무지 빠지질 않아 자신도 모르는 사이에 비명을 지른 것이다. 아이고 아이고···.

그게 상가에서 돌아가신 부모나 조부모 앞에서 '아이고'라고 하게 된 계기라나? 그래서 좌중에 웃음꽃이 피게 되었음은 물론이다. 김철회 부이사장이 장남 삼아 '아이고'를 연발하자 좌중은 가가대소의 도가니로 변하고 말았다.

해조 스님은 한마디 더 했다.

"실은 내가 스무한 살에『현대 문학』을 통해 소설 데뷔를 했습니다. 그 전前해 몇 월 호인지 모르지만, 거기 박영준 선생이 '죽음 앞에서'를 발표하셨어요. 마침 선고께서 환중患中이시라, 너무나 그 작품이 가슴을 후벼 파는 겁니다. 제 소설에 죽음이 많이 등장하는 것도 그분 영향입니다. 하지만 어쨌든 박영준 선생이 잠깐 그 얘길 비추셨어요. 작품을 표절하는 것 같아 그분께 죄송합니다. 이왕 벌인 춤, 아래 도청도설道聽塗說은 저작권 침해 염려가 되지 않으니 염려 놓으십시오."

상가에선 이 곡哭이 거의 필수였다. 문상객이 없어도 고인의

220

아들딸이나 가까운 인척들은 코를 홀쩍거리며, '아이고' 혹은 '애고'를 연발해야 한다.

그런데 가만히 들어보면 거기엔 박자가 깃들어 있다. 아이고 아이고 아이고 아이고/ 아이고 아이고 아이고 아이고…. 다른 상주가 다시 끼어들어 이를 받아 계속하는 하는 동안 조금은 휴식을 취할 수 있다. 아무리 상주는 불현치不顯齒라지만 그런 지혜(?)가 없으면 더러는 까무러친다. 그래서 곡은 지혜라고 우기는 사람도 있다.

옛날엔 곡 꾼이 있었다. 목을 지나치게 써서 무리하게 곡을 하다가는 자칫하면 목이 쉬기 십상이다. 하는 수 없이 그들 전문(?) 곡 꾼을 데려다 쓰기도 했다. 그러니 빠듯한 살림일수록 상주는 목을 아껴야 함은 물론이다.

어쨌든 세월이 흐르고 난 뒤에, 그러니까 근대에 이르러 이런 풍속도도 생겼다. 망자(고인)가 숨을 거두기 전의 유언이 이랬었다는 것.

"거 귀찮게 곡 좀 안 하면 안 되겠나? 명심해라. 방법은 너희들이 마련하렴. 살 만큼 살았으니 제발 좀 울지 마라. 그리고 이걸 내 죽고 난 뒤 영정 밑에 붙이고."

그러면서 밀봉된 봉투 하나를 내민다. 유족들은 옹고집인 아버지의 유언을 좇도록 결정했다.

사회에 출입하던 고인이라 많은 사람들이 찾아왔다. 그런데 골목에 꾸역꾸역 몰려드는 문상객들은 한결같이 담 너머에서 들려오는 거의 폭소爆笑에 가까운 소리를 들어야만 했다. 그들은 의아스러워 돌아나오는 사람들에게 왜 그러냐고 물었다. 하지만 모두 웃기만 할 뿐, 빈소 쪽을 가리키면서 대답할 생각을 않는다.

가족들도 소리만 내지 않았을 뿐이지 미소를 띠고 있다. 해서 그들은 신발을 벗고 마루에 올라설 때까지 낌새를 차리지 못했다.

드디어 문을 열고 방안에 들어섰다. 그러자 그들 또한 먼저 갔다 온 사람들이 하던 걸 답습할 수밖에. 세상에, 영정이 걸려 있는데 말이다. 그건 근엄하거나 미소를 띤 그런 늙은 모습이 아니라, 맑디맑은 고인의 백날 사진이었다는 게 아닌가?

물론 아랫도리를 다 벗었다, 해서 불알(고환)도 고스란히 보였다. 그제야 일행도 소리 내어 웃고 손뼉까지 치면서 문상을 했더라는 거다. 영정 밑엔 일필휘지한 다섯 글자는 **笑門萬福來(소문만복래)**!

다시 절이다. 이윽고 거기서 노래잔치가 벌어졌다. 참전 용사이자, 준위로 예편한 유창묵 교수가 자청하여 먼저 한 곡을 뽑겠다고 앞으로 일어섰다. 죽음이 화두이니 자기도 그런 노래를 하겠단다. 모두 합류하도록 부추기기까지 한다. 그가 부른 노래는 '전우야 잘 자라'!

전우의 시체를 넘고 넘어 앞으로앞으로/ 낙동강아 잘 있거라
우리는 전진한다/ 원한이야 피에 맺힌 적군을 무찌르면서/ 꽃잎
처럼 떨어져 간 전우야 잘 자라

　어느 누가 '전우야 잘 자라'를 모르랴. 음정 박자 완전 일치!
그 바람에 고즈넉한 산사山寺가 때 아닌 흘러간 진중 가요 한 곡
으로 휩싸이게 될밖에. 어떻게 보면 참 마침맞은 노래였다. 전사
戰死 노래니까. 4절까지 '신나게(?)'이어졌고, 이윽고 끝났다. 그
러고 나서 유창묵 교수가 분위기를 한껏 고조시킨다.
　"장가들었더니 처가에서 신랑 다루기를 한답시고 거꾸로 매
달고 야단이었지요. 십팔번, 이건 일본말 찌꺼기이니 애창곡이
라 하십시다. 하여튼 나는 처가 가족과 친지들 앞에서 '전우야
잘 자라'를 불렀습니다. 여기 이명작 작가는 내 후뱁니다. 이 친
구도 둘째가라면 서러워할 괴짜 아닙니까? 어느 날 금곡역에서
만나, 중인환시衆人環視 가운데 발까지 구르면서 '전우야 잘 자
라'를 목소리에 실었지요. 승객들은 손뼉을 치고 야단이었습니
다. 죽음, 어찌 보면 유머입니다."
　정말 즐거운 분위기였다. 죽음도 해석 나름임을 모두가 느꼈
다고 하자. 하여튼 그날 밤을 거의 웃고 떠들고, 밤을 새우다시
피하면서 송년회를 마쳤다.
　나는 해조 스님과 깊은 또 다른 인연이 있었다. 문학의 스승

과 제자 사이였다 해도 과언이 아닌···. 전술한 대로 스님으로서
는 드물게 소설을 쓰고 있었다. 그는 나더러 좋은 소설을 창작하
려면 많은 체험을 해야 한다면서, 자기 승용차에 나를 태우고 여
기저기 다니곤 했다. 그는 내게 어휘 하나라도 바르게 골라 쓸
줄 알아야 명작을 쓸 수 있다고 강조했다.

2011년쯤이었으리라. 그가 나에게 전화를 걸어왔다.
"우리 삼랑진에 한 번 갔다 옵시다. 김범우 토마스가 한국 최
초의 천주교 순교자殉敎者예요. 그 묘소가 삼랑진 오순절 평화의
마을 맞은 편, 만어사萬魚寺 길목에 있어요. 나도 그 도량道場에
는 가끔 가는 터, 길목이라 김범우 묘소를 거쳐 오릅니다. 내친
김에 다시 얘긴데 일반인이든 종교인이든 신앙인이든, 우리 국
민이 죽음을 표현하는 언어에 소홀한 점이 많아요. 작가이자 가
톨릭 신자인 당신이 소스라쳐 놀랄 일이 있어요. 그 현장을 직접
보게 하고 싶습니다. 바람도 쐴 겸···"
나는 좋다고 했다. 난 금곡동 입구에서 그를 기다렸다. 이윽
고 스님은 오래 된 소나타 승용차를 몰고 내 앞에 멎었다. 물금
을 거쳐 지나는데 승용차의 속도가 이만저만 아니다. 원동 역 뒤
를 쏜살같이 스치더니 삼랑진 안태에 접어든다. 채 한 시간이 안
걸려 목적지 가까이 닿은 것이다.
미전리美田里 이정표 옆에 김범우 묘소라는 안내판이 붙어 있
었다. 좀 너른 공터가 나오자 스님은 짐은 하나도 가져 갈 필요

없다면서 걸어가잔다. 주위의 경관이 아름다웠다. 포장이 안 된 도로지만 그런대로 잘 닦여져 있고 경사가 완만했다.

몇 분이 지났을까? 한쪽으로 자연석이 줄을 서 있었다. 열 개는 넘어 보였다. 한데 그 자연석을 평평하게 깎아 글씨를 음각陰刻으로 새겨 놓았다. 김범우 토마스의 일대기였다. 내가 한발 앞서 걸어 올라갔다. 무척 관심이 갈 수밖에 없는 내용들이었다.

무엇보다 내가 내 무릎을 치도록 하는 사연 하나. 그분은 우리 경주 이 씨 선조로서 한국 최초의 천주교 신자 이벽李檗의 권유로 천주교 세례를 받았다는 게 아닌가! 나는 해조 스님을 기다렸다. 나의 말.

"스님, 김범우 토마스 순교자가 저희 경주 이 씨 선조인 휘자諱字 이벽 세례자 요한 할아버지의 권유로 영세領洗를 했다는데요. 자랑스럽습니다."

"선조의 함자는 모르지만, 여기 적히지 않은 그분의 본명本名을 기억하고 있었으니 당신 대단하구려."

"부끄럽습니다, 스님. 행여 '칠갑산' 이란 노래를 아십니까?"

"아다마다! 보기 드문 송년회 때 이 작가가 부르기도 했지."

"우리나라 천주교가 전래된 게 1784년이거든요. 그걸 기억하기가 사실 힘들지 않습니까? 저는 칠갑산 위에 784를 겹치게 하는 게 버릇입니다. 칠갑산, 784…. 절대 잊어지지 않습니다. 이벽 세례자 요한 할아버지가 1754년에 태어나신 것도 784 빼기 30이라는 공식(?)을 대입하면, 머릿속에 영원히 각인되지요."

그럴싸하다며 스님은 걸음을 재촉했다. 그런데 내 눈을 의심하게 하는 그분(김범우)의 '죽음'은 내게 충격을 주었다. 그분의 귀양지는 석판에 새겨진 그대로 밀양시 단장丹場면이다. 실제는 충북 단양丹陽이라는 일설도 있어, 혼란을 일으킨 경우가 많았던 점이 기억났다.

불경을 저지른 것 같아 난 잠시 아찔했다. 만약 내가 가끔은 만나는 신부에게 이런 걸 발설(?)하면 호되게 경을 칠 게 아닌가?

하지만 가장 큰 충격은 마지막 김범우 토마스의 '죽음'이었다. 한국 최초의 희생자 혹은 순교자 등 두 가지 설로, 그분의 '선종'(善終/천주교 신자의 죽음을 표현하는 말)을 해석해 왔었는데 말이다. 정막 마지막 표지석에는 아연실색할 어휘가 적혀 있는 거다.

김범우 토마스는 1787년 9월 14일 만 36세로 '소천召天'했다.

뭐가 이상하냐고? 그렇게 묻는 사람이 더 이상하다. '소천'은 부를 召와 하늘 天으로 이루어진 단어다. 하나님의 부르심을 받는다는 뜻으로, 기독교(여기선 개신교만 가리킴) 신자가 숨을 거둔 것을 두고 하는 말이다. 당시만 해도 나는 기독교 신자의 게으름(?)을 탓하고 있었다. 이 소천은 〈우리말 사전〉에도 안 나오고, 심지어는 인터넷에서도 찾을 수 없었기 때문이다. 반면에 '선종'은 양쪽에 다 버젓이 자리 잡고 있었다.

하여튼 우리나라 최초의 순교자 내지 희생자가, '선종'이 아닌 '소천'을 했다? 몇 십 번을 중얼거려 봐도 고개가 갸웃거려졌다. 아니 기절초풍할 뻔했다고 하자. 나는 해조 스님이 가까이 다가 오자 그에게 물었다.

"스님, 저게 뭡니까? 세상에 소천이라니⋯. 기독교가 전래되기 훨씬 전에, 기독교 신자가 저세상에 갔다는 말 아닙니까?"

"아, 이명작 작가. 오늘 내가 같이 가자고 한 보람이 있습니다. 바로 저 잘못된 죽음의 '다른 말'에 대해 이야기 나누어 보자는 게 목적이었습니다. 몇 년 전 섣달 그믐날 밤 생각납니까?"

"그럼요. 일생을 통해 그런 송년회를 한 번이라도 가지면 그게 행복이지요. 제가 Oh Danny Boy를 부르고, 범패 기능 소유자 범찬 스님이 거기 맞춰 북으로 장단을 맞 추고⋯. 아일랜드 민요에 우리 고유의 타악기가 동원되었으니 그게 보통 어울림입니까? 하여튼 Oh Danny Boy를 혹자或者는 장송곡 혹은 진혼곡으로 분류하기도 하니, 그날 노래와 장구 반주는 죽음이라는 화두와 일치되었다고 봐야겠습니다."

"내 견해는 달라요. 그건 아들의 무운장구를 비는 그 나라 민요이니, '삶'의 노래로 봐야지요. 하기야 죽음과 삶의 차이는 종인 한 장 차이인즉⋯."

우리 둘은 계속해서 '죽음'의 이야기를 이어나갔다. 누가 질문을 던지는가는 별 문제될 게 없었다. 내가 스님께 이렇게 물었다.

"불교 신자가 저세상으로 가면 '입적' 혹은 '열반'이라 그러는데, 두 말의 비중이 엇비슷합니까?"

"글쎄 우리말 사전에 보면, '입적入寂'을 '승려의 죽음'으로 간단히 풀이 해 놓았습니다. 그러니까 내가 숨을 거두면 해법 스님 입적이라고들 하겠지. 부끄럽긴 하지만 내가 승적을 가지고 있으니 부득이하다 합시다. '열반涅槃'도 '입적'과 똑같이 적어 두었습니다. 단 별도의 긴 문장 하나로 보완을 했으니, '모든 번뇌와 얽매임에서 벗어나고 진리를 깨달아, 불생불멸의 법을 체득한 경지, 불교의 궁극적인 실천 목적이다'입니다."

그래서 불가에서도 입적과 열반은 약간 구분을 짓기도 한다고 했다.

다시 말해 좀 더 높은 경지에 도달한 스님께는 '열반에 드시다.' 혹은 '열반하셨다'고 예우(?)한다. 예문 두어 개다. '작년에 열반하신 큰스님의 법어집이 이제야 나왔다.', '시주施主께서는 사바세계의 죄업을 참회하시어 모름지기 청정한 열반에 드셔야 할 줄 압니다.'

물론 입적의 경우에도 버금가는 표현을 함에 있어 망설이지 않는다나? '큰스님이 반좌한 자세로 입적하셨다.' 혹은 '지눌은 교종과 선종을 합일하는 데 힘을 쏟다가, 법랍 83세로 입적하셨다.' 그러니 둘 사이는 차라리 오십보백보로 알면 된다고 스님은 강조했다.

그러나 일반 불자에게는 이 적용이 불가할 때가 있다고 스님이 그날 내게 말했던 것 같다. 평범한 보살이 죽으면 '입적'이 '열반'보다 되레 친근감을 준다나?

　제법 너르게 조성된 김범우 토마스의 묘소는 생각보다 아름답게 조상되어 있었다. 돌 제대祭臺가 앞에 자리 잡고 있어서 나는 습관으로 성호경을 그었다. 그리고 합장(기도손/ 손가락 여덟 개는 서로 마주 붙이고 엄지만은 엇갈리게 해서 십자를 그리는 것)을 했다. 신부들도 물론 이 합장合掌이란 말을 많이 쓴다.

　해조 스님도 두 손을 모았지만 손가락 열 개를 다 가지런히 겹쳤다. 도중에 샀던 김밥으로 점심을 대신했다. 참배객이 삼삼오오 무리지어 묘역을 둘러보고 있었다. 스님이 운을 뗐다.

　"거듭 말합니다. 천주교에서는 신자의 죽음을 '선종善終'이라 하지요?"

　"예, 스님."

　"두 가지 측면에서 상당히 제약을 느낀다고 보는데, 이 작가의 견해는요?"

　"무슨 말씀인지 잘 못 알아듣겠습니다."

　"착할 善 마칠 終 아닙니까? 선종이, '착하게 살다가 죽는다'라는 의미로 해석 하면 기속력羈束力이 덜합니다. 한데 '착하게 살아야 선종이란 소릴 들을 수 있다'라는 뜻일 경우 강박 관념에 사로잡히지 않을까 싶어서 해 본 소리입니다."

　나도 거기에 긍정했다. 나는 또 약간 방정맞게 한발 앞서 나갔다. 나 자신 죽어도 '선종'이란 말 붙이지 않았으면 좋겠다고 말한 것이다. 착한 일 한 것은 거의 없다는 걸 이유로 들었다. 스님은 그냥 웃어 넘겼다.

천주교에선 '서거逝去'라는 죽음을 나타내는 말이 따로 있다고 나는 설명했다. 이승만도, 윤보선도, 박정희도, 김대중도, 김영삼도 서거했다. 국가 원수니까. 전두환이나 노태우의 경우는 어찌 될지 귀추가 주목된다고 하며 무척이나 궁금하다는 표정을 지어 보였고. 한 십 분쯤 시간이 흘렀다. 스님의 말이다.

"딴은 그렇군요. 한데 선종이면 선종이지, 천주교에서 서거는 또 뭡니까?"

"로마 교황님은 바티칸 왕국의 국가 원수이기도 하니까 '서거'란 말을 쓰는 겁니다. 말하자면 예우지요. 그 외엔 어느 누구의 죽음도 '서거'라 하지 않습니다. 추기경도 대주교도… 평신도든 고위 성직자든 교황을 제외하곤 선종이니, 오히려 천주교의 죽음은 불교에 비교해 차등이 없는 셈이지요."

그런 의미에서 오로지 '소천'인, 기독교(개신교) 성도의 죽음이 오히려 가장 산뜻한 느낌이라는 내 사견이 설득력이 있는 것 같았다. 스님은 고개를 끄덕였다.

3년 전에 그 해조 소설문학상을 받은 후, 나는 해조 스님을 만나 뵙지 못하고 있던 중 뜻밖의 부음訃音을 들은 것이다. 아니 열반의 소식이다. 절에서 개인별로 연락을 하지 않고 문학상 운영위원회에서도 따로 전화나 문자가 없었다.

법랍法臘이 얼마인지 내가 모르는 것도 죄스럽다. 다만 다시 한 번 강조하건대 그분께 '입적하셨다' 보다 '법랍에 드셨다'라고 해 드리고 싶다.

몇 달 전으로 거슬러 올라가면 충격을 안겨 주는 죽음이 한둘 있었다.

먼저 김종필 전 총리, 살 만큼 살았고 그를 향한 국민의 정서는 호불호가 뚜렷했다. 그는 가족장을 거쳐 영면에 들었다. 한데 아무도 그에게 '서거' 어쩌고저쩌고 하지 않았다. 그냥 '별세'였다. 당연하다. 그는 국가 원수도 아니고, 로마 교황도 아니기 때문이다.

그다음은 두말할 나위 없이 노회찬이다. 그는 나보다 열네 살 아래고, 내가 부산고등학교 통산 14회이니, 그는 28회〈청조회(부산 중고등학교 동창회) 명부〉에 이름을 올려야 한다.

하지만 아무리 봐도 그가 없었다. 물론 나는 그를 생전에 몇 번 만나기도 했었다. 그 처음은 금정산에 있었던 등반 동창회에서의 조우다. 깍듯이 선배 대접을 하는 그에게 신뢰감을 가졌고말고. 한데 죽었다. 불행한 일이다.

그래도 동기 몇몇은 그의 죽음에 참담한 평가를 내리더라. 부정한 정치 자금을 받음으로써 빚어진 결과였으니까.

한마디로 그는 '사망'했다. 아무리 고인을 대접해도 '별세'이상은 아니다. 종교가 없으니 '입적'이나 '열반'도, '선종'도 '소천'도 아니다. 사고사·병사·비명횡사·역사(轢死/차에 치여 죽음)·추락사·익사·자연사·압사·감전사感電死·소사燒死 등 하 많은 죽음 중에, 그와 억지춘향으로 끌어다 붙이면 해당되는 것도 있으리라.

그런데 그는 국회장國會葬으로 기림을 받으며 우리 곁을 떠났다. 있을 수 있는 일이다. 그가 남긴 흔적이 그만큼 크니까 말이다. 그러나 국회는 국민 모두에서 의아심 아니 경악심을 불러 일으키는 현수막을 내걸었더라. 그게 문제인 것이다. 같이 읽어보자.

애도 노회찬 의원 '서거'

이건 고인에 대한 예우가 아니다. 그는 서거란 말에 해당되는 아무것도 생전에 지니지 않았으니까. 내가 신경과민일 정도로 혼자서 잘못을 따지다 보니, 어느 날 밤에 꿈에 그가 나타난 것이다.

"형님, 북한 김영춘 인민무력부장이 사망했습니다. 우리나라에서는 다행히 별세라고도 보도하지 않았습니다. 북한 사람들이 떠들썩하게 장례를 치르더군요. 더러는 '서거'라까지 하면서…."

거짓말 같지만 나는 그런 꿈을 자주 꾼다. 꿈속에서도 '형님'

을 달고 산다.

내 허풍은 자타가 공인하지만, 이렇듯 노회찬을 걱정하는 마음만은 진지하다. 별세와 사망의 중간쯤 가는 죽음의 뜻을 나타내는 말이 있다 치자. 그걸 끌어다가 국회 현수막의 잔영殘影 위 '서거'에다 덮어씌우고 싶다.

천주교에서는 예수님이 십자가에 못 박혀 돌아가심을 그저 '숨을 거두었다'로 나타낸다. 묵주기도도 고통의 신비 5단의 '예수님께서 십자가에 못 박혀 돌아가심을 묵상합시다'로 마감한다. 그 이상도 이하도 아니다. 심지어는 미사 중에 이런 노래를 부른다. 주님 자신이 더 낮은 곳을 택하신 결과인지 모른다. 들어보자.

…주님의 '죽음'을 전하며, 부활을 선포하나이다.

이번엔 『성경』 필사 이야기. 오래 전 개신교와 천주교 신자(성도)들이 같이 보던 〈성서〉가 있었다. '일과 놀이' 발행. 거기 '요한복음' 서문에 보면 우리가 얼마나 무지한지를 드러내는 한 가지, 입에조차 담지 못할 오류가 있었다. 여기 적어 본다. 추기경도 대주교도 주교도 무심결에 넘어갔던 것이다. 이 땅의 많은 목사도.

예수님은 십자가에 못 박혀 성혈로 인류를 구원하신 '장본인張本人'이다.

어안이 벙벙하다. 아니 망연자실하게 된다. 장본인은 극악무도한 사람을 가리킨다. 예문을 살펴봐도 그렇다.

한데 예수님을 장본인이라 했으니 이런 망발이 어디 있는가 말이다. 방송에서 신문에서 자기 자신을 장본인이라 다투어 떠드는 사람이 수두룩하니 세상은 우스꽝스럽다.

『성경』 필사 15년여, 아직 삼분의 일이 남았다. 새『성경』에서는 아직은 발견하지 못했지만 '장본인'의 두려움에서 벗어나지 못하고 있다. 그 거지발싸개 같은 게 나타나면 어떻게 할까?

그러나저러나 행여 '장본인'이 일본말 찌꺼기가 아닌지 부쩍 의심이 간다. 차라리 없애 버리면? 시원할 것 같다. 우리말의 오용은, 되레 둘째로 치부하는 게 순서리라. 마지막에 남기는 말. 죽고 나서 '선종'이란 말 들을 자신이 없다. 선과 악의 중간쯤을 나타내는 말은 없을는지….

'비목碑木'을 좇아서

나는 '비목'에 푹 빠져 있다. 만든 두 분을 존경한다. 곡을 붙인 고 장일남, 시를 쓴 한명희 선생. 엉뚱하게도 '비목'엔 참 비밀(?)이 많다는 화두와 더불어 산다. 난 곧 있을 육사 군악대에서의 협연에 대비, 이 곡을 맹렬히 연습하고 있다.

비밀이랄 것도 없고 아니랄 것도 없지만, 하여튼 뒷말을 이어가야겠다.

'비목碑木' 이상 국민의 사랑을 받은 가곡도 드물고말고. 곡도 곡이지만 그 가사가 가슴을 꿰뚫어 찌른다. 그걸 쓴 한명희 선생은 조금 늦게 군에 입대한 듯, ROTC 2기로 임관하여 화천 전방에 배치되었단다.

부대 근처에서 이름 없는 어느 병사의 유골과 철모, 나무막대를 보고 그는 그야말로 처연한 느낌에 빠진다. 그걸 시로 적었다. 1967년이었다. 나는 그해 9월 11일 군복을 벗었으니, 그와 나는 비슷한 시기에 군 생활을 했다는 얘기다.

하여튼 거기다가 당대 최고의 작곡가 장일남 선생이 그 시를 오선지에 옮겼다. 한때 국민 애창가곡 1위로 등극할 만했고말고. 우리는 그저 고개를 끄덕이게 된다. 제대 후 그리운 모부대를 기억에 떠올릴 때마다 나는 '비목'을 불렀다.

하나 내가 과문한 탓인지 한명희 선생이 어떻게 해서 국립 국악원장國樂院長으로 가게 되었는지…. 그 동기에 대해 나는 전혀 알지 못하니 그것도 비밀(?)이다.

이번에 정말 수도 없이 '비목'을 들었다. 아니 스마트폰을 통해 시청했다고 고백하자. 조수미, 엄정행, 박인수가 역시 달랐다. 내가 이름을 알고 있는 소프라노나 테너이기 때문이기도 하지만, 엉뚱한 몇 가지 이유가 있어서다. 그래 그것도 얼굴 붉히지 말고 밝힌다. 망설일 이유는 더더구나 없다. 웃을 수밖에 없는 비밀(?).

조수미의 애창곡 중 하나가 베사메무쵸(Besame Mucho)란다.

현인이 불러 인기를 얻었던, 노래방에서나 울려 퍼질 그 저급한(?) 곡이 글쎄 대중가요가 아니라지 않는가. 노태우는 와병중이지만 죽으나 사나 입에 달고 살았단다. 그는 그 베사메무쵸를 지금도 흥얼거리고 있을지 모른다. 에라, 모르겠다. 현인 식으로 한 번 열창(?)해 보기나 하자. 마침 아내도 외출 중 듣는 이도 없는 터! 이 얼마나 자유로운가, 아니 행복한가?

베사메 베사메무쵸/ 고요한 가을날 리라꽃 피던 밤에/ 베사메
베사메무쵸/ 리라꽃 향기를 나에게 전해 다오/ 베사메무쵸야/
그대는 외로운 산타마리아/ 베사메 베사메무쵸/고요한 가을날
리라꽃 피던 밤에…

그러나 조수미 얼굴을 떠올리다 보니, 그만 주눅이 들고 추던
막춤을 멈추게 된다. 스페인의 어느 작곡가가 고야의 그림에서
영감을 얻어 이 곡을 만들었다더라. 이윽고 멕시코 여류 작곡 작
사가가 스페인의 무곡으로 편곡. 영어 제목은 알아야겠기에 기
억하던 곡이다. Kiss Me Much!

다시 심기일전, 나는 스마트폰으로 조수미의 동영상 베사메
무쵸를 시청한다. 딱 4분에 걸쳐, 조수미는 웃음기 하나 없는 표
정으로 Besame Mucho를 섞어 완창한다. 스페인어? 하나도 못
알아듣겠다. 조수미는 진지하다 못해 처연한 표정이다.

엄정행의 선대인先大人한테 가곡 '망향'을 배운 적이 있어서
나는 엄정행을 잘 안다. 여담일지 모르지만 그냥 스칠 수 없어
그 추억을 들먹여보자.

어느 아나운서의 부인 김미숙(동명이인?)이 양산 중학교에 근
무할 때였다. 나는 양산시민 가곡 독창 부문에 출전하게 된다.
이 '망향'을 갖고서.

결과는 장려. 평일 오후에 양산중학교 음악실에 들러 김미숙 선생의 반주에 맞춰 연습을 했는데, 그 학교 교장 선생님이었던 그분이 지나가다 몇 마디씩 던지곤 했던 것이다. 노래를 입안에 머금지 말고 뱉어내라는 거다. 그리고 안타깝지만 자신감이 부족하다고 덧붙였다. 대회에서 자신이 장려상을 받았다.

박인수와의 인연은 별로 내세울 게 없으니 그만 여기서 접자.

어쨌거나 다른 소프라노·테너·바리톤(대학교수)들의 '비목'은 셋보다 한 단계 아래인 듯 싶었다. 참 망향의 가사는 이렇다.

꽃피는 봄 사월 돌아오면/ 이 마음은 푸른 산 저 넘어/ 그 어느 산 모퉁길에/ 어여쁜 임 날 기다리듯/ 철 따라 진달래 산을 덮고/ 부엉이 울음 끊이잖는….

다시 '비목' 이야기.

내게 진짜 감동을 준 '비목'의 주인공은 우형민 일병이었다. 나는 그가 누군지 잘 모른다. 다만 전투복을 입고, 국립 현충원 사병 묘역에서 '비목'을 목청에 실은 것이다. 아마추어인지 프로인지 구분이 안 가는 목소리요 가창력이었다. 성악에서 입모양은 가장 기본이다. 그런 의미에서 보면 그는 완벽한 '아에이오우'를 구사하고 있었다. 나는 웃다가 울먹였다.

아마추어에 지나지 않은 내게도 다른 동영상들은 더러 책잡혔다. 내가 눈을 부라리고 귀를 곤두세워 행여 발음이나 발성이 틀리는 데가 없는지 추적하는 중에 발견된 것. 그 많은 대학 교수들의 입에서 나온 엉뚱한 결과는 나를 암울하게 만든 것이다.

'깊은 계곡 양지녘에'에서 마지막 두 음절을 '녀케'로 내야 하는지 '녀게'로 내야 하는지 궁금해서 미리부터 국립 국어원 연구사와, 전 한글학회 부산지회장에게 물어 본 것이 탈이었을까? 하여튼 정답은 후자後者였다. 한데 한결같이 전자前者를 따르다니 기가 막힐밖에. 단 엄정행은 예외였다.

'하늘가'는 굳어진 말이라 '하늘까'로 해야 한다. 초등학생도 틀리지 않는 말을 교수들이 왜 노래에선 '하늘가'로 고집할까? '그 옛날 천진스런 추억이 애달퍼?' '천진스런'이란 말은 없다. '자랑스런'이 '자랑스러운'으로 바뀌었듯이 '천진스런'은 '천진스러운'으로 고쳐야 하고말고. 국어학자 중 몇몇은 '자랑스런'도 허용된다고 하지만 난 반대다. 한명희가 본래 '천진스런'으로 썼다 치자. 그래도 어법에 틀리는 건 피해야 한다. 셋잇단음표로 연주하면 누이 좋고 매부 좋지 않은가?

'애달파'가 왜 '애달퍼'로 둔갑하는지도 고개를 흔들게 되더라. 모음조화는 오랜 전부터 존재했었다. 나는 꼬집는다. 성악가들이 우리말 공부를 좀 해야 한다고.

하여튼 가장 정확하게 소리를 내는 사람은 엄정행이었다. 하지만 옥의 티라고 했다. 엄정행도 틀리더라. '이끼 되어 맺혔네'와 '돌이 되어 쌓였네'에서, 그만 '되어'가 '되여'라는 사생아私生兒로 변한 것! 그러고 보니 그의 동영상 두 개 중 하나는 '그리움 알알이'에서 '알알이'를 '아라리'로 발성하지 않은 것 같기도 하다. 천려일실? 이쯤에서 접기로 하자.

나는 공언(?)했듯이 육사 군악대에 간다. 부를 곡은 '비목'과 '기다리는 마음'(가곡), '전우가 남긴 한마디'(가요) 등이다. '기다리는 마음'도 장일남 선생의 작곡이다. 연출이냐고? 그렇든 안 그렇든 그게 무슨 상관인가? 어쨌든 발성(발음)은 틀리지 않도록 하자.

정작 '비목'의 비밀은 내 가슴 깊은 곳에 숨어 있다. 정말 아무에게도 밝히지 않았던…. 아니 그럴 기회가 없었던, 삶과 죽음의 이야기다.

'평화의 댐'과 관련이 있고. 거의 대부분 저승에 가 있는 내 사랑하는 노인학교의 학생들과도. 이수인 선생의 『한국가곡집』의 '비목'은 너무 음이 낮다. 내게 말이다. 딱 반음만 올리고 싶다. 거기 숨은 함수函數를 다른 사람이 풀 수는 없으리라

이야기를 잠시 다른 데로 돌린다. 난 학창 시절 닥치는 대로 노래를 불렀다. 세상에, 수학여행을 가서 2박3일 동안 잠도 자지 않고 대중가요를 입에 달고 지냈으니, 지금도 만나는 그때의 동기동창들이 혀를 내두른다. 흘러간 옛 노래에서부터 학교에서 배운 가곡까지…. 가곡에서 '라'까지 올라간다면 테너로 행세하고도 남는다. 난 그걸 해냈었다. 그 가사를 한 번 적어 본다. 아참, 제목은 '달밤'!

등불을 끄고 자려 하니/ 휘영청 창 밖이 밝으오/ 문을 열고 내어다 보니/ 달은 어여쁜 선녀 같이/ 내 뜰 위에 찾아오다/ 달아 내 사랑아/ 나 그대와 함께 이 한밤을/ 이 한밤을 얘기하고 싶구나

이 '밤'이 계명으로 높은 '라'다. 그걸 거뜬히 해치웠던 내가 지금은 초라하다. 지금 가끔 동창회에 참석하면 어느 누가 나더러 '달밤'을 주문할까 봐 마음을 졸인다. 지금은 '달밤'을 입에 올리기조차 두렵다! 이게 진심인 거다.

잠시 옆길로 갔던 걸음을 되돌린다.

그저 물 흐르듯이 무리하지 않고 '비목'을 소화시키려면, 너무 음이 낮아도 안 되니 혼자서 우선 고민하는 것이다. 에라, 모르겠다. 이제 지면紙面 생각하지 말고 비목 가사를 전부 적어 보자.

초연이 쓸고 간 깊은 계곡/ 깊은 계곡 양지녘에/ 비바람 긴 세월로 이름 모를/ 이름 모를 비목이여/ 먼 고향 초동樵童 친구/ 두고 온 하늘가/ 그리워 마디마디 눈물 되어 맺혔네// 궁노루 산울림 달빛 타고/ 달빛 타고 흐르는 밤/ 홀로 선 적막감에 울어 지친 비목이여/ 그 옛날 천진스런 추억은 애달파/ 서러움 알알이 돌이 되어 쌓였네

한자로 된 '초동樵童'은 땔나무를 같이 하던 친구를 말한다. 그
러니 비목의 그 친구(전우)는 나 같은 영락없는 시골 출신이다.
짐작컨대 학교도 제대로 못 다니다가 군에 징집되어 비목 하나
남기고 산화했으리라. 실제 그 비목이 존재하는지는 모른다. 물
음표로 남겨 두는 게 더 처절할 것 같아서 하는 소리다.

'비목'은 내가 제대한 67년도에 세상에 모습을 드러내었다.
한명희가 화천 부근에서 군 생활을 하면서, 녹슨 철모와 돌무덤
을 보고 작사한 것. 단조라서 어느 누가 불러도 듣는 이가 고독
과 우수 허망 등의 늪으로 빠져 들게 한다.

여기서 산울림이 나 자신과의 화두였다. 오직 노래에만 전신
을 비끄러매던 내가 드디어 개과천선(?), 소설 습작에 매달리게
된다. 『소설 창작의 첫걸음』인가 하는 책 첫 장을 여니, 우리말
의 중요성을 강조한 대목이 나오는 게 아닌가?

메아리와 산울림은 다르다. 메아리는 순수한 우리말이다. 산
이나 절벽 앞에서 큰 소리를 냈을 때 소리가 거기 부딪혀(피동)
되돌아오는 소리가 전자前者고, 나무가 울창한 큰 산에서 나는
웅장한 자연의 섭리에 의한 소리가 후자다.

나는 그로부터 10년 뒤에 수필로, 다시 14년 뒤에 소설로 등
단을 했지만 아직 '산울림'과 '메아리'를 다른 말인 줄 알고 있
다. 그러니 한명희의 산울림과 메아리 사이에 결코 등호等號를
못 긋고 지내는 것이다. 생각해 보라. 만약 두 말이 같다면 '궁

노루 메아리 달빛 타고 달빛 타고/ 흐르는 밤'이라 불러도 좋다는 말 아닌가! 궁노루가 소릴 내고 그걸 산이 되받아 달빛 아래서 메아리 되어 흐른다? 그럴싸하지만, 나는 산울림이 혼자 터져 나왔다는 가정을 해야 완벽하게 동화同化가 된다. 아무튼 한명회 아니면 이 문제는 풀 수 없다.

여기서 하나 덧붙이는 사연. 경상도 사람은 '아'와 '으' 발음이 힘들다. 그런데 '달빛 타고 흐르는 밤'에만 해도 '흐르는'이 장애(?)가 아닐 수 없다. 노인학교 시절, 제자 둘이 시조 국창國唱이라, 거꾸로 내가 시조를 좀 배운 기억이 난다. 그중 한천석 국창이 한 얘기.

"나무아마타불 관세음보살/ 후세에 환토 상봉還土 상봉하여/ 방연을 잇게 되면…"에서, '으'는 윗니 아랫니를 거의 붙인 상태에서 소리 내야 합니데이. '관세음보살…'에서 말입니더. 알아 듣겠십니꺼?"

그가 그날 이 '비목'의 비밀과 관련되는 아니 중심일지 모르는 사설시조를 한 장 더 읊는 것이었다.

청려장 짚고 단발령 넘어가니/ 장안사 내외수 전나무 수천 주/ 십리성에 닿아 있고/ 홍문안 망선교 건너 향수 문밖 다다르니/ 범종강 주침각은 진여문에 닿아 있다/ 법당 안 돌아드니 대웅전 이층집은 반공半空에 솟았는데/ 실세여래 육관보살 영산전 명부전과/ 사성전 비로전을 차례로 참배하니/ 공산 청풍 경쇠

소리 두견성에 섞여난다/ 아마도 춘금강 하봉래 추풍악 동개골
은 천하명산 제일이니 이나노든(못하리라).

얘기의 발단은 86년쯤이다. 그로부터 세월을 걷잡을 수 없이
뛰어넘은 오늘, 그날 일을 되새겨본다. 평소와는 달리 좀 늦게
출석한 한천석 학생이 학생들에게 던지는 질문이다. '청려장青藜
杖'을 아느냐고. '지팡이'가 에서제서 튀어나왔다.

그는 뜬금없이 청려장 딱 200개만 만들어 여러 학생들에게 선
물할 거라고 했다. 뭔가 큰일을 하나 한천석 학생이 하는 것 느
낌을 받았을 뿐, 그들은 그 말뜻을 진작 알아챌 수는 없었다. 내
가 나설 수밖에.

"이번에 한천석 학생이 새로 결혼을 하셨잖아예. 할머니 친정
이 강원도 화천인기라예. 파로호라고 북한강의 좁은 계곡을 막
아 1944년에 축조한, 10억 톤의 물을 담을 수 있는 인공 호수라
예. 처남 되시는 분이 명아주를 재배한다 카네예."

그제야 학생들은 여기저기서 고개를 끄덕였다. 참, 여기서 밝
히지만 그는 당시 여든 가까운 나이인데, 전 부인 셋과 사별하고
네 번째 결혼을 한 지 얼마 안 되었다. 단, 외동 딸 내외와 살지
만, 화천 댁을 새엄마로 집안에 들여놓는 걸 녀석이 탐탐치 않게
생각하는 모양이었다. 그래도 한천석 학생이 잠은 꼭 화천댁이
세 들어 사는 방에 가서 자는 모양이었다.

난 그런 혀를 내두르게 하는 정력을 자랑하는 경우를 수없이

봐 왔기 때문에 그저 예사롭게 넘겼다. 한데 학생들은 틈난 나면 수군덕거렸다. 아니 감탄했다고 하자.

나는 여기저기서 주워들은 이야기에 살을 붙여 학생들 앞에 좀 더 설명을 했다. 옛 사람들은 먼 길을 갈 때는 반드시 청려장을 짚었다. 무엇보다 가벼워 짚고 다니기 편하다. 허리나 다리가 아프면 그 청려장으로 툭툭 그 자리를 친다. 감쪽같이 통증이 사라진다.

그리고 무엇보다 중풍 예방에 탁월한 효과를 지니고 있는, 그야말로 장수 지팡이다. 시골 밭 언덕엔 큰 명아주가 보인다. 그걸 뽑아서 잔뿌리를 대강 뜯어내고 끝부분을 무릎으로 부러뜨린다. 그게 바로 청려장이다.

한천석 학생이 바통을 이어받았다.

"전前 김영삼 대통령이 청려장을 수백 개씩 만들어 전국 백세 이상 노인들에 게 선물로 준 기라예. 언젠가 우리 노인학교 108살 한기화 학생도 받았다 아닙니꺼?"

한천석 학생은 강원도 화천 근처에서 열리는 전국 시조경창 대회에 심사 겸 떠난다면서, 가는 김에 처가에 들어 청려장을 마련해 오겠다고 했다. 그런데 그가 하던 이 말은 학생들을 깜짝 놀라게 했다.

"전두환 대통령이 평화의 댐 건설한다 카지예? 북한에서 금강산댐을 완공, 한꺼번에 물을 방류한답디더. 63빌딩의 반까지 잠긴다 카던데. 우리 학교는 선생님이 무슨 돈이든 안 거두는 거

알지예? 우린 폐휴지를 모아서 성금 냅시더."

노인 학생 모두로부터 터져 나온 박수 소리가 우레와 같았다. 그러고 나서 여섯 달, 단 하루도 쉬지 않은 노인학교답게 토요일 오후마다 꾸역꾸역 학생들이, 폐휴지를 머리에 이거나 등에 짊어지고 교문을 들어섰다. 마침 색동어머니회 부산지회 회원 등 자원봉사자들도 대여섯 명씩 봉사하러 오는 터, 스무 평은 완전히 콩나물 교실이 되었고말고. 복도까지 그러기 예사였다.

중국의 세계적 석학 장석생 교수와 재혼한 그의 부인도 사람과 폐휴지(주로 종이 박스)가 뒤섞여 있는 현장을 보고 혀를 내둘렀다. 그렇게 하여 수시로 모은 폐휴지를 매각하여 총 10만 원을 마련하였다. 그때의 폐휴지 성금이 지금 화폐 가치로 따지면 100만 원쯤 되리라.

난 여섯 달 내내 그 자초지종을 물끄러미 바라보고만 있었다. 학생들은 나보다 최하 스무 살 정도 더 나이 많았고, 남자의 경우 참전 용사도 있었다. 전두환이 내 개인 정서로 봐서 마음에 들 리 없었지만, 당시만 해도 반공 교육은 필수였다. 어쨌든 평화의 댐 공사에 우리 노인 학생들이 폐휴지를 팔아 10만 원을 보탠 것이다!

이윽고 한천석 학생은 화천으로 떠났다. 서러운(?) 신접살림, 밤이 되도록 낭군을 기다리던 부인도 동반하여 간다고 했다. 한데 평소와는 달리 그의 얼굴 표정은 결기로 굳어 있었다.

발 없는 말이 천 리 가고 오는 것. 이윽고 그에게서 바람결에 들려오는 소문이 이랬다. 처남이 '파로호' 근처에서 횟집을 겸한 식당을 운영하는데, 그 근처 옛날 분교장 터에 명아주를 심어 가꾼다는 것. 위도 상으로 봐서 그 작물이 잘될 턱이 없지만 수확이 만만찮다는 것. 청와대에도 납품(?)한다는 것이었다. 옛날 부산 시장의 동생인 김이희 학생회장이 하는 말이었다.

몇 달이 안 되어 겨울이 다가왔다. 그런데 하루는 딸이 토요일 오후 쪼르르 노인학교로 달려온 것이다. 그리고 전하는 말이다.

"며칠 새에 아버지가 청려장을 보내겠다고 하는 데예. 300개를 만들었답니다. 그라고 아버지는 우짜면 학교에 못 나오실지 모르겠습니다. 화천댁 아줌마하고 거기 눌러 사실 모양이라예."

과연 그랬다. 일주일인가 지나서 1톤 트럭에 한가득 될 만큼의 덩치인, 스무 개씩의 청려장 열다섯 묶음이 노인학교 현관에 내려져 있는 것이었다. 그 모두는 정말 한천석 학생의 정성이 깃든 하나하나의 작품들이었다 해도 과언이 아니었다.

딸은 리어카에 그 많은 청려장을 싣고 왔다. 두 번에 나눠서…. 그도 그럴 게, 모두 합해 60킬로그램이 넘었기 때문이다. 난 탄성을 질렀다.

난 학교 앞 가게에 가서 줄자와 저울을 빌렸다. 우린 새삼 놀랐다. 한천석 학생은 특유의 장인匠人 정신이라도 가진 듯, 3백 개의 청려장을 거의 닮은꼴로 만들어 놓은 게 아닌가? 길이 89-90센티미터/ 무게 180-200그램/ 손잡이 쪽 둘레 11센티미터

·쇠고리로 장식한 끝 둘레 6센티미터/ 마디 아홉 개 내외/ 반시간 이상씩 땀을 흘려 만들었음직한 그 은혜의 지팡이 손잡이에 붓글씨로, '청려장靑藜杖'이라 썼다. 그리고 전체에 색깔도 입혔다. 바니시(니스)로 마감!

참 이 말을 하고 가자. 난 세무서에 근무하고 있었기 때문에, 적은 임대료를 지불하고 공간을 얻어 노인학교를 무료로 운영할 수 있었다. 요즘 말로 하면 갑질이라 욕을 먹게 되겠지만, 꿩 잡는 게 매 아닌가? 대신 검은돈과는 철저하게 담을 쌓았고말고.

구청에서도 그건 인정하였다. 해서 며칠 지난 토요일 오후, 노인 학생 2백여 명이 참석하고 지역 출신 국회의원과 관내 기관장, 내빈들이 모인 가운데, 청려장 전달식을 가졌다.

나처럼 토요일 오후를 노인학교로 고집하는 비슷한 성격의 교사가 있었는데 그도 와서 자리를 빛내 주었다. 그에게 청려장 50개를 선물했다. 한천석 학생 대신 그의 딸이 단상에 한 번 올라가야 하는데, 딸은 막무가내 한사코 거절했다.

그런 뒤부터 청려장을 짚은 노인들이 여기저기 보였다. 새로운 풍속도? 그런 말이 회자되었고말고.

그러던 중 우리는 정말 청천벽력과 같은 한천석 학생의 부음訃音을 듣게 된다. 그날 버스 석 대를 대절하여 언양 작괘천(작천정이라고도 한다)에 소풍을 즐기던 중이었다. 주인아주머니가 내게 전화가 왔다는 전갈을 한 것이다. 황급히 수화기를 들었더니 상대는 한천석 학생의 딸이었다. 딸은 흐느끼고 있었다.

"학장님, 아버지가 세상을 뜨셨습니더."

"아니 그기 무슨 소리고?"

"지가 가봐야 알겠지만 절벽에서 실족하셨다 카네예. 우짜면 좋겠십니꺼?"

나는 정신이 없었다. 그렇다고 해서 한천석 학생이 기세棄世했다는 이야기를 120명이 넘는 제자들에게 알릴 수도 없었다. 흥이 완전히 바닥을 드러내고 모두 통곡을 할지 모르기 때문이다. 애써 참고 나도 춤추고 노래하는데 합류해서 어울렸다.

저녁에 한천석 학생의 집에 가 보니, 이미 딸은 아들 둘을 데리고 화천으로 떠나고 없었다. 이웃 사람들의 말에 의하면, 한천석 학생은 평소 행여 자기가 죽거든 화천에서 장례를 치르라고 했다는 것이다. 나는 묘한 정서에 휩싸일밖에. 무언가 설명할 수 없는 부녀지간의 불화가 도사리고 있었는가 싶어 섬뜩하기조차 했다. 주소와 전화 번호가 남겨져 있었다.

삼일장을 치른다기에 일요일 점심시간쯤 60대 중반 학생 넷과 함께 화천으로 출발하기로 했다. 나는 일찌감치 세무서에 연가를 내어 놓았다. 내가 마침 소나타 승용차가 있어서 거기까지 운전해야만 했다.

그런데 운명은 너무 잔인했다. 일요일 새벽 나는 그와 가끔 어울리던 내 집 뒤 금정산에 올랐다. 그가 너무나 그리워서였다. 거기 정자 옆 바위 위에 앉아 그가 가르쳐 주는 대로 남창질음

'푸른 산중'을 읊어 보았다.

푸른 산중 백발옹이 고요 독좌 향남봉이로다/ 바람 불어 송생 슬하고 안가이(안개) 걷어 학성옹을⋯

소리 대신 울음만 터져 나왔다. 나는 혼자서 중얼거렸다. 당신은 제 제자이기 이전에 스승이셨습니다.

그러다가 나는 큰 사고를 당한다. 바위에서 일어나 자세를 바로잡고 조심스레 땅을 밟는 찰나, 기우뚱하더니 전신이 흙과 자갈이 뒤섞인 바닥에 곤두박질쳐진 것!

그 사고는 내게서 모든 걸 앗아갔다. 어떻게 119로 연결되었는지 모르지만 구조대가 오고, 나는 거기에서 실려 병원으로 이송되었다. 고관절이 부러졌다나? 대수술 끝에 의식을 찾았지만, 난 이미 제대로 걸을 수 없는 불구가 되고 말았다. 물론 한천석 학생의 문상 계획은 수포로 돌아갔다. 내가 못 가니 학생들도 마찬가지.

더 이상 노인학교를 운영한다는 건 불가했다. 세무서에서는 괜찮다며 계속해 출근하도록 종용했으나, 좀 심하게 절뚝거리는 게 내 자존심을 건드리는 바람에 사표를 던지고 말았다. 사무관 승진 직전이었다. 쥐꼬리만 한 퇴직금을 타서 모든 걸 정리하고, 초등학교에 다니는 딸 하나를 데리고 서울 근교 수원水原에 올라와 사는 것이다.

이미 30년 세월이 지났다. 딸은 대학에서 수학을 가르친다. 물론 녀석도 결혼한 지 오래고 슬하에 아들 둘을 두고 있다. 그동안의 고생 이야기는 생략하자. 여전히 나는 청려장을 짚고 지하철을 탄다.

재작년이었다. 누가 나더러 인터넷뉴스 기자가 되어 보지 않겠느냐고 권유했다. 전우戰友 김의배(예) 중위였다. 그 덕분에 나는 소정의 교육을 받고 드디어 기자로 임명되었다.

성균관대학교 수원 캠퍼스에서 교육이나 연수를 자주 받는데, 작년 겨울 아연실색할 사건이 있었다. 지하철역에서 버스 정류장까지의 길을 몰라 허둥대다가 2층까지 올라가게 되었다. 마침 비벼서 먹는 일본식 우동이란 선전문이 적힌 음식점을 발견하고 들어갔다. 그런데 60대 초반의 아주머니가 왠지 안면이 많다. 순간 아주머니가 화들짝 놀라더니 던지는 말이다.

"아이고, 학장님 아니십니꺼? 세상에 여기서 만나 뵙다니…. 저 알아보시겠지 예? 한, 천 자 석 자 쓰시는 분이 아버지인기라 예."

나도 그만 쓰러지듯 그에게 다가가 거의 안다시피 하고 말았다. 그건 기적이었다. 잠깐 인사를 나누고 물 한 잔을 마신 다음 식당 문을 열고 나왔다. 그리고 연수회를 마치고 다시 들렀다. 남편과는 사별했단다. 다행히 장사가 잘 되어 불경기를 모르고 저축해 가면서 살고 있다고 덧붙였다. 자식 셋은 대학교와 고등학교에 다닌다고 했다. 다 아들이란다. 내가 입을 열었다.

"수미야, 그건 그렇고 아버지가 어떻게 돌아가시게 됐는지….
너무나 안타까워, 지금도 그 어른이 꿈에 나타날 정도거든?"

"소설과 같은 이야기입니더. 제가 메모해서 갖고 다니는 걸
읽어 보이소오. 지는 말문이 막히는거라예."

그러면서 수미는 수첩 하나를 내밀었다. 어지럽게 흘려 쓰고
여기저기 눈물 자국이 보이는 손바닥만 한 거였다. 난 얼른 스마
트폰으로 그걸 사진으로 찍었다. 작은 제목만 여기 옮긴다.

파로호 전투/ 화천 전투라고도 함

1951년 5월 26일 시작 28일 끝남

아버지(1931년생) 참전(쌍동이신 작은아버지도/ 할아버지까
지 6대 독자·할머니가 쌍둥이를 출산. 장성하여 농사를 짓고 있
었는데, 6·25 전쟁 때 징집. 작은아버지가 자원하여 입대 잠시
탈영하여 밀양시 단장면 시골에 숨어 지냄. 아버지 자원입대)

두 분의 참전(자수 권고 때 작은아버지 귀대. 6사단 배속/ 아
버지는 2사단)

파로호 전투 때 형제 조우. 하루 만에 원대 복귀(아버지는 중
사. 작은아버지는 하사-작은아버지는 탈영 경력 때문에 진급이
늦음)

전지 후퇴 거듭 작은아버지 행방불명. 아버지 부상 의병 제대
(할머니 6개월 동안 화천 근처에서 두 아들을 찾아 헤맴. 객사)

화천에서 어느 묘령의 처녀를 형제가 사랑하게 됨(화천댁/ 작은아버지는 처녀와 몸을 섞지는 않음)

아버지는 '비목'의 현장 근처에서 작은아버지를 찾아 헤맴. (명아주 농사를 짓고. 그 걸로 만든 청려장을 짚고)

나는 수첩을 들여다보며 아찔함을 느꼈다. 입에서 절로 튀어 나온 말이었다. 세상에 이럴 수가!

수첩을 돌려주고 일어서서 화서역을 지나 수원에 내렸다. 정말 기가 막혀서 혼잣말도 나오지 않았다.

이윽고 나는 기자로 임명된다. 그리고 거의 한 해가 지나가고 나서 김의배 국장과 이종훈, 양정성 선배 기자와 같이 현충원을 찾게 되었다. 현충일 추념식을 취재하기 위해서였다.

추념식이 끝나고 바로 채명신 장군의 묘역부터 들렀다. 과연 그는 유언대로 사병 곁에 묻혀 있었다. 나는 동료들에게 부탁하여 사진을 찍게 하고, 장군 묘소 뒤에서 '비목'을 불렀다. 2절까지. 참배객들이며 육군 해병대 전우들이 이상하게 여기기는커녕 박수를 보냈다. '전우가 남긴 한마디'도 목청에 실었다.

생사를 같이하던 전우야/ 정말 그립구나 그리워/ 총알이 쏟아 지던 전쟁터 정말 용감했던 전우야/ 조국을 위해….

음정이 높았지만, 열창(?)은 그래서 더욱 가능한 것 아닌가!

나는 어떤 반응에도 괘념치 않으려 했는데 모두가 전우라서 그런지 되레 박수를 보내 주었다. 어깨가 자연스럽게 으쓱해졌다. 다시 한 번 곱씹어 말하지만, 군에 갔다 오고 안 오고가 문제가 아니다. 군을 사랑하면 그가 전우인 것이다. 참, 여기서 뒤늦게 밝히는데 의술이 좋아서 서울대학교 부속 병원에서 몇 번에 걸쳐 수술을 받은 덕에, 이제 나는 약간 다리를 절 뿐 겉으로 장애를 가진 표시가 나지 않는다. 청려장도 도움이 되고 말고.

이제 내겐 필생畢生의 사업 하나가 남아 있다. 가곡 '비목'의 비밀을 좇는 일이다.

우선 현충원에서 먼저 간 임들의 넋을 기리기 위해 수시로 가서 노래를 부르는 것이다. 마침 우리 신문 기자들도 꾸준히 동행해 준다 했으니 천군만마를 얻은 것 같다. 누구보다 반가운 전우, 전 한국야구위원회 양해영 사무총장도 오겠단다.

특히 '비목'에 심혼을 투입한다. 근래에 깨달은 게 하나 있다. '으'의 발성 문제인데, 한천석 학생의 말대로 하려다 보니 아랫니 윗니가 맞부딪치는 바람에 소리가 제대로 나지 않는 것. 약간 둘을 띄워야 한다.

화천댐 근처를 방문한다. 넋을 놓고라도 그 현장에서 아뜩한 옛날의 전투 장면을 그려봐야겠지. 한천석 학생이 머무르던 화천댁 친정을 찾아야하고말고. 화천댁은 이승에 없어도 자식들은 살아 있을지 누가 아나. 청려장 농장, 흔적이라도 있을까?

다음 '비목'이 탄생할 수밖에 없었던 그 계곡을 뒤진다. 마침내 거기 내가 우뚝(?) 서면, 처연한 심정으로 '비목'을 부르고말고. 이미 MR은 마련해 뒀다.

금강산댐까지 올라간다. 내 어머니 사종 사종질四從姪 정 대령이 17사단 예하 연대장이니, 그의 지프차를 이용하면 내 목적이 이루어지리라. 옛날 그토록 정성을 쏟았었던 1백만 원의 성금 현주소를 보고 싶은 것이다. 내 눈으로 확인을 거쳐야 한다.

내려오면서 '비목 문화관'에 발걸음한다. 거기서 '비목'을 안 부른다면 무슨 소용이랴.

그러나 뭐니 뭐니 해도, 내 목숨을 걸 만한 가치가 있는 이 일의 압권은 한명회 선생을 만나는 것이다. 다리를 놓아 줄 전우가 있으니 이름을 밝혀도 될지 모르나 끝 자만 감추자. 문단에서 누구나 아는 월남 참전용사 홍중* 시인이다.

나는 오늘도 '비목'을 입에 달고 하루를 지냈다. 아 참, 잊을 뻔했다. 한천석 학생은 국립현충원에 있다. 다만 묘지 터가 없어, 납골당에 봉안…. 다녀 온 게 며칠 전이다.

작가의 말

노무현, 2년만 늦게 태어났더라면

내가 구상하고 있는 장편 소설 제목이다. 이번 책『거기, 나그네 방황 끝나는 곳』저자 서문序文에, 왜 뜬금없이 노무현이 등장하는지 더러는 의아해 하리라. 해설해 보자.

노무현의 생년월일은 46년 9월 1일이다. 그가 44년 9월 1일쯤에 고고의 소릴 냈었더라면, 우리나라 모든 것이 송두리째 바뀌져 있으리라. 물론 그는 대통령이 되지 못했다! 나는 장담한다.

깜냥이 안 되어서가 아니라, 김대업과의 인연이 없었을 것이기 때문이다. 세상 모든 섭리는 톱니바퀴처럼 맞물려 돌아가고, 한 치의 오차도 허용되지 않는다. 어느 어리석은 자가 있어 그걸 부정하랴!

이 겨울 낯선 타관에서 7년째 세월을 보내고 있다. 소위 문학을 한답시고 동분서주하건만 실속은 거의 없다. 허송세월虛送歲月을 일삼는다. 그 이상도 이하도 아니라는 자괴지심에 빠져 허

258

우적댄다. 다만 주문처럼 외는 게 있으니 '문학은 가치 있는 체험의 기록.'!

등단 40년을 훌쩍 넘겼으면서도 아직도 갈팡질팡한다. 뒤죽박죽인 체험이야 남달리 많지만, 가치 있는 건지도 구분 못해서 탈이라 하자. 요행히 어렴풋이 짐작은 한들 그걸 갈고 다듬고 묶고 하는 능력 즉, '문재文才'가 부족해서일까? 생명은 붙어 있어도 그놈 문재는 사체처럼 꿈쩍 않으니, 성급하게 부르짖는다. 오호통재라.

『거기 나그네 방황 끝나는 곳』, 유감스럽게도(?) 스물한 번째(아니면 스물두 번째 졸저다) 책으로 고고의 성을 울렸다. 한데 체중(함량) 미달이다. 아니 미숙아처럼 허약하다. 하지만 이 분신을 어찌 버리랴! 그 또한 참척慘慽을 스스로 저지르는 것임이야.

체험 이야기가 나와서 말인데, 평생 그 파고波高에 얹혀살았다. 43년 8개월 교직 생활도 버거웠지만, 설사 자책만 안고 살았어도 겉으로는 난파하지 않았다.

전무후무, '무료 노인학교 21년'부터 요상하다. 난, 매주 토요일 오후를 거기 맡겨 놓고 살았다. 그로 말미암은 연장延長이 노래와 어깨를 걸고 산 기나긴 세월이었다.

마침내 정식 가수로도 데뷔했다. KBS 가요무대엔 못 섰지만,

야구장에서 그 '가수' 신분으로 애국가 선창(혹은 독창이라 한다)도 하고 시구도 했다. 국립현충원에서 나처럼 '전선야곡'을 구슬프게 부르는 동료는 거의 없더라. 가수다운 가수라 자처하는 까닭이다.

문단 생활, 또한 강산이 네 번 변해가는 동안을 훌쩍 넘겼으렷다? 그 동네에서 어지간한 벼슬은 섭렵했고, 상도 받을 만큼 받았다.

무엇보다 군軍과 이어 준 그 튼튼한 밧줄은 아직도 질기다. 몇 년 동안의 퇴역 노병老兵 생활이야말로 참으로 가치가 있었다. 나는 그 부대나 현충원에서 숨을 거두고 싶다. 그게 내가 가진 순교 정신이다. 아직 그런 기회가 없어서 탈이지만, 장기와 사체를 기증하기로 약속한 지 오래다. 그게 내 문학이 지향하는 바라, 어찌 그 언덕이 높다 한들 무심히 지나치랴.

'병영 문학'과 '노인문학'! 지난번 소설가 협회 이사 선거 때 출마하면서 내 건 공약이었다.

여생이 얼마인지 모르되, 그리 길지는 않고말고. 육감으로도 그걸 알아차린다. 난 귀신이니까. 생을 마감할 때까지 두 권의 장편소설집을 더 내야 한다. 강박관념을 갖는다.

며칠 전, 진영노인대학에서 내가 강의를 할 수 있도록 도와 준 외우畏友 박건수 형과 통화를 했다.

"노무현과의 '어깨동무' 시절을 소재로 장편소설집을 내야겠소."

"뜻있는 일이오. 당신은 여기 김해노인회 진영노인대학에서 3년 동안 강의를 했으니까."

"사실 노무현과 나는 여러 가지로 얽히고설켜서 살았다오. 2000년 16대 국회의원 선거 때부터…. 그가 강서 노인학교 개학식날 왔지. 한데 내가 노래 부르고, 그가 춤을 추었단 말일세. 아니 그도 나를 따라 '허공'을 입에 올렸지. 기상천외의 역사가 태동하는 순간이었어."

"진영노인학교 현장에는 내가 있었으니, 나도 잘 아오."

"이 한파寒波에 부엉이 바위에 올라갈 수 있을까? 거기 서서 내가 '허공'을 부르며, 사진 한 장 찍어 장편소설집 표지로 쓰고 싶으이."

"온다면 내가 가서 맞으리라. 그리고 안내도 하고…."

"딱 한 번 그가 나를 '형님'이라 부른 적 있었지."

남들은 이러는 나를 보고 백안시하거나 비웃으리라. 하지만 이미 화살은 시위를 떠났음에야, 나로선 그건 망발이라 꾸짖거나 원망하고 싶다. 이미 나는 500쪽에 달하는 이 소설집의 전반부 원고는 집필해 두었으니, 이미 떠난 열차를 보고 손 흔드는 형국이고. 나머지 500장은 철저한 픽션이다. 그가 2년 늦게 태어났더라면 평범한 시민으로 아직도 그의 고향에서 살아 숨 쉬고 있으리라는 전제를 깔았다.

46년이 생년이었지, 노무현 말이다. 46-2=44다. 그가 그해(44년)에 탄생했다는 가설을 세운 거다. 아마도 그는 내가 졸업한 부산사범학교 막내둥이로 교문을 나왔으리라. 부산상고와 부산사범은 어금지금하지는 않았고, 후자後者 쪽에 머리가 나은 학생들이 지원했다. 노무현은 가난한 집안에 태어났으니, 당시 선망의 적이었던 부산사범에 진학하였으리라. 판사? 그는 그길로 가지 않았다고 난 확신한다.

그와 이웃인 삼랑진 출신인 나와는 어깨를 걸고 지냈고말고. 거기 가끔은 내가 놀러 갔으니 가능한 일 하나. 아니 지금까지도 그 우정은 계속되었을 테고. 거듭 강조하지만 그는 생존해 있다!

다시 한 번 설명하자. 전반부(500페이지)는 이미 집필했다. 나머지 500페이지도 손을 댄지 며칠이 지났다. 그와의 무대는 진영 대창초등학교(노무현 모교)와 삼랑진 송진초등학교(내 모교)를 중심으로 한 이웃 몇 군데다. 나의 설득이 주효했다 간주하자. 노무현은 교사든 교감이든 교장으로 퇴임했던 간에, 재임 중은 물론 옷을 벗고도 노인학교라는 데에서 노래를 가르쳤으리라. 얼토당토않다고? 섣불리 사람을 그렇게 면박주지 말라. 내 믿는 바가 있으니…. 그와의 공유 곡은 그가 저승에 있는 지금까지 '허공'이다.

내가 초임 교사 시절, 고 김*수 형이 대창초등학교(노무현 모교)에 근무했다.

내가 20살 때니, 44년생 노무현의 경우 18살. 사범학교 학생으로 운동장에 놀러온 그와 조우했을지도 모른다는 뜻. 아니 한 해 뒤, 그도 한 해 뒤, 대창초등학교에 부임했을지 누가 아나! 그런 온갖 가능성을 바탕에 깔고 소설을 꾸미는 것이다.

이번에 단단히 결심을 하고 있다. 가방 끈이 결코 길지 않은 나인데도, 남에게 묻길 주저하는 나쁜 습관을 버리자 한참 후배라도 그들에게 물으리라. 어떻게 쓰고 펼쳐 나가면 좋겠느냐고.

며칠 전 '허공'을 작곡한 정풍송 선생에게 전화를 했다.

"'허공'이 탄생하게 된 배경은요?"

"민주화民主化입니다."

"제가 선배님 앞에서 한 번 부르고 싶습니다."

"좋습니다. 기회를 도모합시다."

내가 강조했다.

"노무현을 소재로 장편소설을 쓰고 있습니다. 진영노인대학에서 그토록 열심히 불렀던 '허공'을 재현하기 위해, 색소폰을 하나 새로 샀습니다."

"그래요? 결심이 대단하구려. 진영으로 기어이 간다는 말이구려."

"예."

이번 『거기, 나그네 방황 끝나는 곳』에 노무현을 직접 겨냥하지는 않았지만, 그의 냄새는 행간에서 가끔 맡게 되리라. 행여 읽는 사람이 있다면 말이다. 그를 내가 들먹임에 있어 호오好惡 혹은 애증愛憎의 정서가 극렬하게 맞부딪친다 치자. 불꽃처럼 말이다. 하지만 그게 어찌 나 혼자만의 책임이랴.

마지막 졸저는 노인학교 운영 이야기! 『나는 거기서 죽다가 살았다』라는 가제假題의 장편소설이다. 21년 미친 짓을 해 왔던 그 장구한 세월이 컴퓨터 안에서 소용돌이친다. 말하자면 23번째의, 듣도 보도 못한, 유일무이하게 세상에 존재했던 그 이야기를 말이다. 장편소설의 형식으로 세상에 드러내려는 것이다. 나로 인하여 목숨을 잃은 노인학교 제자 김○○ 학생이 유달리 보고 싶다.

출판을 맡아 준 도화 출판사에 감사드린다.

저서(개인-共著 제외)/연도별

01. 수필집『밀려나는 새벽』(82, 부산: 새로출판사)

02. 노인 민요집(자필 붓글씨)『에루화 좋다』(82, 부산: 대흥)

03. 수필집『아직도 목이 메는 문안에서의 작별』(86, 서울: 교음사)

04. 수필집『서산에 지는 해는』(89, 부산: 삼화)

05. 노인 민요집『얼씨구좋다 지화자좋다』(90, 부산: 대흥)

06. 수필집『어머니의 초상화』(92, 부산: 가람)

07. 논픽션『이 몸이 죽어 학이 되어(무료 노인학교 운영 일지)』(92, 부산: 지평)

08. 유머수필집『개가 들어도 웃을 일』(94, 부산: 가람)

09. 유머수필집『개가 들어도 웃을 일』(增補版)(97, 서울: 산성미디어)

10. 자전소설집『새끼 넥타이를 목에다 건 교장』(00, 부산: 전망)

11. 유머수필집『대통령의 오줌 누기』(01, 서울:語文閣)

12. 수필집『굳세어라 금순아(신작+수필선)』(02, 부산: 한길)

13. 수필집『벌거벗은 총장(신작+수필선)』(04, 부산: 계림)

14. 수필집『승리의 길 멀고 험해도(고백록)』(06, 부산: 계림)

15. 신앙수필집『천주교야 노올자』(10, 부산: 지평)

16. 수필집『열아홉 살 과부가 스물아홉 살 딸을 데리고』(10, 부산: 정인)

17. 수필집『죽어서 개가 될지라도』(11, 서울: 선우미디어)

18. 수필집『아둔패기 우딜거지 벗 삼고』(12. 서울: 선우미디어)

19. 소설집『연적의 딸 살아 있다』(17, 서울: 도화)

20. 포토 에세이(전자책)『내가 만난 二等兵에서 大將까지의 戰友』(19, 서울: 도화)

21. 소설집 『거기, 나그네 방황 끝나는 곳』(19, 서울: 도화)

22. 近刊, 장편소설집 『노무현과 '허공'을 공유하다』

상훈(무순)

- '04. 황조근정훈장(교직생활 44년)

- '12. 부산교육상(평생 교육/무료 노인학교 21년 운영)

- '09. KNN문화대상(노인학교 운영)

- '88. 자랑스러운'부산시민상' 봉사 본상(노인학교 운영)

- '88. 자랑스러운 '부산 敎大人' 동문상(박세직 장군과 공동 수상)

- '07. 허균문학상

- '75. 한국애견상(한국셰퍼드견등록협회장)

- '95. 쿠알라룸푸르韓人會長(최송식) 감사패(노인학생들과 아동
  도서 현지 방문 전달/대북·방콕·싱가포르·말레이시아 교
  민학교 혹은 한국인 학교, 교민회 등 1,500여 부)

- '91. UNESCO공로패 1호(우리 가락 보급 및 국제 이해 증진 기
  여/부산협회장 이해주 교수)

- '79-84. 교육감표창/ '83, 교육부장관표창(우리 가락 '時調唱' 보
  급)/ '75-'85. 교육감상장 6회

- '12. 『문예시대』 문학대상

- '15. 『和諍 포럼 文化대상(文學)』

- '13. 『한국수필』제정 청향문학상

- '13. 부산수필 대상

- '11, 부산가톨릭문학상

- '15, 부산북구문학상

- '17, 경기PEN문학상
- '77-80, 密陽市교원예능경진대회 '國樂성악' 최우수 1회/ '한글 서예' 최우수 2회(이상 初中等통합)
- '82. 梁山市교원예능경진대회(초중등 통합) '歌曲독창' 장려
- '96, 보병제26사단장표창장(上等兵 시절/시인 사단장 문중섭 소장)

E-mail : novellww67@naver.com

거기, 나그네 방황 끝나는 곳

초판 1쇄인쇄 2019년 12월 26일

초판 1쇄발행 2020년 1월 1일

저   자 이원우

발행인 박지연

발행처 도서출판 도화

등   록 2013년 11월 19일 제2013-000124호

주   소 서울시 송파구 중대로34길 9-3

전   화 02) 3012-1030

팩   스 02) 3012-1031

전자우편 dohwa1030@daum.net

인   쇄 (주)상현디앤피

ISBN | 979-11-90526-03-6*03810

정가 13,000원

도화   는

고정적인 질서에 대한 익살맞은 비판자,

고정화된 사고의 틀을 해체한다는 뜻입니다.